Juliane Pickel

Krummer Hund

Für Sofie

Die Jury des Peter-Härtling-Preises 2021:
Dr. Tilman Spreckelsen | Frankfurter Allgemeine Zeitung: Jury Vorsitz
Andreas Steinhöfel | Autor
Dr. Christian Demandt | Literaturvermittler; Lehrer
Barbara Gelberg | Lektorin bei Beltz & Gelberg
Dr. Ramona Lenz | Buchhändlerin; »Tatzelwurm«

Juliane Pickel

KRUMMER HUND

Roman

BELTZ
& Gelberg

MIX
Papier aus verantwortungsvollen Quellen
FSC® C089473

Dieses Buch ist erhältlich als:
ISBN 978-3-407-75875-0 Print
ISBN 978-3-407-75876-7 E-Book (EPUB)

in der Verlagsgruppe Beltz · Weinheim Basel
Werderstraße 10, 69469 Weinheim

Lektorat: Andrea Baron
Neue Rechtschreibung
Umschlaggestaltung: Jörg Hülsmann
Herstellung: Elisabeth Werner
Satz: Lara Thorissen
Buchzitat S. 160 aus: Truman Capote, *Kaltblütig*. Übersetzt von Thomas Mohr. Kein & Aber: Zürich, 2013.
Druck und Bindung: Beltz Grafische Betriebe, Bad Langensalza
Printed in Germany
2 3 4 5 6 25 24 23 22 21

Weitere Informationen zu unseren Autor_innen und Titeln finden Sie unter: www.beltz.de

HUNDEMÖRDER

Nachdem er meinen Hund umgebracht hat, fragt der Typ meine Mutter, ob sie am Abend mit ihm Sushi essen geht.

»Ich weiß ja gar nichts über Sie«, sagt sie. »Außerdem haben Sie gerade ein Tier getötet. Geht man an so einem Tag in ein Restaurant?« Sie verschränkt die Arme vor der Brust. »Um rohen Fisch zu essen?«

Der Doc lässt sich nicht aus der Ruhe bringen.

»Ich töte viele Tiere«, sagt er mit einer Stimme, die so tief ist, dass ich seine Worte wie Bassschläge im Magen spüre. »Das ist mein Beruf.« Mit geübten Bewegungen räumt er seine Instrumente weg. »Wenn es danach ginge, könnte ich ja nie wieder etwas essen.«

Meine Mutter betrachtet seine Hände – daran sehe ich, dass sie interessiert ist. Gesichter sind ihr nicht so wichtig, aber die Hände ihrer Männer müssen sauber sein – und groß. In die Pranken des Docs passt der ganze Kopf meines toten Hundes.

»Außerdem habe ich dem Hund einen Gefallen getan«, sagt er jetzt.

Meine Mutter berührt mit der Hand ihr Haar – sie ist *sehr* interessiert. Vielleicht noch mehr, weil er Arzt ist, wenn auch nur einer für Tiere.

Einen Arzt hatten wir noch nicht. Meist sind es Handwerker oder auch mal welche im Anzug, die irgendwas verkaufen.

Thomas König, Tierarzt steht auf einem Metallschild an der Eingangstür.

Thomas König, Hundemörder, denke ich.

Ich hasse beide dafür, dass sie über Sushi reden, während mein Hund, der gerade noch ein richtiger Hund war, jetzt groß und tot auf dem kalten Metalltisch liegt und seine Hundeseele wie ein aufgescheuchter Vogel durchs Zimmer fliegt und einen Ausgang sucht.

Er hatte Krebs. Wie ein Mensch.

Als wir heute hierherkamen, wusste ich trotzdem nicht, dass er nicht mehr nach Hause zurückkommen würde. Aber der Doc hat mir keine Wahl gelassen: »Bist du einverstanden, wenn ich ihn jetzt erlöse?«

Mir war natürlich klar, dass es darauf nur eine Antwort gibt. Aber dann ging alles so schnell und ich wusste nicht, wie ich mich verabschieden sollte. Wie verabschiedet man einen Hund in den Tod? Als er seufzend in sich zusammengesackt ist, kapitulierend wie nach einer langen Schlacht, hatte ich das Gefühl, auf ganz miese Art reingelegt worden zu sein.

Vorsichtig lege ich meine Hand auf seinen Bauch und mache die Augen zu. Er hieß Ozzy, nach Ozzy Osbourne, dem durchgeknallten Metal-Freak, der angeblich gerne mal irgendwelchen Fledermäusen die Köpfe abbeißt.

Mein Vater stand auf seine Musik, und er fand, dass der Hund dem Typen ähnlich sah. Was irgendwie auch stimmt – er hatte schwarzes zotteliges Fell, und in seinem Blick lag immer eine Spur seliger Dummheit.

Er hat ihn mir geschenkt, kurz bevor er weg ist damals. Da

war ich zehn. Er hatte Ozzy aus dem Tierheim geholt. Keiner wusste, wo er herkam oder wie alt er war.

»Er hat eine schwarze Seele«, hat mein Vater gesagt, »aber er wird dich lieben. Hunde können gar nicht anders.«

Und dann ist er in seinen Schrotthaufen von Auto gestiegen und ist weg, auf Nimmerwiedersehen. Wir haben nie wieder was von ihm gehört. Aber wenigstens war Ozzy noch da, stinkend und hungrig und schwarz. Er war der hässlichste Hund der Welt, aber er war *mein* Hund und jetzt ist er tot und für eine Sekunde denke ich, dass ich es auch gerne wäre.

Meine Mutter hat ihn gehasst – aus denselben Gründen, aus denen ich ihn geliebt habe. Weil er das Einzige war, das von meinem Vater bei uns geblieben ist. Ich glaube, dass sie froh ist, dass er tot ist.

»Kann ich ihn mit nach Hause nehmen?«, frage ich in den Raum hinein, aber meine Mutter und der blöde Doc hören mich gar nicht, also mache ich einfach die Augen zu und atme den beißenden Geruch nach desinfiziertem Tod ein und wieder aus, bis sich das Innere meines Kopfes steril und kalt anfühlt.

»Also?«, fragt der Doc meine Mutter, als ich fast vergessen habe, dass die beiden noch im Raum sind, »Sushi?«

Ich weiß, dass meine Mutter Sushi absolut ekelhaft findet, und ich weiß, dass sie Ja sagen wird. Am Ende sagt sie immer Ja, wenn ein Mann mit ihr essen will, große Hände oder kleine. Und es ist immer die falsche Entscheidung.

Meine Hand beginnt an Ozzys Fell zu schwitzen, aber ich lasse sie auf seinem Bauch liegen und fühle seine Atemzüge. Ganz langsam atmet er ein und aus. Ich bin sicher, dass er die Augen jeden Moment wieder öffnen und mir das Gesicht ablecken wird. Ich weiß, dass ich mir das alles nur einbilde, aber ich fühle es trotzdem.

»Na gut, Sushi«, sagt meine Mutter zum Doc, der sich gerade in einer eleganten Bewegung von seinem Kittel befreit wie ein Zauberkünstler von seinem Umhang, und sie sagt es so, als würde sie ihm einen Gefallen tun.

»Aber bitte nicht so ein billiges Zeug, sondern was Anständiges.«

Der Doc lacht auf und ich weiß, dass er der neue Mann sein wird, und am liebsten würde ich ihm genau so eine Spritze verpassen wie die, die er eben in meinen kranken Hund hineingejagt hat, und ihm dabei zusehen, wie er auf dem kalten Metalltisch krepiert.

Wenn ich das nicht tue, wird Folgendes passieren: Der Herr Doktor wird am nächsten Morgen in unserer Küche sitzen und ich werde Glück haben, wenn er eine Unterhose trägt. Er wird von *Herr König* zu *Thomas* werden, auch wenn ich ihn nicht so nennen werde. Er wird versuchen, mit mir über Fußball und Mädchen zu reden. Ich werde ihm nicht antworten und meine Mutter wird mir später sagen, dass ich mit meiner Verschlossenheit die Männer vertreibe. Er wird immer öfter in der Küche sitzen und auf dem Klo und auf dem Sofa, er wird sonntags da sein und an Weihnachten, und wir werden in die Berge fahren und er wird mit meiner Mutter über Bücher reden, obwohl sie am liebsten am Strand liegen und ihre Zeitschriften lesen würde. Nach ein paar Wochen wird er aufhören, sie anzusehen, sie erst versetzen und dann betrügen, und sie wird mir erzählen, dass sie ihn töten wird, nachdem sie ihn gequält hat, nachdem sie ihm gezeigt hat, dass man sie so nicht behandelt, sie wird mir erzählen, dass er aus dem Mund riecht und einen hässlichen Schwanz hat, dass seine Hände doch nicht so groß und sauber sind, wie er immer tut, dass sie grob sind und fleischig und sie an den falschen Stellen anfassen. Sie wird nicht mehr zur Arbeit gehen und stattdessen in der Küche sitzen und mir das alles erzählen, und neben ihr wird ihr Handy liegen, das sie immer wieder kontrolliert, damit sie es nicht verpasst, wenn er anruft. Und eines Tages wird er weg sein, er wird weiterziehen wie ein Gewitter, nur dass der Himmel über meiner Mutter danach nicht blau sein wird, sondern tiefschwarz.

»Du kannst deinen Hund mitnehmen, Daniel«, sagt der Doc jetzt zu mir, und ich bin überrascht, dass er sich meinen Namen gemerkt hat. Aber bevor ich etwas sagen kann, wendet er sich wieder an meine Mutter: »Dann doch gleich heute Abend«, und ich bin mir absolut sicher, dass Ozzy in genau diesem Moment seinen wirklich letzten Atemzug tut.

Während meine Mutter dem Doc mit ungeduldiger Stimme Anweisungen gibt, wann und wo er sie abzuholen hat, nehme ich den Autoschlüssel aus ihrer Handtasche, wickle den toten Ozzy in seine Decke und hebe ihn hoch. Tot ist er viel schwerer als lebendig, er riecht nach Scheiße und nach dem Ende der Welt, und ein beißender Schmerz drückt sich von hinten gegen meine Augen. Als ich sein Gewicht auf meinen Armen fühle, muss ich an meinen Vater denken, und ich frage mich, ob er vielleicht auch längst tot ist. Meine Mutter denkt ja, dass er irgendwo in L.A. in einem riesigen Haus wohnt, in das von jeder Seite die Sonne scheint, und fünf Frauen hat, die den ganzen Tag für ihn kochen und mit ihm schlafen. Aber in meiner Vorstellung ist er immer allein.

Mit schweren Beinen gehe ich zur Tür. Der lange Praxisflur ist ein endloses Sumpfgebiet. Am Ausgang hält mir die Sprechstundenhilfe wortlos die Tür auf.

Vor der Tür steht ein Sportwagen, ein Lotus, schief eingeparkt, er glänzt in metallischem Grün. Mindestens fünfzigtausend muss man für so eine Karre hinlegen, schätze ich, wahrscheinlich mehr. An der Heckscheibe klebt ein Schild: *Tierarzt im Dienst*. Offensichtlich bringt es ganz schön was ein, Hunde zu killen und Katern die Eier abzuschneiden. Ich schleiche über den Parkplatz zu unserem Auto, lege Ozzy auf den Rücksitz und setze mich auf den Beifahrersitz. Mein Vater sollte doch eigentlich wissen, dass er tot ist, denke ich. Dass seine schwarze Seele jetzt ohne Körper durchs Universum fliegen wird.

Der Lotus steht da drüben feist und glänzend in der Sonne, ich kann nicht aufhören, ihn anzustarren.

Ich fühle den toten Ozzy hinter mir.

Und dann merke ich, dass es wieder losgeht.

Es ist nicht so, dass ich diese Sachen tun *will*. Aber da passiert was mit meinem Körper. Meine Mutter nennt es meine »Anfälle« – aber das hört sich irgendwie nach Asthma an. Manchmal kommt es ganz plötzlich, manchmal beginnt es langsam. Zuerst wird meine Brust ganz eng, so eng, dass ich denke, ich bekomme keine Luft mehr. Als würde mich eine riesige Welle unter Wasser drücken. Und dann öffnet jemand irgendwo in meinem Körper ein Ventil, und aus dem strömt ein Gas aus, ein giftiges, heißes Gas, und das verteilt sich nach und nach ganz still und leise in meinen Armen und Beinen und sammelt sich in meinem Bauch. Es ist so unfassbar heiß, dass ich denke, dass es mich von innen verbrennt. Und wenn jemand dann etwas Falsches sagt – oder eben genau das Richtige – oder auch einfach so, dann ist es, als würde ein Funke zünden, und direkt unter meiner Schädeldecke gibt es eine strahlend helle und völlig geräuschlose Explosion. Alles wird ganz still und ganz hell, der Himmel ist so weiß, dass er mich blendet, und mein Kopf wird so groß und weit, dass die ganze Welt hineinpasst. Und ich bin plötzlich weg, mich, Daniel, gibt es nicht mehr, ich bin gar nicht mehr in mir drin. Ich möchte am liebsten schreien, aber ich habe keine Stimme, und von ganz weit weg sehe ich mir zu, wie ich Sachen mache, die ich gar nicht machen will. Und erst wenn ich zuschlage, wenn ich fühle, wie meine Faust auf etwas Hartes trifft, oder wenn ich höre, wie etwas zerspringt, wie etwas kaputtgeht – dann kann ich aufhören. Dann ist es vorbei.

»Weißt du eigentlich, dass man dafür in den Knast kommen kann?«, hat meine Mutter mich gefragt, als ich mit dem Zigarettenautomaten an unserer Straßenecke fertig war. Unsere Nachbarin hatte mich verpfiffen. Ich kann mich nicht mehr wirklich daran erinnern – das ist auch so eine Sache, hinterher weiß ich oft nur noch Bruchteile von dem, was passiert ist –, aber ich weiß noch, dass ich ihre Stimme hinter mir gehört habe und trotzdem nicht aufhören konnte, auf das Ding einzudreschen. Weil sich nichts auf der Welt richtiger anfühlte als meine Faust, die immer und immer wieder auf das Metall trifft.

Manchmal bin ich währenddessen auch ganz ruhig. So wie jetzt. Von weit oben sehe ich mir zu, wie ich den Schlüssel aus der Tasche hole und langsam wieder aussteige. Wie ich zu dem Lotus rübergehe. Den Schlüssel fest in die Hand nehme. Wie ich erst mit leichtem, dann mit immer festerem Druck eine schöne gleichmäßige Linie über den strahlenden

Lack ziehe. Das schrille schneidende Geräusch füllt meinen Kopf ganz aus. Meine Fingerspitzen fühlen sich an, als würde ich sie in heißes Wachs tauchen.

Mein Hund ist tot und ich bin allein, und ich kratze einmal um den ganzen Wagen herum und dann noch mal und ich fühle gar nichts dabei.

BYE BYE, OZZY

Wenn man Lust hat auf Pfannkuchen, die in Fett schwimmen, mit einem riesigen Schuss Amaretto und Bergen von Sahne drauf, oder wenn man mit links Federball spielen will, damit es schwieriger ist, dann ist meine Mutter genau die Richtige. Wenn man einen Hund begraben will, ist sie es nicht. Sie steht rauchend daneben, während ich grabe. Ich merke, dass sie lieber wieder ins Haus gehen würde.

»Vielleicht solltest du auch Tierarzt werden«, sagt sie, tänzelt auf Zehenspitzen im Kreis herum und schlingt die Arme um ihren Körper, um sich zu wärmen. Sie hat keinen Mantel angezogen, sondern nur ihre Strickjacke übergeworfen, so als wäre einen Hund zu beerdigen etwas, das man mal eben erledigt, so wie eine Flasche Bier aus dem Keller zu holen.

»Du magst doch Tiere«, fügt sie hinzu. »Und sie sterben ja nicht alle. Jedenfalls müsstest du sie nicht alle –«

»Vergiss es, okay?« Ich schneide ihr das Wort ab und grabe weiter, grabe das Loch, in das ich den toten Ozzy legen werde, der in seiner Wolldecke am Rand des Rasens wartet und nicht weiß, worauf. Es ist kalt geworden im Laufe des Tages, der Boden ist steinhart. Ich muss die Schaufel mit voller Kraft in die Erde stoßen, um ein anständiges Loch zustande zu kriegen. Ich schwitze wie blöde.

Meine Mutter betrachtet – zum ersten Mal – den verpackten Ozzy. »Irgendwann verlassen sie einen eben, Danny«, seufzt sie dramatisch, zieht an ihrer Zigarette und tritt sie auf dem Boden aus. »Aber weißt du, wenigstens kannst du jetzt morgens länger schlafen.«

Ich werfe ihr einen finsteren Blick zu, und sie versucht, ihn wegzulachen. Für einen Moment würde ich ihr am liebsten mit der Schaufel ins Gesicht schlagen, aber ich grabe einfach weiter, bis das Loch tief genug ist, um Ozzy darin zu versenken, und ich stelle mir dabei vor, es würde jemand anders tun, weil ich es sonst nicht schaffe.

Meine Mutter hüpft auf und ab, um sich zu wärmen, und guckt immer wieder auf die Uhr. Der blöde Tierarzt kommt um acht.

»Geh doch einfach schon rein!«, sage ich schließlich zu ihr, und das lässt sie sich nicht zweimal sagen. Sie geht ins Haus. Ich bin froh, als sie endlich weg ist.

Als das Loch fertig ist, ist es schon dunkel. Mit steifen Armen hebe ich den toten Ozzy hoch. Ich denke an meinen Vater, damals, wie er dastand, Ozzy auf dem Arm, ein Grinsen im Gesicht. Ich will Ozzy nicht hineinlegen in dieses Loch, er wiegt achttausend Kilo, es tut mir in den Armen weh und auch sonst überall, und ich wünsche mir plötzlich so sehr, dass mein Vater da ist, dass Ozzy noch schwerer wird davon, und als ich es endlich geschafft habe ihn abzulegen und hochsehe, steht mein Vater auf dem Rasen. Es ist nämlich so: Wenn ich mir meinen Vater mit aller Kraft vorstelle, wenn ich so richtig intensiv an ihn denke, ist er plötzlich da. Ich kann ihn vor mir sehen, als wäre er real. Ich bin nicht irre oder so, ich weiß, dass er das nicht wirklich ist, aber irgendwie ist er es doch. Er sieht immer gleich aus: Dreitagebart, Fusselhaare, er ist meistens in so einer chilligen Stimmung, als hätte er alle Zeit der Welt, und in seiner Hand hat er immer ein Glas mit einer gelbbraunen Flüssigkeit – Whisky, sein Lieblingsgetränk. Manchmal spricht er mit mir, manchmal nicht.

Jetzt steht er einfach da, in Jeans und T-Shirt, aber er scheint nicht zu frieren. Er hebt sein Glas in Ozzys Richtung und prostet ihm zu. Ich warte darauf, dass er mich ansieht und etwas zu mir sagt, aber da ist er schon wieder weg. Ich kann zwar machen, dass er auftaucht, aber er entscheidet, wie lange er bleibt.

Die Erde in das Grab reinzuschaufeln ist der schwierigste Teil. Ich denke, dass Ozzy darunter keine Luft kriegt. Ich muss mich zwingen, weiterzumachen, bis sein Körper vollständig bedeckt ist. Als ich fertig bin, horche ich noch eine ganze Weile, ob er winselt oder bellt. Erst als ich absolut sicher bin, dass ich nichts höre, gehe ich ins Haus.

DODGE CITY

Der Doc klingelt um Punkt acht.

»Mach mal auf«, befiehlt mir meine Mutter, die gerade in den Flur gekommen ist und noch mal zurück Richtung Bad rennt. Sie ist so doll geschminkt, dass ich nicht sicher bin, ob der Doc sie wiedererkennen wird. Sie sieht meinen Blick. »Davon verstehst du nichts«, sagt sie und knallt die Badezimmertür zu.

Ich lasse den Doc noch mal klingeln, bevor ich ganz langsam die Tür aufmache und ihn fragend angucke, so als würde ich mich nicht an ihn erinnern. Normalerweise sind die Männer, die meine Mutter abholen, angezogen wie Nachrichtensprecher. Der Doc sieht aus, als wollte er mal kurz Zigaretten holen – er trägt Jeans und Turnschuhe. Nicht mal Blumen hat er dabei. Ohne seinen weißen Kittel sieht er weniger wie ein kaltblütiger Mörder aus, aber besser gefällt er mir trotzdem nicht. Hinter ihm sehe ich den Lotus an der Straße stehen und muss grinsen.

»Daniel, hey«, sagt er zu mir.

»Sie ist noch nicht fertig«, sage ich. Ich habe keine Lust, ihn reinzubitten.

»Kein Problem.« Er ist cool. Steht einfach da und sieht mich an. Ich gucke zurück. Wir stehen uns gegenüber wie zwei bescheuerte Cowboys in einem Billigwestern. Dodge City lässt grüßen. Mal sehen, wer zuerst zieht. Seine Augen sind dunkel, fast schwarz. Genau wie meine Mutter es mag. Schließlich wendet er sich ab und betrachtet unseren Vorgarten.

»Schickes Auto«, sage ich in seinen Rücken hinein.

Er zuckt die Achseln. »Ja,«, sagt er, »wahrscheinlich.«

Er sieht auf die Uhr.

»Sie ist immer zu spät«, sage ich. »Manchmal vergisst sie Verabredungen auch einfach.«

Er dreht sich wieder zu mir um und grinst. »Verstehe.«

Dann kommt er ziemlich nah an mich heran. »Ich mag es, wenn's nicht so einfach ist«, sagt er, und blöderweise weiß ich darauf keine Antwort. Zum Glück kommt meine Mutter endlich durch den Flur gelaufen. Sie kaut auf ihrer Unterlippe – sie ist nervös.

»Ich weiß gar nicht, ob mir überhaupt nach Sushi ist«, sagt sie zum Doc und bleibt vor ihm stehen. »Keine Blumen?«

Er nimmt ihre Hand und zieht sie hinter sich her die Stufen zum Vorgarten herunter. Sie vergisst, sich von mir zu verabschieden. Als die Tür ins Schloss gefallen ist, ist es im Flur eiskalt. Ich gehe in die Küche und sehe den beiden durchs Fenster zu, wie sie zum Auto gehen. Ich kann mir genau vorstellen, wie meine Mutter ihn mustert, wenn sie ihm im Restaurant gegenübersitzt, wie sie ihn abscannt mit ihren großen Augen, wie sie ihn später abtasten wird und ihn darauf überprüft, ob er ihr standhält, so wie man auf einem frisch zugefrorenen See das Eis prüft. Sie wird es sowieso betreten, egal, wie dünn es ist, das tut sie immer. Und wie so oft weiß ich nicht, ob ich sie dafür hassen oder bemitleiden soll.

Ich texte Edgar an, ob er zu Hause ist, aber er schickt

mir nur ein Bild von irgendwelchen verkrüppelten Bäumen, also ist er wieder irgendwo im Nirgendwo und zeichnet. Er rennt ständig irgendwo rum und malt, am liebsten totes Zeug, Bäume, Insekten – auf die steht er total –, aber auch Müll, kaputte Sachen, alles Mögliche. Und Menschen, gerne auch tot oder verstümmelt, in irgendwelchen Seen aus Hirnmasse schwimmend oder so. Edgar malt manchmal ziemlich krasses Zeug. Die Navarro, unsere Kunstlehrerin, meint, dass Edgar wahnsinniges Talent hat und was draus machen kann. Sie sagt, er sei ein »Feingeist«. Sie hat seine blutigen Sachen noch nicht gesehen. Aber kann schon sein. Edgar ist ein Künstler.

Ich könnte auch gerne irgendwas richtig gut. Nicht Englisch oder Bio oder so. Etwas, das was ausmacht. Wenn Edgar einen Baum malt, dann guckt man da drauf und kann den Wind darin rauschen hören. Wenn *ich* einen Baum male, sieht das aus wie eine Wurst mit Blättern.

Edgar ist mein bester Freund. Mein einziger, um ehrlich zu sein. An Edgar ist nichts so, wie es gehört. Seine Haare haben keine Frisur, seine Klamotten keinen Style. Mit seiner krassen Brille, den dürren Beinen und dem Gesicht, in dem irgendwie nichts so richtig da ist, wo man es erwartet, sieht er schräg aus. Eigentlich muss man sich immer wundern, wenn man ihn anguckt. Das mag ich.

Manchmal sehe ich ihm zu, wie er malt. Manchmal hört er mir zu, wie ich mich über meine Mutter auskotze und über ihre Männer. Manchmal quatschen wir über jeden Furz, den wir lassen, und manchmal reden wir gar nicht.

Ich nehme einen Hammer und Nägel und gehe in den Garten, suche zwei halbwegs gerade Äste, hämmere sie zu einer Art Kreuz zusammen und stecke es in die Erde, mache dann ein Foto von Ozzys Grab und schicke es Edgar. Etwas später kommt eins zurück. Eine Zeichnung. Ozzy liegt in einem Liegestuhl unter einem Baum. Aus den Zweigen fallen Hundekuchen und Knochen und Würste auf ihn herunter, er fängt gerade eine mit der Schnauze auf. Fette nackte Engel schwirren um ihn herum und wedeln ihm Luft zu. Er hat eine Sonnenbrille auf und ein irres Grinsen im Gesicht. Ich muss lachen. Und dann heulen.

DEATH = TOD

»Wo willst du denn hin?«

Die Haare meiner Mutter stehen zu allen Seiten ab. Sie lehnt am Türrahmen zur Küche und nippt an ihrem Kaffee. Ihr Nachthemd ist zu kurz.

Ich wollte gerade mit Ozzy raus und habe mich an der Küche vorbeigeschlichen, um meiner Mutter und dem Doc nicht *Guten Morgen* sagen zu müssen. Natürlich hat sie ihn gestern Abend mit nach Hause gebracht. Ich habe sie durch den Flur poltern und lachen hören. Das ist auch so eine Sache. Auch wenn sie gerade noch am Boden war – wenn ein Neuer auftaucht: von null auf hundert.

Ich habe es bis an die Haustür geschafft, aber meine Mutter hat wohl gehört, wie ich Ozzy gerufen habe. Jetzt sehe ich auf die Hundeleine in meiner Hand und es fällt mir ein wie eine vergessene Englisch-Vokabel. Death – Tod. Ozzy ist tot.

»Nirgendwohin«, sage ich und halte die Leine hinter meinen Rücken, aber sie hat sie schon gesehen.

»Ach Danny«, sagt sie mit sanfter Stimme und kommt auf mich zu. Ich will noch fliehen, aber da hat sie mich schon an sich gedrückt.

»Es geht ihm jetzt gut«, sagt sie in meinen Nacken, »er hat es geschafft.«

Ich versuche, mich aus ihrem Griff zu befreien, aber sie drückt mich noch fester an sich, so als würde sie etwas aus mir rauspressen wollen, und tatsächlich steigen mir die Tränen in die Augen. Eine Sekunde lang bleibe ich in ihren Armen liegen. Lasse mich ein bisschen tiefer sinken. Dann mache ich mich los.

»Komm erst mal frühstücken«, sagt meine Mutter. Ich drücke den Kloß in meinem Hals weg. Ich will nicht frühstücken. Nicht mit dem Hundemörder.

»Keine Lust«, sage ich, aber meine Mutter hat diesen Blick, nicht sauer, aber enttäuscht, also gebe ich nach und nehme es ihr übel.

In der Küche hat der Doc im Radio gerade offensichtlich seinen Sender gefunden. Er dreht es lauter. Eine Kippe im Mundwinkel, macht er am Mixer rum. Die Küche sieht aus, als wäre hier ein Obstkorb explodiert – der Tisch ist voll mit Fruchtfleisch und Schalen.

Meine Mutter hasst es, wenn es unordentlich ist. Sie würde ausklinken, wenn ich das Chaos gemacht hätte.

»Du musst doch Hunger haben«, sagt sie zu mir.

»Ach ja?«, sage ich. »Muss ich?«

»Daniel, nicht in dem Ton, ja?«

Der Doc nickt mir zu, als wäre es völlig normal, dass er morgens in unserer Küche Obst zermatscht. Er startet den Mixer, der dröhnend gegen The Police und *So Lonely* antritt. Ich mag den Song nicht, aber zumindest steht der Doc auf echte Musik und nicht auf so einen Jazz-Quatsch.

Ich bin froh, dass zumindest er sich richtig angezogen hat, bevor er in die Küche gekommen ist, auch wenn mir sein unrasiertes Gesicht zu persönlich und sein Körper zu groß ist für diesen Raum. Ich frage mich, ob er merkt, dass er nicht in diese Küche passt. In unser Leben. Sieht nicht so aus. Aber so ist das eben. Sie merken es nie.

Ich setze mich an den Tisch, aber das heißt nicht, dass ich bereit bin für gepflegten Frühstückstalk.

Der Doc stellt mir ein Glas mit einer rotbraunen Flüssigkeit hin und mustert mich kurz.

»Trink das«, sagt er, »das hilft gegen alles.«

»Ich bin allergisch«, sage ich.

»Ach ja?«, sagt der Doc, »gegen was? Da sind nur gute Sachen drin.«

»Gegen gute Sachen«, sage ich, will aufstehen und gehen, aber meine Mutter wirft mir diesen Blick zu, eine Warnung, also bleibe ich sitzen. Sie drückt sich von hinten an den Doc, küsst ihn auf den Nacken und schiebt ihm mit einer schnellen Bewegung ihre Zunge ins Ohr. Ich sehe leider zu spät weg.

Sie will mich auf die Stirn küssen, aber ich ducke mich und sie rauscht aus der Küche. »Ich muss mich anziehen!«

Manchmal wünschte ich, dass meine Mutter sich damals vom Acker gemacht hätte und nicht mein Vater.

Der Doc setzt sich mir gegenüber an den Tisch.

»Wie alt bist du?«, fragt er mich. Okay, jetzt kommt das Fußball- und Mädchengespräch. Fällt euch Typen nichts Besseres ein?

»Fünfzehn«, sage ich und zähle innerlich runter. Frag schon.

»Wenn man fünfzehn ist, möchte man manchmal, dass sie tot ist«, sagt der Doc.

»Dass wer tot ist?«

»Die eigene Mutter.«

Ich weiß nicht, was ich dazu sagen soll. Kann der Typ Gedanken lesen?

»Deine Mutter«, sagt er, »die hat es nicht leicht gehabt.«

Was er nicht alles weiß nach einmal Sushi und einmal Sex.

»Meine Mutter hat sich erhängt, da war ich so alt wie du.«

Ich betrachte unsere Tischdecke, auf der Weihnachtsmänner nackte Engel umarmen. Es kommt mir irgendwie inzestuös vor.

»Ich habe immer gedacht, ich wäre froh, wenn sie endlich verschwindet, weißt du?«, redet der Doc weiter. »Ich habe gedacht, dann wäre ich endlich frei.«

»Meine Mutter ist ziemlich lebendig«, sage ich. »Aber mein Hund ist tot.« Ich halte seinem Blick stand.

»Ja«, sagt er schließlich und sieht ins Leere. »Manchmal dauert es ein bisschen, bis man es versteht.«

Er schweigt ein paar Sekunden, dann schiebt er plötzlich das Glas mit dem braunen Gebräu mit einem Ruck zu mir. »Trink. Es hilft.«

Er steht auf und beginnt das Chaos aufzuräumen.

Und ich weiß nicht, warum, aber ich trinke das ganze Glas auf einmal leer. Es hilft.

PRINCESS EVIL

Ich treffe Edgar vor der Schule. Er fragt mich nicht, wie es mir geht, weil Edgar keine Fragen stellt, auf die er die Antwort schon kennt. Er guckt mich nur an und weiß Bescheid und sagt: »Komm mit.« Wir gehen hinter die Turnhalle und er holt einen Flachmann aus seiner Tasche und zwei Schnapsgläser, schenkt ein, hält mir eins hin und prostet mir zu: »Auf den alten Stinker«, und wir trinken auf Ozzy. Damit ist das Thema erledigt.

Die erste Stunde ist Mathe. Mathe ist die treueste Seele, die es gibt. Bei Mathe weiß man immer, woran man ist. Ich mag Dinge, von denen ich weiß, dass sie morgen noch genau so sein werden wie heute. Zahlen sind solche Dinge. Sie sind unbestechlich. Wer sie auch benutzt, sie bleiben immer sie selbst. Man kann mit ihnen Sachen berechnen, die unberechenbar sind. Mein Vater ist zum Beispiel genau seit eintausendsechshundertsiebenunddreißig Tagen weg, morgen seit eintausendsechshundertachtunddreißig. Seit er gegangen ist, gab es dreizehn Männer im Leben meiner Mutter. Im Durchschnitt sind sie zwei Monate und siebzehn Tage geblieben. Ihr Durchschnittsalter war fünfunddreißig. Der Anteil an Schwachsinn, den sie geredet haben, lag bei mindestens neunzig Prozent.

Meine Mutter braucht im Schnitt acht Wochen, um über einen von ihnen wegzukommen.

Frau Köpke liebt Zahlen genauso sehr wie ich. Ich höre ihr gerne zu, wenn sie mit glühenden Wangen über Funktionen und Sinuskurven plaudert. Heute kann ich mich trotzdem nicht konzentrieren, weil ich mich frage, ob Ozzy sich in seinem Grab nicht eigentlich ziemlich alleine fühlt und ob er vielleicht Hunger hat, also sehe ich mir *die Prinzessin* an. Sie hat wie immer diesen Gesichtsausdruck, als hätte sie alles, was da vorne erzählt wird, schon mal gehört. Sie heißt eigentlich Alina. Alina von Wildern. Edgar und ich nennen sie aber nur *Prinzessin, Princess Evil* oder auch manchmal einfach *Evil.* Natürlich wegen ihres Namens und weil sie tatsächlich adlig aussieht mit ihrem Puppengesicht und ihren hochgezogenen Augenbrauen. Und weil ihre Eltern das größte Haus in der Gegend haben, eine Art Schloss mit riesigen Säulen und einem Park mit See davor – *Residence Evil.* Und weil bei ihr da, wo andere ihr Herz haben, nur ein großes dunkles Loch ist.

Sie macht anderen gerne klar, dass sie hässlicher sind als sie. Oder ärmer. Oder dümmer. Sie macht es nie direkt. Es sind ihre Blicke, wenn jemand an der Tafel steht. Oder kleine Bemerkungen und Fragen, die ganz harmlos wirken, aber direkt auf die Zwölf gehen. Vor den Sommerferien hat sie Jenny Bluhm gefragt, wo sie Urlaub machen würde. Jennys Vater sitzt im Knast, weil er sich an eine 13-Jährige rangemacht hat oder so, ihre Mutter muss jetzt drei Jobs machen und Jenny und ihre Geschwister alleine durchfüttern. Jeder weiß, dass sie nirgendwohin in den Urlaub fahren. Niemand fragt sie danach. Aber Princess Evil wollte es genau wissen, vor der ganzen Klasse. Jenny hat versucht, das Thema zu wechseln, aber sie hat weitergebohrt, ob sie wieder nach Malle fliegen würden, und ganz scheinheilig gefragt: »Schickt ihr deinem Vater dann eigentlich eine Postkarte?« Jenny hat angefangen zu heulen und ist weggerannt. Sie ist eine Woche nicht mehr in die Schule gekommen.

Princess Evil kann jemandem in die Fresse hauen, ohne einen Finger krumm zu machen. Aber manchmal macht sie es auch anders. Wie bei Enzo zum Beispiel. Enzo hat vor hundert Jahren mal irgendwas bei so 'nem nerdigen Wettbewerb gewonnen, *Jugend forscht*, glaub ich. Es ging um irgendwas Abseitiges, sich selbst reinigende Klamotten oder so was, ziemlicher Quatsch wahrscheinlich, oder vielleicht auch nicht, egal. Jedenfalls ist Enzo nicht gerade der Star der Klasse. Er geht allen auf den Geist, weil er jedem, der nicht rechtzeitig abhaut, einen Vortrag hält über das, was er gerade wieder in *Spektrum der Wissenschaft* gelesen hat. Na ja, Enzo nervt zwar – ist aber harmlos.

Irgendwann war ein Lehrer krank und wir haben in der Klasse auf Vertretung gewartet, alle saßen rum und haben gelabert, und irgendwie hatte Enzo was Neues am Start, es ging um Röntgenstrahlen und wie man mit ihnen das Universum untersucht oder so. Er hat ziemlich laut darüber geredet und dabei extrem mit seinem Stuhl gekippelt. Ich fand das eigentlich gar nicht so unspannend, was er da erzählte, auch wenn ich schon wusste: Das dauert jetzt erst mal zwanzig Stunden. Aber Evil war genervt, sobald Enzo auch nur das erste Wort ausgesprochen hatte, das konnte man ihr ansehen. Sie saß am Tisch neben ihm. Sie hat versucht was zu lesen und Enzo hat sie dabei gestört – schwerer Fehler. Sie hat nichts gesagt, kein Wort. Hat ihn nicht mal angesehen. Und irgendwann – Enzo hatte schon einen ganz roten Kopf vor lauter Enthusiasmus und fuchtelte gerade in der Luft rum, um irgendwas zu demonstrieren – hat sie ihr Buch weggelegt und mit einer kurzen festen Bewegung gegen Enzos Stuhlbeine getreten. Er ist zur Seite weggekippt wie ein nasser Sack. Null Körperspannung, diese Physiker. Für ein paar Sekunden war es totenstill in der Klasse, dann hat Enzo sich aufgerappelt und wieder hingesetzt, als wär nichts passiert. Er hatte ein bisschen Blut an der Stirn, aber er hat das gar nicht weggewischt. Kein Blick zu Princess Evil. Dann kam irgendein Lehrer rein und das Ganze war erledigt.

Sie macht solche Sachen einfach nur zum Spaß. Und niemand kommt gegen den sadistischen Scheiß an. Nicht mal die Lehrer.

Ich meine, ich baue auch Scheiße. Aber das ist irgendwie anders.

Frau Köpke fragt, wer die erste binomische Formel an die Tafel schreiben möchte, und natürlich möchte niemand, weil sie niemand kennt. Ich schon, aber ich mache mich nicht zum Horst, und die Prinzessin bestimmt auch, aber sie macht selten etwas, was ein Lehrer will. Ich sehe, dass sie unter dem Tisch ein Buch liest, es ist garantiert irgendwas wahnsinnig Anspruchsvolles. Sie liest dauernd irgendwas. Frau Köpke hat es auch gesehen.

»Alina«, sagt sie, »das Buch ist sicher spannend. Geht es um die Liebe? Du weißt doch, dass sie uns nur davon abhält, die Dinge zu sehen, wie sie wirklich sind. Und jetzt leg es bitte weg.«

Frau Köpke ist nicht gerade eine Romantikerin. Dass sie allerdings denkt, die Prinzessin würde Liebesgeschichten lesen, zeugt nicht von besonders guter Menschenkenntnis.

»Mathematik ist jedenfalls ganz sicher viel origineller.« Sie hält ihr ein Stück Kreide hin. »Wärst du so freundlich?«

Die Prinzessin seufzt.

»Ach, Frau Köpke …«, sagt sie, »ich verstehe ja sehr gut, dass Sie die Wissenschaft der romantischen Liebe vorziehen.« Sie spielt mit ihrem Stift und betrachtet Frau Köpkes Gesicht, in dem eine sehr große Nase dem Rest die Show stiehlt, was ich persönlich ja irgendwie sexy finde. »Man muss ja in der Position sein, die Liebe als etwas … Schönes wahrnehmen zu können«, sagt sie dann. »Man muss … die Möglichkeiten dazu haben.«

Frau Köpkes Mundwinkel zuckt, aber nur ein bisschen.

»Da hast du recht, Alina«, sagt sie, »und man muss eine gewisse geistige Reife erlangt haben, um zu erkennen, dass sich diese ›Möglichkeiten‹ an vielem festmachen.«

Sie legt die Kreide vor die Prinzessin auf deren Tisch, und die erhebt sich langsam und geht zur Tafel. Man weiß nie, wann sie eine Anweisung einer Lehrerin befolgt und wann nicht.

»Wann stellen wir eigentlich um auf Whiteboards?«, fragt sie. »Ich meine, Kreide … die gab es ja schon zu *Ihrer* Schulzeit, oder?«

Ich weiß nicht, wie alt Frau Köpke ist. Fünfzig vielleicht.

»Bis es so weit ist«, sagt sie, »kommen wir mit der Kreide klar.«

In perfekter Schönschrift schreibt die Prinzessin die Formel an: $(a + b)^2 = a^2 + 2ab + b^2$.

Dann legt sie die Kreide in die Ablage unter der Tafel, reibt sich den Kreidestaub von den perfekten Händen und setzt sich in aller Ruhe wieder auf ihren Platz.

»Es tut mir wirklich leid, wenn das alles hier unter deiner Würde ist, Alina«, sagt Frau Köpke ironisch.

»Ach, Frau Köpke«, sagt Evil mit fester Stimme, »solange es nicht unter Ihrer ist …«

Die anderen wechseln Blicke, verdrehen die Augen. Alle mögen Frau Köpke, aber keiner sagt was. Nie sagt jemand was. Alle haben Angst, dass sie Evils nächstes Opfer sind, ich meine, wirklich alle – wahrscheinlich sogar der Typ, der in den Schultoiletten die Handtücher auffüllt.

Edgar und ich hassen sie dafür. Und zwar richtig. Wir hassen sie sozusagen mit Konzept. Sie ist unser Projekt. Jemanden zu hassen klingt jetzt vielleicht erst mal nicht nach einem richtigen Projekt, aber Edgar und ich machen das nicht so nebenbei, sondern wir nehmen das richtig ernst. Wir beobachten sie schon seit einer ganzen Weile. Sammeln Informationen über sie. Wir werden ihre Schwachstelle finden, und dann werden wir dafür sorgen, dass sie dafür bezahlt, was sie mit anderen macht. Irgendwann.

Angefangen hat es, als wir gesehen haben, wie sie aus dem Büro von Mr. Archer kam, unserem Englischlehrer. Sie hatte es verdächtig eilig, und Edgar meinte, dass sie entweder vertrauliche Dokumente geklaut oder es ihm besorgt hat. Und ihn jetzt damit erpresst oder so. Seitdem spionieren wir ihr hinterher, und Edgar hat angefangen, sie zu zeichnen und heimlich Fotos von ihr zu machen. Wir waren ziemlich aufgeregt, was gefunden zu haben, das an Princess Evil verdächtig ist – alle denken ja immer, dass es nichts an ihr gibt, das nicht perfekt ist.

Ich weiß noch nicht genau, wo das alles hinführen wird. Was wir mit ihr machen, wenn wir alles zusammenhaben. Aber sie wird auf jeden Fall irgendwann für ihren sadistischen Scheiß bezahlen.

Ich sehe zu ihr rüber und betrachte ihr Profil, als sie plötzlich den Kopf dreht und mich ansieht. Vor Schreck sehe ich nicht weg. Sie sieht mich nie an. Sie weiß gar nicht, dass ich existiere. Oder vielleicht doch. Jetzt hebt sie jedenfalls ihre Hand, dreht mir den Handrücken zu, macht eine Faust und streckt sie mir entgegen. Dann klappt sie ganz langsam ihren Mittelfinger hoch.

EXPLOSION

Ich bin zu früh dran. Seit ich morgens nicht mehr mit Ozzy rausgehe, bin ich immer zu früh. Seit Wochen wache ich jetzt immer um dieselbe Zeit auf. Ozzy-Zeit. Meine Mutter schläft noch.

Leise ziehe ich die Tür hinter mir zu. In den Wochen seit Ozzys Tod ist es immer kälter geworden. Manchmal denke ich, dass die Kälte ihn konserviert, da unten in seinem Grab. Dass die Maden ihn noch nicht gekriegt haben. Es tut in der Lunge weh, wenn man tief einatmet. Ich mag es so. Bei Kälte kann man gut denken und fühlt wenig.

Langsam laufe ich die Straße runter. Weil es noch so früh ist, beschließe ich, vor der Schule kurz am Schloss vorbeizugehen. Ich beobachte die Prinzessin am liebsten morgens. Um dorthin zu kommen, muss ich durch den Park, durch den ich immer mit Ozzy gegangen bin. Ich ziehe mir die Kapuze weit über den Kopf, aber es hilft nicht.

Der Alki mit dem debilen Dobermann labert mich an.

»Woissn dein Hund?«

Er ist immer hier im Park, wenn ich mit Ozzy hierhergehe. Also, hierhergegangen *bin*. Auch bei dieser Schweinekälte hat er seine komischen Badelatschen und Tennissocken an und seine gelbe Daunenjacke, die ihm viel zu kurz ist und die er niemals zumacht. Sein Gesicht leuchtet rot vor dem Morgenhimmel.

»Hat sich totgesoffen«, sage ich und gehe weiter, und er pöbelt mir irgendwas hinterher, aber er klingt nicht wirklich böse. Eigentlich mag ich ihn auch. Er ist zwar immer voll, aber er mochte Ozzy. Er hat ihn immer »Mäuschen« genannt und »Schätzchen«. Aber ohne Ozzy bin ich hier im Park jemand anderes, und ohne Ozzy hab ich auf den Alki mit seinem dämlichen Hund keinen Bock.

Ich gehe über die große Wiese und biege auf einen der kleineren Wege ab, die ich mit Ozzy nie langgelaufen bin. Hinter der Brücke gehe ich den Hügel hinauf. Das Prinzessinnenschloss liegt gegenüber vom Park. Weiß und arrogant leuchtet es in der Morgendämmerung zwischen den kahlen Bäumen hervor. Ich lehne mich an einen Baum und texte Edgar:

7.35 Uhr. Noch keine Bewegung im Schloss.

Eine Weile sehe ich zur Residence Evil rüber. Die Prinzessin müsste eigentlich so langsam mal durch das Tor gefahren kommen. Wir haben um acht zusammen Englisch.

»Wo isser denn nun?« Der Alki steht hinter mir, er muss mir nachgelaufen sein. Er atmet schwer. Sein blöder Dobermann winselt leise und sieht aus seinen blutunterlaufenen Augen unterwürfig zu mir hoch.

»Das Schätzchen«, sagt er noch, und sein Hund glotzt mich dämlich an. Plötzlich kommt er auf mich zu und fängt an, mich anzuspringen. Das macht er sonst nicht, aber sonst habe ich ja auch meinen Hund dabei.

»Ey, lass mal«, sage ich. Ich schiebe den Dobermann weg und gehe weiter, aber nach ein paar Metern ist er wieder bei mir und springt mich an.

»Hör auf, Mann«, sage ich und schubse ihn wieder weg, aber er denkt nicht dran und springt mich noch mal an.

»Lass den Scheiß, echt jetzt!«, sage ich, aber der Köter macht weiter, und das Vieh ist groß, es stellt seine Pfoten auf meine Schultern und leckt mir das Gesicht ab mit seiner Glibberzunge. Der Sabber hängt ihm aus dem Maul. Ich muss fast kotzen. Der blöde Alki findet es wahnsinnig lustig, und der Köter springt immer wieder an mir hoch und schnüffelt und sabbert. Der Alki lacht irre. »Der will dich trösten«, sagt er, »weil dein Hund weg ist!« Er freut sich 'nen Ast ab, weil sein Hund so ein toller Typ ist. »Hau ab!« Ich schubse ihn fester, und er jault auf, und es klingt irgendwie nach Ozzys Jaulen, so als würde mein toter Hund in seinem Körper stecken, und dann merke ich, wie das alles wieder losgeht in meinem Kopf und zwar ziemlich schnell, ich hab es nicht mal kommen sehen. Plötzlich fällt mir das Atmen schwer, und in meinem Kopf zündet dieser Funke, und im nächsten Moment trete ich auch schon nach dem Köter.

Ich will das nicht machen. Ich trete keine Tiere, schon gar keine Hunde, aber dieser Hund, ich weiß nicht, er kommt mir so nah und er bellt und er winselt, und er ist so gutmütig dabei, unbedingt will er mir das Gesicht ablecken, er klingt wie Ozzy, aber er ist nicht Ozzy, dieser Scheißköter ist nicht mein Hund, weil mein Hund nämlich scheißtot ist, und ich trete nach ihm und noch mal, und das blöde Vieh wehrt sich nicht mal. Dieser riesige Hund springt mich weiter an, als wollte er mit mir spielen, und ich kann einfach nicht aufhören, nach ihm zu treten, ich erwische ihn nicht richtig und trete noch mal und noch mal, er winselt jetzt ganz komisch, ein hysterisches, helles Fiepen, es klingt überrascht, als könnte er nicht fassen, dass ich nach ihm trete, und er beißt mich nicht mal und springt trotzdem weiter, und ganz weit weg höre ich jemanden schreien. Das muss der Alki sein, ich höre aber nicht, was er schreit, nur seine kratzige, versoffene Stimme höre ich, und dann schubse ich ihn, und plötzlich liegt er auf dem Boden, dann steht er wieder, ich schubse ihn noch mal, ich trete auch nach ihm, trete ins Leere. Ich betrachte meinen tretenden Fuß, als würde er jemand anderem gehören, sehe ihm zu, wie er sich bewegt, und dann reißt mich jemand weg, ich falle, jemand drückt mich auf den Boden, jemand liegt auf mir, und ich wehre mich nicht, und ich weiß gar nicht, wie er dahin gekommen ist – wo ist der Hund?

Und wo ist mein Hund?

Wo ist Ozzy?

Ich kriege keine Luft. Aus dem Augenwinkel sehe ich, dass der Hund wegrennt, der Dobermann, und ich weiß, dass ich ihn getreten habe, ich weiß nur nicht, warum. Und ich sehe, dass der Alki sich aufrappelt und auch weglaufen will, er stützt sich an einem Baum ab und sieht mir ins Gesicht, und er sieht gar nicht wütend aus. Und jetzt erst sehe ich, dass es Edgar ist, der mich weggerissen hat. Ich erkenne ihn an seiner grünen Mütze, sein Kopf liegt auf meiner Brust. Edgar ist da. Ich sage zu Edgar: »Die Prinzessin ist noch nicht aufgetaucht.« Ich keuche. Meine Lunge brennt von der kalten Luft, und mir ist schlecht. Edgar liegt einfach auf mir und hält mich fest. »Halt mal gerade die Fresse, ja?«, sagt er. Er keucht auch, und ich mache die Augen zu und denke, dass ich den Dobermann getreten habe und dass er sich nicht gewehrt hat. Und ich frage mich plötzlich, was ohne meinen Hund eigentlich von mir übrig bleibt.

»Mann, Danny«, sagt Edgar, es klingt dumpf, weil er es in meine Jacke hineinsagt. »Was ist los. Scheiße, was ist los.« Es ist keine Frage.

Ich mache die Augen wieder auf und lege meinen Kopf zurück, so weit ich kann. Das Haus der Prinzessin steht auf dem Kopf und da oben am Himmel, da kommt sie mit ihrem Fahrrad durchs Tor gefahren. Sie fährt falsch rum auf dem Himmel entlang und davon – und ich bin froh, dass sie nicht auch tot ist.

100 SACHEN

Der Doc fährt wie'n Henker. Wenn der Lotus beschleunigt, werde ich in den Sitz gedrückt wie im Flugzeug. Mit Voll Speed brettern wir durch den Ort. Ruckartig fährt er in die Kurven. Ich sitze so tief über dem Boden, dass ich das Gefühl habe, dass mein Arsch gleich aufsetzt. Die rote Tachonadel zittert.

Das Ganze war natürlich nicht meine Idee. Meine Mutter hat das klargemacht, ich konnte nichts dagegen tun. Nicht nach der Sache im Park. Heute Morgen saß sie am Küchentisch, als ich reinkam.

»Ich weiß nicht, was ich noch mit dir machen soll.«

Sie hielt sich mit beiden Händen an ihrer Kaffeetasse fest, als würde sie sonst wegfliegen. Der Doc war auch da. Er stand mit dem Rücken zu mir rauchend am offenen Fenster. Es war scheißkalt in der Küche.

Mir wäre lieber gewesen, meine Mutter hätte mich angeschrien. Aber sie hat mich nur gemustert wie ein missglücktes wissenschaftliches Experiment. Frankensteins Monster. »Ich weiß wirklich nicht, was ich noch tun soll.« Sie drehte ihre Tasse in den Händen. »Ich weiß nicht, ob du einfach bescheuert bist oder mich für irgendwas bestrafen willst oder –«

»Muss der eigentlich hier sein?«

Es ist mir so rausgerutscht. Aber ist doch wahr, ich meine, sie kennt den Doc gerade mal ein paar Wochen. Ist ja nicht so, dass er mein Vater wäre.

»Ja, muss er«, sagte meine Mutter. Dann sah sie mich wütend an. »Ich dachte, ich höre nicht richtig, als Katja mich angerufen hat.« Katja ist ihre Kollegin, die geht auch immer mit ihrem Hund in dem Park spazieren. Sie hat einen Chihuahua. Kein Wunder, dass die petzt.

»Die erzählt mir, dass sie meinen Sohn gesehen hat, wie er einen Hund vermöbelt. Und einen hilflosen Mann rumschubst. Kannst du dir ansatzweise vorstellen, wie peinlich das war?«

Ich fand nicht, dass einem vor einer Chihuahua-Besitzerin irgendwas peinlich sein sollte, aber ich habe nichts gesagt.

»Ich habe jedenfalls beschlossen, dass du heute mal was mit Thomas unternimmst«, sagte meine Mutter irgendwann.

»Ich hab heute schon was vor.«

Keine gute Idee. Ihre Stimme war leise, aber scharf.

»Jetzt hör mir mal gut zu, Daniel.« *Daniel*, nicht Danny. So nennt sie mich nur, wenn was ist. »Ich weiß nicht, was da in deinem Kopf vorgeht, und es ist mir langsam auch egal. Aber ich weiß, dass du das in den Griff kriegst, mein Lieber. Und zwar bald.«

Der Doc hatte zu Ende geraucht und betrachtete mich mit einem Blick, der genauso gut vorwurfsvoll wie mitleidig sein konnte. Oder vielleicht auch einfach nur desinteressiert. Ich kann den Typen nicht einschätzen.

Röhrend biegt er jetzt rechts ab und schneidet einen Radfahrer. Vielleicht denkt er, er könnte mich damit beeindrucken. Ich denke an die Kratzer, die einmal um den Wagen herumgehen, und muss innerlich grinsen. Ich habe gar nicht gefragt, wo wir hinfahren. Vielleicht bringt er mich in eine Tierklinik, in der sie tollwütige Pitbulls auf schwer erziehbare Jugendliche hetzen, bis sie Besserung schwören. Oder, schlimmer, er will mit mir spazieren gehen und so eine Pseudo-Vater-Sohn-Unterhaltung führen.

Thomas König, Aushilfsvater.

Das kann er auf jeden Fall ohne mich machen.

Ich bin nervös, also fange ich an, Sachen zu zählen, meistens hilft das, Mathe hilft fast immer. Ich zähle, wie oft wir die Geschwindigkeitsbegrenzung überschreiten. Es sind mindestens vierzehn Mal. Ich zähle die Sekunden, die die Ampeln rot sind, wenn wir davorstehen und warten, als wüssten wir nicht, worauf. Es macht mich ein bisschen ruhiger.

Es hat angefangen zu schneien, nur ganz leicht, so ein Schnee, der kaum einer ist, winzige nutzlose Flocken. Wir fahren am Park vorbei. An der Ampel beim Schloss bleiben wir stehen. Jemand kommt gerade durch das Tor. Ein Junge. Ich habe den schon mal gesehen, als ich zusammen mit Edgar am Schloss war und wir Fotos gemacht haben. Er geht bis zur Straße und bleibt stehen, als hätte er vergessen, wo er hinwill. Er ist ungefähr so alt wie ich und groß und dünn, Typ männliches Hungermodel. Er trägt Anzug und Turnschuhe. Ich weiß nicht, woher ich den kenne. Auf unsere Schule geht er nicht. Das muss ihr Freund sein, denke ich, obwohl ich mir nicht vorstellen kann, dass Evil jemanden wirklich mag. Oder jemand sie.

Ich würde gerne Edgar antexten, überlege sogar kurz, ein Foto von dem Typen zu machen, aber dann fällt mir ein, dass meine Mutter mich gezwungen hat, mein Handy zu Hause zu lassen. Eigentlich weiß ich auch nicht so richtig, ob ich Edgar wirklich schreiben soll. Selbst er hat mich so angeguckt, als es passiert ist. Als wäre ich ein Alien oder ein Serienmörder oder so.

Der Doc fährt auf die Straße zum Bahnhof. Vielleicht muss ich ins Internat, denke ich, aber er fährt am Bahnhof vorbei. Ich mache die Augen zu. Was er mir auch erzählen will, ich werde einfach nicht zuhören. Soll er doch auf Ersatzvater machen. Er wär ja nicht der Erste. Aber das muss ja nicht heißen, dass ich einen auf Sohn mache. Ich hab schon einen Vater. Oder hatte. Was weiß ich.

Mit einer scharfen Bremsung halten wir an einer Ampel.

»Ich habe genauso wenig Lust auf diesen Scheiß wie du«, sagt der Doc plötzlich. Ich mache die Augen auf, sehe ihn aber nicht an. »Und ehrlich gesagt ist es mir auch ziemlich egal, wen oder was du zusammenschlägst. Und warum.«

Die Ampel wird grün und wir fahren los, langsamer als vorher.

»Also, zumindest bin ich nicht dein Kindermädchen, okay?«, sagt er leiser.

Wir fahren Richtung Ortsausgang. Der Schnee wird dichter. Es ist arschkalt im Lotus.

An der nächsten Ampel bleiben wir wieder stehen. Wir sitzen eine Weile so da, bis es hinter uns hupt. Mit einem Ruck fährt der Doc wieder an, wendet plötzlich und biegt an der nächsten Straßenecke rechts ab. Wir fahren durch ein Industriegebiet und biegen auf einen gigantischen Parkplatz ein. Ich war noch nie hier. Er ist völlig leer, weit und breit ist keiner zu sehen. Der Doc fährt in die Mitte des Parkplatzes, hält an und macht den Motor aus.

»Rutsch rüber«, sagt er. Er steigt aus, geht um den Wagen herum und macht die Beifahrertür auf. »Los, rutsch rüber!«

Will der Typ mich verarschen? Wir sitzen hier in einem Zigtausend-Euro-Schlitten. Ich bin fünfzehn.

»Mach schon!« Er steigt einfach ein. Bevor er auf meinem Schoß landet, rutsche ich schnell rüber auf den Fahrersitz.

»Fahr los«, sagt der Doc. Echt jetzt? Ich weiß immer noch nicht, ob er mich verarscht. Er lehnt sich auf dem Beifahrersitz zurück. Eine Weile sitzen wir schweigend da. Schließlich umfasse ich vorsichtig das Lenkrad. Es ist mit weichem Leder umhüllt. Mit den Füßen taste ich nach den Pedalen. Der Doc ist nicht viel größer als ich, ich komme problemlos dran.

»Kupplung«, sagt er, und ich trete mit dem linken Fuß das Pedal durch. Es geht schwerer, als ich gedacht hätte, anders als im Wagen von Edgars Mutter, den wir uns vor ein paar Monaten mal »ausgeliehen« haben. Das war so 'ne Rentnerkarre, nicht so was hier.

»Zündung«, sagt der Doc.

Ich fasse nach dem Schlüssel. Sehe noch einmal zu ihm rüber, ob er es sich anders überlegt. Drehe den Schlüssel rum. Mit einem Röhren springt der Motor an. Mein Herz rast. Vorsichtig spiele ich mit dem Gas.

»Erster Gang«, sagt er, und ich schiebe den Schalthebel zaghaft nach vorne.

»Und los.«

Langsam lasse ich die Kupplung kommen. Meine Hände zittern und mein blödes Herz hämmert so heftig gegen meinen Brustkorb, dass der Doc es hören muss. Ich habe Angst, dass ich die Karre abwürge, aber sie setzt sich mit leichtem Schwung in Bewegung.

»Gut so«, sagt der Doc. Langsam fahre ich über den Platz. »Und jetzt gib mal ein bisschen Stoff.«

Meine Hände schwitzen. Ich drücke das Gaspedal etwas mehr durch.

»Zweiter Gang.«

Ich beschleunige.

»Dritter Gang!«

Ich fahre mit fünfzig über den riesigen Platz.

»Vierter!«

Ich fahre sechzig, dann siebzig.

»Fünfter!«, sagt der Doc, und ich beschleunige auf fast hundert. Erst jetzt nehme ich wahr, wie ich den Motor im Magen spüre, ein pulsierendes Vibrieren, das mich ganz ausfüllt. Ich muss grinsen. Da vorne ist der Parkplatz zu Ende. Ich bremse ein bisschen ab, schalte herunter, fahre in die Kurve, gebe auf der Geraden wieder Gas. Fahre noch eine Runde und noch eine. In meinen Ohren rauscht es. Nicht ein einziges Mal komme ich auf dem verschneiten Untergrund ins Schleudern. Als ich den Lotus irgendwann mit einer souveränen Bremsung stoppe, rutscht er ein kleines Stück über den Schnee. Ich sehe zum Doc rüber. Er hat die Augen geschlossen.

SKIFAHREN FÜR ARME

Edgar und ich haben beide einen Stock im Arsch. Ich weiß nicht, was er jetzt denkt. Wir trinken Kaffee in Pollys Kioskladen wie meistens vor der Schule. Polly knallt uns die Tassen auf den Tisch. Sie ist offensichtlich heute besonders mieser Laune. Polly ist die mürrischste Person der Welt. Sie grüßt nicht, sie lächelt nicht und sie spricht nur, um einem zu sagen, was man zu bezahlen hat oder dass sie sauer ist. Edgar steht auf Polly, er mag Leute, die keinen Wert auf Höflichkeiten legen, und wenn irgendjemand keinen Wert auf Höflichkeiten legt, dann Polly.

Wir sitzen jedenfalls ziemlich verkrampft an unserem Stammtisch, trinken Pollys Höllenkaffee und machen Small Talk, das ist nicht so unsere Art. Fehlt nur noch, dass wir übers Wetter reden. Oder die Bundesliga.

Eigentlich habe ich nie das Gefühl, dass Edgar irgendwas komisch findet, was ich tue. Das ist ja das Gute an ihm. Man kann ihn mit nichts schocken. Im Gegenteil, er mag die Dinge am liebsten, wenn sie jenseits von normal sind. Aber die Sache im Park, die hat er dann vielleicht doch nicht verstanden. Wie soll er auch, ich verstehe sie ja selbst nicht. Manchmal wache ich nachts aus einem Traum auf, in dem ich diesen Hund trete.

Jedenfalls sitzen wir jetzt hier zusammen, als würden wir uns kaum kennen, und das fühlt sich ziemlich beschissen an. Wir reden über die Englischarbeit am Freitag, was wir sonst nie tun würden, und dann wissen wir nicht mehr weiter.

Draußen hat es wieder angefangen zu schneien. Normalerweise würden wir jetzt rausgehen und uns Schnee ins Gesicht drücken, stattdessen sitzen wir hier dämlich rum und warten, dass der Unterricht anfängt, aber dann sagt Edgar: »Ich will dir was zeigen.« Und ich sage einfach: »Okay.«

Alles besser als das hier.

Drüben in der Schule klingelt es zur ersten Stunde. Chemie.

»Aber nicht hier«, sagt Edgar. »Wir müssen dafür woanders hin.«

Chemie braucht kein Mensch. Ich finde nicht, dass man die Dinge in ihre allerkleinsten Teile zerlegen sollte. Sie sind doch als Ganzes schon kompliziert genug.

Wir laufen durch die Fußgängerzone Richtung Busbahnhof. Ziehen die Köpfe ein, falls wir auf einen Lehrer treffen. Mit dem Achtzehner fahren wir zum Hauptbahnhof, und Edgar sieht auf die Anzeigetafel. »Gleis acht.« Wir kaufen Schokocroissants und Kaffee und steigen in einen Zug, und ich frage immer noch nicht, wohin es geht. Es ist gut, einfach mit Edgar in diesem Abteil zu sitzen, das zum Glück ansonsten leer ist, in die durchgedrehten Schneeflocken da draußen zu starren, süße Croissants zu essen und abzuwarten, wo wir landen.

Wir fangen ziemlich schnell an, über Princess Evil zu quatschen, weil wir das immer machen. Wir spielen unser Spiel. Edgar denkt ja immer, Evil muss in der Hölle aufgewachsen sein. Sonst wäre sie nicht so sadistisch. Ich glaube eher, dass sie in einem verdammten Märchenschloss lebt. Wir denken uns gerne aus, wie das so abläuft – zum Beispiel so:

Edgar: »Ihr Vater lässt sie jeden Abend achtzig Vaterunser beten. Nackt.«

Ich: »Sie hat drei Hausangestellte für sich allein, die sie morgens baden, sie anziehen, ihr die Haare bürsten und sie mit Kaviar füttern.«

Edgar: »Ihre Mutter zwingt sie, bei voller Beleuchtung auf dem kalten Marmorboden zu schlafen, wenn sie was falsch gemacht hat.«

Ich: »Sie kriegt so viel Taschengeld, wie dein Vater und meine Mutter zusammen in einem Monat verdienen. Und wenn sie einen besonders wohlklingenden Furz lässt, gibt es noch 'ne Prämie obendrauf.«

Edgar: »Beim Frühstück muss sie jeden Tag ein anderes Goethe-Gedicht rezitieren. Und wenn sie sich verhaspelt, kriegt sie Schläge mit einem Gürtel. Auf die nackten Fußsohlen.«

Und so weiter.

Irgendwann steigen wir aus und stehen auf einem verlassenen Bahnhof in irgendeinem Kaff. Es gibt nur ein paar Häuser, sonst nichts. Wir laufen los und sind am Arsch der Welt, nur Felder und Wald weit und breit. Keine Ahnung, was das hier für ein Ort ist, aber Edgar kennt sich aus. Man kann kaum zwanzig Meter weit durch den Schnee gucken, außer uns ist keine Sau unterwegs, und ich muss daran denken, wie Ozzy jetzt ausflippen würde, weil er Schnee so geliebt hat.

Ich schiebe den Gedanken an Ozzy wieder weg und stapfe mit knirschenden Schritten hinter Edgar her, einen Hügel hinauf. Als ich mich umdrehe, kann ich über das Dorf gucken.

Alles ist weiß. Es sieht aus wie in einem verdammten Weihnachtsfilm, und ich kann nichts dafür, ich mag es. Ganz oben am Hügel stehen ein paar kleine Häuser. Am letzten halten wir an und Edgar öffnet das Gartentor, als wäre es sein eigenes.

»Brechen wir da jetzt ein?«, frage ich ihn, aber Edgar grinst nur und tastet mit der Hand über dem Türrahmen rum und hat auf einmal einen Schlüssel in der Hand.

Drinnen riecht es nach Holz und Zimt und kaltem Zigarettenrauch. Edgar zieht die Vorhänge auf. Das trübe Winterlicht fällt in den Raum, in dem ein altes Sofa steht und ein riesiger Sessel und ungefähr tausend Kissen auf dem Boden liegen. An den Wänden hängen abgefahrene Bilder, krasses Zeug, vor allem Porträts, Menschen mit schmerzverzerrten Gesichtern. Überall stehen Skulpturen aus Holz rum, seltsam geformte Körper, und es gibt mehrere Staffeleien, die mit Stoff verhängt sind. Es könnte Edgars Hütte sein. Auf dem Couchtisch liegen Skizzenblöcke, vollgeschriebene Zettel, Bücher, Fotobände, all so ein Zeug. Jemand hat mit Farbe Striche an die Wand gemalt, so wie es Leute im Gefängnis machen, wenn sie die Tage zählen, die sie noch abzusitzen haben. Über dem Sofa steht in riesigen roten zittrigen Buchstaben:

Kill me, I'm dying.

Das Beste ist aber: Es gibt einen Kamin. Edgar zieht seine Jacke aus und fängt an, Holzscheite aufzuschichten. Er nimmt Zeitungspapier und zündet es an, und in Nullkommanichts ist es warm. Ich werfe mich in den Sessel.

»Okay, wer zur Hölle wohnt hier?«, frage ich Edgar.

»Benno«, sagt Edgar.

»Benno«, sage ich.

»Ein Künstler«, sagt Edgar. »Bisschen verrückt. Ich habe den bei einer Ausstellung kennengelernt. Der ist mindestens sechzig oder so. Supercooler Typ. Hört aber manchmal Stimmen und so. Deswegen geht er ab und zu freiwillig in die Klapse, um sich wieder hinzukriegen. Jetzt ist er auch gerade da. Er hat gesagt, ich darf hierherkommen, wann immer ich will.«

Ich sehe Edgar an, und mir wird klar, dass diese Hütte eine Art Geheimnis ist. Es verpasst mir einen Stich, dass er mir nichts davon erzählt hat. Eigentlich erzählen wir uns alles. Dachte ich jedenfalls.

»Kommst du oft hierher?«, frage ich ihn und versuche, nicht beleidigt zu klingen.

Edgar zuckt die Achseln. »Ab und zu.« Er steht auf und legt noch ein Holzscheit in den Kamin. »Wenn es mir zu Hause zu einsam wird.«

»Einsam« ist jetzt nicht gerade das Erste, das mir zu Edgars Zuhause einfällt. Edgars Zuhause ist nämlich eine ziemlich kleine Dreizimmerwohnung, in der er mit seinen Eltern und drei Katzen und zwei Wellensittichen wohnt. Edgars Eltern sind fast immer zu Hause. Sie sind die freundlichsten Menschen auf der Welt. Sie sind wie eine Einheit, immer einer Meinung. Meistens haben sie sogar Klamotten in denselben Farben an. Sie würden niemals fluchen, niemals motzen. Sie kritisieren Edgar nie für irgendwas. Was er auch tut, sie lächeln dazu. Sie sind quasi das genaue Gegenteil von meiner Mutter, und dann kommen sie auch noch im Doppelpack. Ich finde Edgars Eltern absolut großartig, aber er nennt sie nur *die Aliens*. Und wahrscheinlich ist er ihnen genauso fremd wie sie ihm.

»Aber ist es hier dann nicht noch einsamer?«, frage ich ihn.

Edgar schüttelt den Kopf. »Überhaupt nicht«, sagt er und sieht ins Feuer. »So richtig alleine ist man doch sowieso immer nur mit anderen zusammen.«

Ich denke darüber nach. Irgendwie weiß ich, was er meint. Wenn ich mit meiner Mutter im Wohnzimmer sitze, habe ich auch manchmal das Gefühl, ich bin allein zu Hause.

Ich betrachte sein Gesicht, das im Schein des Feuers ganz feierlich aussieht.

»Ich wollte es dir eigentlich erzählen«, sagt er.

»Ist schon gut«, antworte ich, und das ist es wirklich.

Edgar legt eine CD auf, was Klassisches, er steht auf so ein Zeug. Er dreht die Lautstärke hoch und die Streicher legen richtig los, das Feuer dazu, *halleluja*, aber ich mag es irgendwie. Ich denke, dass ich für immer hierbleiben könnte. In diesem seltsamen kleinen Haus fühle ich mich, als wäre ich ewig weit weg von zu Hause. Der Penner mit seinem Hund, der Doc mit seiner Spritze, meine Mutter mit ihrem enttäuschten Blick – Gestalten aus einer anderen Welt.

Wir sitzen eine Weile am Feuer und glotzen in die Flammen, dann holen wir einen Schlitten aus dem Schuppen und gehen rodeln, »Skifahren für Arme«, sagt Edgar, »aber eigentlich besser.«

Der Hügel ist nicht steil genug, um richtig Fahrt drauf zu kriegen, aber wir tun einfach so, als würden wir mit voll Speed einen Riesenberg runterkacheln, lassen uns theatralisch vom Schlitten fallen, als hätten wir irgendwelche Kurven nicht gekriegt. Obwohl es kalt ist, ist mir heiß, und es ist das Beste, das ich seit ewigen Zeiten gemacht habe.

In Bennos Kühlschrank finden wir danach eine Flasche ohne Etikett mit irgendeinem dubiosen Kräuterschnaps und

Tiefkühlpizza. Etwas später sitzen wir mit der fettig dampfenden Pizza und dem Schnaps am Kamin, hören wieder diesen Klassikkram und gucken raus in den Schnee.

Irgendwann erzähle ich Edgar davon, wie es ist, wenn diese Sachen passieren, für die ich keinen Namen habe. Ich erzähle ihm von dem Gas, von der Explosion in meinem Kopf, von dem zu hellen Himmel und diesem überdimensionalen Wunsch, etwas kaputtzumachen. Davon, wie ich von oben heruntersehe auf das, was da passiert – und davon, dass ich mich danach fühle wie ein beschissener Freak. Und Edgar guckt ins Feuer, hört mir zu und sagt gar nicht viel dazu, denn Edgar muss nicht immer zu allem gleich eine Predigt halten.

»Ich wusste nicht, dass es so krass ist«, sagt er nur irgendwann, den Blick ins Feuer gerichtet. »Da im Park … du sahst dabei gar nicht aus wie du.«

Er sagt es so, dass ich hören kann, dass ihn das Ganze dann wohl tatsächlich irgendwie geschockt hat. Ich denke daran, wie der Hund gejault hat, und kann ihn verstehen.

»Ich bin das irgendwie auch nicht«, sage ich. »Jedenfalls kommt es mir nicht so vor.«

Wir sitzen noch eine Weile am Feuer. Gegen Abend gehen wir zurück zum Bahnhof und fahren wieder nach Hause, und ich denke immer noch, dass ich ein Freak bin, aber ich denke, dass es nicht ganz so schlimm ist, einer zu sein, wenn man einen Freund hat wie Edgar.

PARTYMATERIAL

Venner steht im Türrahmen zum Klassenzimmer und verteilt Flyer wie einer von den Tierschützern am Marktplatz. Man kommt kaum an ihm vorbei, Venner, Vorname Falk, zweimal sitzen geblieben und fast siebzehn, ist nämlich riesig, Typ American-Football-Spieler, Riesenschädel, rote Wangen, kleines Hirn. Die Flyer sind Werbung für seine Party. Venners Vater ist so reich, dass man es riechen kann. Und weil er keine Zeit für Venner hat, stopft er ihn so mit Geld voll, dass Venner gar nicht mehr weiß, wohin damit. Mindestens fünfmal im Jahr schmeißt er eine fette Party, mit Drinks vom Feinsten und schicken Häppchen, mehreren DJs und allem Drum und Dran, und er lädt alles ein, was nicht bei drei auf den Bäumen ist, sogar Edgar und mich, und wir sind eigentlich kein Partymaterial. Ich bin noch nie hingegangen, aber man erzählt sich, dass auf Venners Partys schon Kinder gemacht und Leute umgebracht wurden.

Edgar sieht auf den Flyer.

»Das ist am Samstag«, sagt er. »Ich hol dich ab.«

»Ich geh nicht zu dieser bescheuerten Party«, sage ich.

»Klar gehen wir dahin«, sagt Edgar.

»Für kein Geld der Welt.«

Edgar sieht sich kurz um und kommt ein bisschen näher.

»*Sie* wird garantiert auch da sein.«

»Ja, und alle anderen Idioten aus der Klasse auch.«

»Sie wird trinken, Mann«, sagt er, als wäre damit alles klar.

»Na und?«

»Und tanzen.« Er ist ganz aufgekratzt.

»Nie und nimmer. Es könnte ihr ja das Gesicht verrutschen.«

»Wollen wir wetten?«

Edgar hat natürlich recht, diese Party ist die perfekte Gelegenheit, Princess Evil in Ruhe zu beobachten – außerhalb der Schule. Aber ich gehe einfach nicht auf Partys. Ich weiß nicht, wie ich mich da verhalten soll, was ich reden soll. Das ist mir alles zu kompliziert. Im Moment sogar noch mehr als sonst. Alle behandeln mich seltsam seit der Geschichte mit dem Alki. Klar hat sich das Ganze rumgesprochen, irgendjemand kriegt ja immer was mit und quatscht. Keiner weiß genau, was passiert ist, keiner fragt mich danach, aber die Typen in meiner Klasse beobachten mich. So 'nen Totalausfall hätten sie mir nicht zugetraut. Die wissen nicht, ob sie mich cool finden oder Angst vor mir haben sollen.

Die Mädchen gucken mich neuerdings an, als wär ich ein Vollpsycho. Ich habe sowieso immer das Gefühl, dass sie erwarten, dass ich was Komisches mache. Ich kann das nicht so gut mit denen. Dieses Gequatsche über die Schule und über Musik, die ich eh nicht mag. Die kaputten Mädchen, die, die ihre Probleme tragen wie Klamotten, die stehen irgendwie auf mich. Die anderen, die einfach gestrickten, scannen mich mit ihren Kaugummi kauenden Blicken unentschlossen ab, als säße ich in einer verdammten Castingshow. Deutschland sucht den Superfreak.

Zumindest hat der Alki keine Anzeige erstattet. Der Doc ist in den Park gefahren ein paar Tage danach und hat mit ihm gesprochen. Keine Ahnung, was er ihm erzählt hat. Vielleicht hat er ihm Schweigegeld gezahlt, das würde zu ihm passen. Jedenfalls ist der Alki deswegen wohl nicht zur Polizei. Vielleicht war er auch einfach zu besoffen dafür. Oder er erinnerte sich schon gar nicht mehr. Erst war ich sauer, dass der Doc sich da einmischt. Aber dann dachte ich, dass es irgendwie auch 'ne gute Aktion war. Dass der sich darum gekümmert hat, ohne eine Riesensache draus zu machen. Er selbst hat mir das gar nicht erzählt, meine Mutter hat nur gesagt: »Thomas hat das übrigens geregelt mit dem Mann im Park und seinem Hund.«

»Also. Klar gehen wir zur Party«, sagt Edgar. »Wir brauchen mehr Informationen.«

Ich zucke die Achseln. »Weiß noch nicht.«

In diesem Moment kommt die Prinzessin rein. Sagt natürlich wie immer nicht *Guten Morgen* und würdigt niemanden eines Blickes. Ein leichter Geruch nach teuer weht hinter ihr her. Sie stellt ihre Tasche neben ihren Tisch und setzt sich. Am Nachbartisch sitzt Pia. Sie hat eine neue Frisur. Man kann sehen, dass sie sich Mühe gegeben hat, dass es wild und verwegen aussieht. Sie zupft sich in den neuen Haaren rum. Sogar die Augen hat sie sich geschminkt, das macht sie sonst nie. Neuer Style, alles klar. Soll wohl sexy sein und ist es vielleicht sogar auch. Die Prinzessin stellt ihren Kaffeebecher auf dem Tisch ab und streicht ihre sowieso schon perfekt glatten Haare noch glatter.

»Oh«, sagt sie ganz beiläufig zu Pia, »hast du verschlafen?«

Pia sieht sie verunsichert an. »Wieso?«

»Na, wegen ... », die Prinzessin deutet mit dem Kinn auf Pias Haare.

Pia greift sich an den Kopf. Zupft an einer Strähne. Guckt die Prinzessin an und weiß nicht, was sie sagen soll. Man kann richtig sehen, wie ihr neu frisiertes Selbstbewusstsein zerläuft wie Eis in der Sonne. Natürlich sagt sie nichts. Natürlich kommt Evil mal wieder durch damit.

Ich beuge mich zu Edgar.

»Okay«, sage ich, »hol mich am Samstag um acht ab.«

SOHN DES ZEUS

Der Doc ist jetzt ziemlich oft bei uns. Wenn ich ins Bad gehe, treffe ich ihn, er und ich in Unterhose. Wenn ich in die Küche komme, sitzt er manchmal schon da.

Als ich meine Zahnbürste aus dem Schrank nehme, fällt mir ein Rasierpinsel entgegen, so ein Teil wie aus einem altmodischen Film. Es passt zum Doc, dass er nicht einfach einen ganz banalen Rasierapparat hat, sondern so was Klassisches. Einen Nassrasierer hatten wir auch noch nicht. Ich putze mir die Zähne, stelle den Pinsel zurück in den Schrank und spucke den Zahnpastaschaum ins Waschbecken. Mache ein extra ekliges Würgegeräusch dazu.

Dieser Pinsel steht da so, als würde er da jetzt immer stehen, finde ich.

Thomas König, Hausbesetzer.

Na ja, noch hat er zumindest keine Kartons angeschleppt.

Was *ich* gerne hätte, danach fragt natürlich nie einer. Wenn meine Mutter wenigstens mal sagen würde, *übrigens, Danny, Soundso wohnt jetzt hier, okay?* Ich meine, dann könnte ich auch nichts dagegen tun. Aber es wäre irgendwie anders.

Zugegeben: Seit der Doc da ist, geht meine Mutter an einem Spiegel vorbei, ohne ihrem Spiegelbild den Stinkefinger zu zeigen. Und die Sache mit dem Lotus neulich, die war schon ganz okay. Aber trotzdem. Von mir aus muss er nicht auf unserem Klingelschild stehen.

Ich nehme den Rasierpinsel wieder aus dem Schrank und sehe in den Spiegel. Streiche mit den weichen Borsten über mein Gesicht, schließe die Augen und denke daran, wie mein Vater sich früher in diesem Bad rasiert hat. Ich habe ihm gerne zugesehen. Als ich die Augen wieder öffne, guckt er mich aus dem Spiegel heraus an. In der Hand hält er sein Whiskyglas.

»Na, Sohn des Zeus?«, sagt er zu mir und trinkt einen Schluck aus seinem Glas. »Wie laufen die Geschäfte?«

Er hat mich dauernd so genannt, *Sohn des Zeus, Sohn Gottes, son of a gun* oder so. Albern, ich weiß, aber ich mochte es. Im Gegensatz zu meiner Mutter kann man mit meinem Vater so richtig Spaß haben. Oder konnte.

Gesucht haben wir ihn übrigens nie, wozu auch, er wusste ja, wo wir sind, er hätte zurückkommen können. Meine Mutter wollte ihn nicht mal auf Unterhalt verklagen oder so.

Immer mal wieder fragen Leute diese Fragen.

»Er hat sich wirklich nie wieder gemeldet? Nicht mal eine Postkarte?«

Nee, hat er nicht.

»Und ihr habt nicht nach ihm geforscht?«

Nee, haben wir nicht.

Na ja, ganz selten, so ab und zu, alle fünftausend Jahre, google ich ihn. Gucke, ob er inzwischen den ultimativen Song geschrieben hat und mit seiner Band auf Welttournee ist. Aber es gibt nichts über ihn zu finden. Gar nichts.

»Das heißt, er könnte theoretisch auch *tot* sein?«

»Für mich *ist* er tot«, sagt meine Mutter dann. »Gestorben, als er in sein Auto gestiegen ist und seinen Sohn zurückgelassen hat.«

Das sagt sie immer – dass er *seinen Sohn* zurückgelassen hat. Dabei interessiert sie nur, dass er *sie* verlassen hat. Manchmal hasse ich sie dafür, dass sie mir nichts über meinen Vater erzählt. Ich habe ja nur das, an das ich mich erinnere. Wenn ich sie nach ihm frage, sagt sie meistens, dass sie keine Lust hat, über ihn zu reden. Sie hat alle Fotos weggeworfen, alle Sachen von ihm.

Ich halte den Rasierpinsel hoch.

»Guck dir das an«, sage ich zu meinem Vater. »Sie hat schon wieder einen Neuen.«

Mein Vater betrachtet den Pinsel, stellt sein Glas irgendwo ins Nichts und fährt sich mit der Hand über den Dreitagebart.

»Schönes Teil«, sagt er. »Ist es einer mit Geld?«

Ich zucke die Achseln. »Tierarzt.«

»Ah, einer im weißen Kittel«, sagt mein Vater, und da fällt mir ein, dass er ja noch gar nicht weiß, dass der Neue meiner Mutter es war, der Ozzy sozusagen auf direktem Weg ins Nirvana verfrachtet hat. Ich will es ihm sagen, aber in dem Moment steht meine Mutter im Bad, natürlich ohne vorher anzuklopfen – »Mach hinne, Danny, ich muss hier jetzt rein!« –, und mein Vater ist verschwunden.

RAUSCH

Ich hatte überlegt, Edgar für die Party wieder abzusagen, aber als er in seinem braunen Cordanzug und mit zurückgegelten Haaren vor meiner Tür steht, einen nerdigen Tanzmove macht und »We're sexy and we know it« sagt, beschließe ich, dem Abend eine Chance zu geben.

Meine Mutter ist mit dem Doc ausgegangen, also hängen wir erst mal in unserem Wohnzimmer rum, trinken Bier und quatschen. Edgar zieht immer mal wieder eine neue Platte aus dem Regal und legt sie auf, und wir spielen *Drei Takte*. Das geht so:

Edgar spielt einen Song an, und ich habe drei Takte Zeit zu erraten, welcher es ist. Wenn ich es schaffe, kriege ich einen Punkt, wenn nicht, Edgar.

In unserem Regal stehen ziemlich viele Platten, meine Mutter liebt Musik genau wie mein Vater. Und ich bin verdammt gut in dem Spiel, denn ich kenne sie alle, nicht nur die leichten, die Stones- und Lindenberg- und The-Who-Songs, sondern auch die schrägen Sachen, die im Regal liegen wie reingeschmuggelt, Vicky Leandros zum Beispiel oder eine verkratzte Platte mit Schlagern aus den 50ern.

Es gibt auch eine von Adriano Celentano, den meine Mutter mag, ohne dass es ihr auch nur ein bisschen peinlich ist.

»Das errätst du nicht«, sagt Edgar immer mal wieder, aber er hat keine Chance gegen mich, ich schlage ihn zu null.

Er ist zappelig und ich auch, und ich gehe dann doch mit zur Party. Venner hat natürlich mal wieder richtig aufgefahren. Im Wohnzimmer, das eher ein Saal ist als ein Zimmer, ist ein fetter Tresen aufgebaut, dahinter stehen Typen in schwarzen Hemden, die Drinks mixen, Leute tragen Tabletts mit Sekt rum, es gibt eine DJane, die irgendwie bekannt sein soll und von der Edgar und ich natürlich noch nie gehört haben. Es ist knallvoll, klar, wenn Falk Venner einlädt, kommen sie alle aus ihren Löchern.

Evil ist noch nicht da. Wir holen uns ein Bier, und Edgar rennt sofort auf die Tanzfläche und tanzt erst mal seinen komischen Trancetanz. Er tanzt eigentlich nicht richtig, sondern er zuckt eher. Die ganze Zeit steht er auf einem Fleck und dreht mit geschlossenen Augen seinen Kopf merkwürdig hin und her. Ab und zu schießt ein Arm irgendwohin oder ein Bein, so als hätte er Körper-Tourette. Manchmal trifft er jemanden damit.

»Alter, reiß dich mal zusammen«, sagt Goran zu ihm, als Edgar ihm eine Faust gegen die Hüfte ballert. Goran ist zum Glück dick und weich, ihm macht das nichts. Aber Yannick oder Tom, Venners Box-Kumpels, sollte er nicht treffen, die polieren ihm sonst wahrscheinlich die Fresse, ohne groß nachzufragen.

Ich stehe am Rand und nippe an meinem Bier. »Schwing deinen Arsch hier rüber, Travolta«, sagt Edgar zu mir, als er fertig ist mit seinem Trancequatsch. Ich will erst nicht, tanzen ist nicht so mein Ding, aber dieser Abend ist irgendwie anders, und ich denke, scheiß drauf, und gehe zu Edgar auf die

Tanzfläche. Wir ziehen eine alberne Show ab, tanzen uns an wie zwei Idioten und grölen mit, egal, ob gerade Miley Cyrus läuft, Capital Bra oder The Weeknd, und ich denke, dass es mir egal ist, dass die Mädchen aus meiner Klasse uns anstarren und uns innerlich den Titel »Loser des Jahres« verleihen.

Später stehen wir am Rand der Tanzfläche rum, Edgar quatscht Jaro voll mit irgendwelchen Kunstsachen, mit denen Jaro so viel anfangen kann wie Edgar mit Eishockey, und ich gucke durch den Raum, an dessen anderem Ende Jenny Bluhm gerade zu mir rübersieht. Sie wankt schon ein bisschen. Ruppig zwängt sie sich durch die Tanzenden. Schubst weg, wer ihr im Weg ist. Kommt zu mir rüber, hält mir einen Pappbecher hin. »Willste?«, fragt sie und guckt mich aus glasigen Augen an. Ich nehme den Becher und trinke einen Schluck. Brennend wandert die Flüssigkeit durch meine Brust in meinen Magen.

»Gin«, sagt Jenny und schafft es, sogar diese drei Buchstaben zu lallen.

»Okay«, sage ich, aber sie guckt mich an, als müsste ich noch mehr sagen.

Ich weiß aber nicht, was, also nehme ich noch einen Schluck.

»Ich mag keine Partys«, lallt Jenny.

»Ich auch nicht«, sage ich.

»Was?«, schreit sie.

»Ich auch nicht!«, brülle ich.

»Ach so!«

Was für eine Unterhaltung. Bahnbrechend. Ich trinke weiter. Mein Kopf füllt sich langsam mit dem Gin, er schwappt darin hin und her. Jenny fängt an, über irgendwas zu reden, was sie im Kino gesehen hat, aber die Musik ist einfach zu laut und es ist so wahnsinnig langweilig, was sie erzählt, also trinke ich noch einen Schluck und noch einen und stelle mir vor, wie Alkohol durch meine Venen fließt statt Blut. Wie der Gin meine Zellen flutet und mich unsterblich macht.

Ab und zu sehe ich in Jennys glasige Augen. Sie erzählt mir Sachen, die sie selbst nicht die Bohne interessieren, ihr Mund bewegt sich und ihre Augen glotzen und sie redet und redet immer noch über diesen Film, den sie gesehen hat und in dem irgendjemand stirbt und wieder aufersteht, und ich denke plötzlich, dass ich ihr den Mund zuhalten möchte, damit sie aufhört zu reden. Ich will ihr sagen, dass das, was da rauskommt aus ihrem Mund, die guten Sachen übertönt, die in ihr drin sind, denn in ihren komischen glasigen Augen, da ist was ganz anderes, das kann doch jeder sehen. Ich jedenfalls sehe es ganz genau. Ich gucke durch ihre Augen ganz tief in sie rein. Der Gin in meinem Kopf verleiht mir mentale Superkräfte, ich verstehe plötzlich, worum es eigentlich geht, und ich denke, so wie Jenny redet und über was sie redet, das ist so, als würde sie in einer Konzerthalle sitzen, wo auf der Bühne irgendwelche ganz großen Musiker alles geben, aber in ihrem Kopfhörer Fahrstuhlmusik hören. Und als meine Hand schon auf dem Weg zu ihrem Mund ist, steht Edgar vor mir.

»Sie ist da«, sagt er pathetisch, und Jenny nimmt mir den leeren Becher aus der Hand und verzieht sich.

Edgar dreht den Kopf Richtung Eingang, und ich drehe meinen Kopf hinterher, und da steht die Prinzessin wie eine Erscheinung, und ich schwöre, absolut alle in diesem Raum sehen ihr zu, wie sie einfach nur dasteht. Ich bilde mir ein, dass ein Spot auf sie gerichtet ist, und es fehlt eigentlich nur noch, dass Fanfaren ertönen und sich jemand ein Mikrofon schnappt und ihren Auftritt anmoderiert.

Sie trägt ein schwarzes Kleid, ihre Haare sind glatt nach hinten gekämmt, wie Edgars, nur schöner natürlich, außerdem glitzern sie irgendwie. Ihr Mund ist dunkelrot geschminkt und ihre Augen sind schwarz umrandet, und ich weiß nicht, ob der Gin das macht, aber für eine Sekunde sieht es so aus, als wäre um ihren Körper so eine glänzende Aura aus transparentem Gold. Ich will gerade irgendwas Abfälliges über sie zu Edgar sagen, aber dann trifft mich ihr Anblick wie ein Hieb in den Magen und ein seltsames Gefühl vermischt sich dort mit meinem Hass.

Auf ihrem Gesicht liegt was Entrücktes, ihre Augen sind starr, und ich denke einmal mehr, dass sie nicht von dieser Welt ist. Dass sie kein Mensch mit menschlichen Gefühlen ist. Ihr Blick schweift kalt durch den Raum. Eigentlich müsste jeder, den er trifft, zu Eis erstarren.

»Sie sieht aus wie ein verdammter Filmstar«, sagt Edgar neben mir. »So einer aus dem Hollywood-Labor.«

»Sie ist ein Roboter«, sage ich. »Der weibliche Terminator.«

»Hasta la vista, Baby«, sagt Edgar dämlich.

Nachdem sie eine Weile so dagestanden hat, betritt Evil den Raum, und erst jetzt ist zu sehen, dass sie nicht allein ist.

»Wer zur Hölle ist das denn?«, fragt Edgar. Hinter ihr ist ein Junge, der ihr langsam hinterhergeht.

»Die halten Händchen!« Edgar stößt mir den Ellenbogen in die Seite. Und tatsächlich hält sie die Hand des Jungen. Ich erkenne ihn sofort. Es ist der Typ, den ich neulich vor dem Schloss gesehen habe, als ich mit dem Doc unterwegs war. Ich habe ganz vergessen, Edgar von ihm zu erzählen. Er hat ein Hemd mit Hosenträgern an und eine altmodische Schirmmütze auf dem Kopf. Er sieht aus wie ein erwachsen gewordener Held aus einem Erich-Kästner-Roman. Sein Blick ist ähnlich entrückt wie der der Prinzessin. Als wäre er gar nicht wirklich hier.

»Die hat 'nen Freund«, sage ich.

»Ich fass es nicht.« Edgars Stimme klingt heiser.

»Habt ihr 'ne Erscheinung?« Jenny Bluhm steht mit zwei neuen Bechern vor uns und hält mir einen davon hin. Edgar nimmt ihn ihr aus der Hand und riecht daran.

»Gin?«

Jenny nickt. Edgar trinkt den Becher in einem Zug leer und gibt ihn Jenny zurück.

»Ich fass es nicht«, sagt er noch mal.

Jenny folgt unseren Blicken.

»Ach, na klar, hätte ich mir ja denken können.« Sie klingt plötzlich wieder nüchterner. Ich nehme ihr den zweiten Becher aus der Hand und trinke einen Schluck.

»Ey«, sagt sie und nimmt ihn mir wieder ab. Sie betrachtet uns beide und schüttelt den Kopf. »Ihr seid genauso bescheuert wie alle anderen auch«, sagt sie. »Die ist böse, Mann.«

Als ob wir das nicht wüssten.

Edgar lässt den Blick nicht von Princess Evil, die jetzt am Tresen steht, die Hand des seltsamen Jungen immer noch in ihrer, und Getränke bestellt.

Venner, Matze, Yannick, Jaro und die anderen sind wie selbstverständlich zur Seite getreten und gucken ihr zu.

»Wer zur Hölle ist dieser Typ?«, fragt Edgar niemand Bestimmten.

»Kriegt euch mal wieder ein«, sagt Jenny. »Das ist ihr Bruder.«

Edgar und ich gucken erst uns und dann sie an. »Ihr Bruder?«, sagen wir im Chor. Wir sind wirklich genauso bescheuert wie alle anderen.

»Ja, Mann, ihr Bruder. Der ist eigentlich im Internat, deshalb kennt ihr den nicht. Meine Schwester war mit dem in der Grundschule.«

»Ihr Bruder«, sagt Edgar noch mal.

»Der ist nur ein gutes Jahr jünger als sie«, sagt Jenny, »die sind so 'ne Art Zwillinge.«

Edgar nickt. »Stimmt«, sagt er, »ich hab den schon mal gesehen.«

»Ja, in der Fünften und Sechsten war der auf unserer Schule«, sagt Jenny. »Hat sich aber nicht so oft sehen lassen. Dann ist er jedenfalls ziemlich durchgedreht und sie haben ihn zu irgendwelchen Verwandten gebracht. Da hat er dann gewohnt, bis er aufs Internat gegangen ist.«

»Aha«, sagt Edgar, »der Underdog.«

Jenny nimmt noch einen Schluck aus ihrem Becher und nickt. »Exakt. Der kommt nicht so richtig klar in der normalen Welt. Sagt meine Schwester. Der schreibt ihr ab und zu noch Briefe.«

Edgar will mehr wissen. »Was noch?«

»Ihr seid nicht die Ersten, die denken, das wär ihr Freund. Die haben 'ne ziemlich enge Verbindung.«

Edgar kriegt *so* große Ohren. »Ach was.«

»Nicht was du denkst!« Jenny verdreht die Augen, das sieht unheimlich aus, weil sie so besoffen ist und sowieso ein ganz kleines bisschen schielt.

»Ach so.« Edgar klingt enttäuscht wie ein BILD-Reporter, dem der Sexskandal abhandengekommen ist.

»Der kommt einfach nicht klar, und sie passt auf den auf. Sie besuchen sich ziemlich oft.«

Jetzt lallt Jenny wieder ein bisschen.

»Sein neuestes Ding sind Drogen. Der schmeißt sich wohl alles ein, was er in die Finger kriegt. Wäre fast verreckt letztes Jahr. Ist im Wahn auf irgendwelchen Bahngleisen rumgelaufen. Sie hat ihn da runtergeholt und wäre dabei fast selbst draufgegangen.«

Sie nimmt noch einen großen Schluck aus ihrem Becher.

»Wenn ihr mich fragt, der Typ hat 'ne noch größere Klatsche als seine Schwester.« Noch ein Schluck. Ich frage mich, wie viel von dem Zeug sie eigentlich trinken kann.

»Na guck mal einer an«, sagt Edgar und stößt mich schon wieder in die Seite. »Ich sag doch, dass im Märchenschloss nicht alles Gold ist, was glänzt!«, und auch wenn der Spruch klingt, als hätte ihn seine Großmutter gemacht, denke ich, dass er eventuell recht haben könnte.

BLACKOUT

»Sag mal, weißt du, wie spät es ist?«

Die Worte meiner Mutter hallen in bösen Wellen in meinem Kopf nach. Mein Kopf ist das offizielle Schmerzzentrum der Welt.

»Halb zwei!«, beantwortet meine Mutter ihre Frage selbst.

Vorsichtig mache ich das linke Auge auf. Das Licht, das durchs Fenster in den Raum fällt, kommt direkt aus der Hölle. Ich mache das Auge wieder zu und ziehe mir die Decke über den Kopf.

»Wirst du heute ir-gend-wann noch mal aufstehen?«

Ich glaube nicht.

»Wann bist du eigentlich nach Hause gekommen?«

Das ist eine sehr gute Frage. Ich mache ein Geräusch, das eventuell eine Antwort ersetzen könnte.

»Und kannst du mir mal sagen, was die Schüssel neben deinem Bett macht? Was hast du denn bitte alles getrunken?«

O Gott, es war Gin. Ganz entfernt schmecke ich das spritige Gefühl auf meiner Zunge. Welche Schüssel? Vorsichtig nehme ich die Decke wieder runter und öffne das rechte Auge. Neben meinem Bett steht tatsächlich eine Schüssel mit Wasser. Meine Mutter sieht auf mich herab. Schließlich geht sie und knallt die Tür zu. In der Küche klappert sie extra laut herum.

Ich wusste nicht, dass echter Alkohol einen umbringt. Normalerweise trinke ich nur Bier.

Mir wird schlecht. Ich übergebe mich in die Schüssel, dann lege mich wieder hin und warte auf den Tod.

Diese Party. Evil mit ihrem Bruder. Sie hat getanzt. Edgar und ich auch. Irgendwann war Edgar dann weg. Oder nicht? Ich krame in meinem Kopf herum wie in einem Klamottenhaufen, aber ich finde nicht, was ich suche. Zwischen dem Ende der Party und heute Morgen fehlt ein ganzes Stück. Ich sehe auf die Schüssel mit meiner im Wasser schwimmenden Kotze drin. Der Doc hat sie mir hingestellt. Das zumindest fällt mir wieder ein. Er muss mich abgeholt haben. Ich erinnere mich dunkel, dass ich ihn angerufen habe. Wie ich ausgerechnet darauf kam – keine Ahnung. Ich konnte wahrscheinlich nicht mehr Fahrrad fahren. Und meine Mutter konnte ich ganz sicher nicht anrufen. Die hätte mir die Hölle heißgemacht. Ich meine mich zu erinnern, dass ich ihm auf die Schuhe gekotzt habe. Oder waren das meine eigenen?

Ich schlafe noch mal ein. Als ich wieder aufwache, schaffe ich es, aufzustehen. In Zeitlupe bewege ich mich die Treppe runter. Lausche, ob ich meine Mutter und den Doc reden höre. Aber meine Mutter klappert nur rum, also gehe ich in die Küche und schiebe mich vorsichtig auf meinen Stuhl. Sie knallt mir einen Teller hin – »Rührei ist schon alle« – und sieht auf ihre Armbanduhr.

Mit Kaffee und Toast versuche ich, meinen Magen in den Griff zu kriegen, der in mir rumort, als wäre er kurz vorm Bersten. Ich stelle mir vor, dass eine fremde Lebensform meinen Körper übernommen hat und auf den richtigen Moment wartet, mich meine Eingeweide in einem glibberig grünen

Strahl erbrechen zu lassen und meine Mutter darunter zu begraben.

»Du siehst aus wie dein Vater«, sagt sie. Bestimmt denkt sie daran, dass er morgens oft mit einem Kater und den Klamotten von gestern in der Küche saß. Immer wenn sie findet, dass ich wie mein Vater aussehe, mache ich gerade was, das ihr nicht gefällt.

»Was hast du da eigentlich? Hat ausnahmsweise mal jemand *dich* verprügelt?« Sie zeigt auf meinen Kopf. Ich fasse mir an die Stirn. Schlechte Idee. Da ist eine Stelle, die höllisch wehtut, wenn ich da ranfasse. Ich betaste sie. Eine Beule, vielleicht vier Zentimeter breit. Eine schöne gleichmäßige Rundung. Ich weiß nicht, wie die dahingekommen ist. Habe ich mich tatsächlich mit irgendwem geprügelt?

Mit dem Kaffee und einem in winzigen Bissen gegessenen Toast im Magen kann ich langsam wieder denken. Ich versuche noch mal, den Abend zu rekonstruieren, aber sofort flattern meine Gedanken wieder in meinem Kopf rum wie Fledermäuse auf Koks.

Meine Mutter sieht wieder auf die Uhr.

»Wo ist eigentlich der Doc?«, frage ich sie. Sonntagmorgens ist er jetzt meistens bei uns. Normalerweise sagt sie mir, ich soll ihn Thomas nennen. Heute nicht.

»Wüsste ich auch gerne«, sagt sie stattdessen und sieht noch mal auf die Uhr. »Ich dachte eigentlich, dass er längst da ist.«

Inzwischen ist schon fast Nachmittag. Der Doc würde normalerweise bald Waffeln machen, das macht er jetzt fast immer am Sonntag. Er kocht und backt sowieso dauernd irgendwas, manchmal ziemlich skurrile Kreationen, süßsauer-salzig, krasse Sachen, aber meistens so gut, dass ich darin wohnen möchte. Manchmal denke ich, dass er sich in unser Leben kochen will. Aber ich bleibe wachsam, trotz Waffeln und Schokoladensoße und der besten Bolognese unter der Sonne.

Ich lege mich aufs Sofa und zappe rum. Meine Mutter läuft hin und her und räumt auf, obwohl es nicht unordentlich ist.

Am späten Nachmittag kommt endlich der Doc. Er guckt irgendwie durch mich und meine Mutter durch, und ich bin mir wieder ziemlich sicher, dass es seine Schuhe waren, auf die ich gestern gekotzt habe.

»Wo warst du denn?«, motzt meine Mutter ihn an.

»In der Praxis«, sagt er. »Ein Notfall.«

»Was für ein Notfall?« Meine Mutter glaubt ihm nicht.

»Rattengift«, sagt der Doc. »Ein Labrador.«

So fängt es immer an. Eine Lüge, die man ihnen nicht nachweisen kann. Zurückkommen von irgendwo, wo sie angeblich waren.

Meine Mutter hat hektische rote Flecken am Hals, das ist ein ziemlich sicheres Zeichen dafür, dass sie glaubt, dass es angefangen hat. Der Betrug. Der Rückzug.

»Hat er es denn geschafft?«, fragt sie ihn, wobei der Hund ihr natürlich scheißegal ist, sie will nur testen, ob der Doc souverän antwortet oder ins Schwimmen kommt.

»Ja«, sagt er, »es war noch rechtzeitig.«

Unsere Blicke treffen sich. Ich bin neidisch. Ob es den Labrador nun wirklich gibt oder nicht, Ozzy hat es jedenfalls nicht geschafft.

Der Doc guckt meine Mutter an, und ich betrachte ihn von der Seite. Er sieht tatsächlich aus, als könnte man ihm nicht trauen. Pokerface. Undurchsichtig. Aber irgendwie glaube ich nicht, dass er dieselbe Masche abzieht wie die anderen. Will es nicht glauben. In meinem Magen macht irgendwas Terror, und es ist nicht nur der Alkohol, sondern noch was anderes. Ich sehe zu meiner Mutter rüber. Sie sieht plötzlich gar nicht mehr sauer aus, sondern irgendwie klein. Zerbrechlich.

»Ich mache mal Waffeln«, sagt der Doc und geht in die Küche, und ich merke erst jetzt, dass ich die Luft angehalten habe. Einer, der gerade meine Mutter betrogen hat, macht danach doch keine Waffeln. Oder gerade dann?

Ich mache die Augen zu und dämmere auf dem Sofa weg. Irgendwann zieht der Duft von warmem Teig in meine Nase. Leider geil.

MR. ARCHER UND DER TOD

Am Montagmorgen lässt Archer im Englischunterricht die Bombe platzen.

Der Stuhl der Prinzessin ist leer. Edgar und ich gucken rüber, als wäre sie nur mal kurz unsichtbar und würde gleich wieder erscheinen, wenn wir nur lange genug glotzen.

Archer sieht aus, als hätte er ihn selbst auf dem Gewissen. Den Bruder. Den schönen Prinzessinnenbruder. Den Underdog mit den Drogenproblemen, der jetzt gar keine Probleme mehr hat, aber einen Namen. Pascal. Pascal ist tot.

»Jemand hat ihn überfahren«, sagt Archer und schaut in die Runde. »Ist einfach abgehauen. Und hat ihn da liegen lassen.«

Ein Raunen geht durch die Klasse, dann ist es totenstill. Archers Gesicht ist so weiß wie die Wand. Er greift in seine Ledertasche und holt einen Flachmann raus. Nimmt einen Schluck. Wir kennen das schon, Archer trinkt gerne mal im Unterricht. Komischerweise hat sich darüber noch nie jemand beschwert.

Archer überhaupt. Krasser Typ, basketballprofigroß, Oxford-Attitüde und immer frisch gekämmt, im Zweitberuf Arschloch. Macht nur Unterricht, wenn er Lust hat, ansonsten sagt er, wir sollen irgendwas lesen, checkt die Aktienkurse oder verkauft auf eBay seine Plattensammlung. Und jede Woche schikaniert er jemand anderen aus unserer Klasse, allerdings nie die Prinzessin, die schikaniert ja selbst, außerdem steht er auf sie. Sie wären ein reizendes Paar.

Er sitzt eine Weile einfach so da und starrt ins Leere. Dann sieht er plötzlich auf und erzählt uns, was er weiß. Dass das Ganze nur drei Minuten von Venners Haus passiert ist, auf der Landstraße. Dass Pascal vielleicht nicht sofort tot war. Dass er vielleicht hätte gerettet werden können, wenn jemand Hilfe geholt hätte. Dass man aber eigentlich noch nichts wisse.

Ich komme nicht hinterher. Gerade stand der Typ ja noch auf dieser Party rum mit der Prinzessin, die beiden sahen so unzertrennlich aus, und jetzt ist der tot? Ich gucke zu Edgar rüber. An seinem Gesicht kann ich nicht ablesen, was er denkt. Ich suche seinen Blick, aber er starrt nach vorne zu Archer und guckt mich nicht an.

»Alina wird die nächsten Tage nicht am Unterricht teilnehmen«, sagt der jetzt. »Ihr könnt ihr aber selbstverständlich eine Karte schicken. Oder Blumen vorbeibringen.«

Ich stelle mir vor, wie die 9 B Schlange am Schloss steht, um Princess Evil Blumen zu überreichen. Wie sie sagt: »Verpisst euch, ihr Loser, mein Bruder ist tot, was soll ich mit euren Scheißblumen?«

Ich gucke zu den Mädchen rüber, Nicole, Jenny, Esma, Pia. Sie alle sehen auf den Boden oder aus dem Fenster, und mir fällt wieder ein, dass es niemanden gibt, der mit Evil befreundet ist. Klar – sie behandelt ja alle wie Dreck. Und alle haben Angst vor ihr. Wer soll ihr da Blumen bringen? Was für eine endbescheuerte Idee.

Archer glotzt wieder ins Leere, als hätte er uns vergessen.

»Weiß man denn noch gar nicht, wer das gewesen sein könnte?«, fragt Venner aus der letzten Reihe. Alle drehen sich zu ihm um. Auch er ist kalkweiß im Gesicht, was ungewöhnlich ist, Venner hat sonst immer rote Wangen. Er hat so ein Engländergesicht. Wie diese Typen am Ballermann, die so lange in der Sonne liegen bleiben, bis sie Blasen werfen. Aber immerhin war es seine Party, auf der Pascal zuletzt war.

Archer schüttelt langsam den Kopf. »Noch nicht.«

Ich denke daran, was Jenny gesagt hat. Dass Princess Evil auf ihren Bruder aufpasst. Offenbar hat sie das nicht besonders gut gemacht.

»Die Polizei ist da dran«, sagt Archer. Er guckt in die Runde. »Wenn irgendjemand von euch was gesehen hat, irgendwelche Hinweise hat, könnt ihr es mir natürlich sagen.«

Schweigen im Walde.

»Ich gebe das dann weiter.«

Er sagt, dass wir heute keinen normalen Unterricht machen, dann sitzt er wieder eine Weile einfach da und guckt ins Leere, und wir wissen nicht so richtig, was wir machen sollen. Schließlich geht er raus, um den Fernseher zu holen, damit wir einen Film gucken können, der Beamer ist schon ewig kaputt.

Kaum ist er weg, geht in der Klasse natürlich sofort das Riesenpalaver los. Venner sagt, für Leute, die einen überfahren und einfach abhauen, gibt es in der Hölle eine extra Abteilung. Matze meint, dass der Bruder sich bestimmt freiwillig vor das Auto geworfen hat, weil er ein Psycho ist. Jenny Bluhm sagt, dass Matze selbst ein Psycho ist und dass er, sollte er das noch mal behaupten, von ihr einen Tritt in die Eier kriegt, an den er sich noch am Sterbebett erinnern würde.

»Was interessiert dich denn, was jemand über den sagt?«, will Matze wissen. »Du müsstest dich doch eigentlich freuen, so wie Alina dich behandelt.«

Jenny funkelt ihn an. »Damit ich genau so bin wie die?«

Edgar sitzt nur da und sagt gar nichts. Als wäre er schuld, dass jemand den Prinzessinnenbruder umgenietet hat und einfach weitergefahren ist. Ich kann mir nicht vorstellen, dass irgendjemand tatsächlich so was macht. Aber irgendjemand hat genau das gemacht.

KALT

»Hast du dich nach der Party eigentlich im Suff auf die Fresse gelegt?« Edgar deutet auf meinen Kopf, wo diese komische Beule vor sich hin pulsiert. Ich fasse mir an die Stirn. »Wüsste ich auch gerne.«

»Sieht ja ganz verwegen aus«, sagt Edgar und macht ein Foto mit seinem Handy.

»Sehr witzig«, sage ich. »Hab ich mich geprügelt? Oder bin ich … irgendwie ausgerastet auf der Party?«

Edgar denkt nach. Schüttelt den Kopf. »Nee, da war nichts.«

Wir laufen durch den Wald. Es ist scheißkalt. Oder vielleicht bin ich das auch. Edgar scheint überhaupt nicht zu frieren, er hat nur einen Wollpullover und seine grüne Seventies-Trainingsjacke an, aber ich schlottere in meiner Winterjacke.

»Du weißt wirklich *gar nichts* mehr?«, fragt Edgar. Er geht schnell. Ich muss mich anstrengen, mit ihm Schritt zu halten.

»Fast nichts zwischen Party und zu Hause«, sage ich, »alles verschwommen. Ich glaube allerdings, dass der Doc mich abgeholt hat. Er muss mich ins Bett gebracht haben.«

»Entzückend«, sagt Edgar. »Warst du echt *so* besoffen?«

»Na ja, Gin halt.«

»Du hast mit Jenny Bluhm getanzt.«

»Im Ernst?«

»Engtanz. *Highway to hell.* Keine Sorge, sah ganz zauberhaft aus.«

»Na toll.«

Ich trete einen Ast aus dem Weg. Ich mag das Geräusch, das mein Schuh auf dem Holz macht. Wir laufen am See entlang. Immer wieder höre ich Archer sagen: »Pascal ist tot.«

»Krasse Nummer, das mit dem Bruder«, sage ich. Edgar antwortet nicht. Ich habe das Gefühl, dass bei ihm noch weniger angekommen ist, dass da mal eben einer totgefahren wurde, als bei mir. Und dass das auch noch Princess Evils Bruder war.

»Sind die eigentlich zusammen weg von der Party, Evil und ihr Bruder?«, frage ich.

»Woher soll ich das wissen?«, sagt Edgar.

»Hast du … haben wir eigentlich mit ihr gesprochen?«

»Mit wem?«

»Mit wem wohl.«

Edgar bleibt stehen und sieht mich an. »Als ob die mit jemandem wie uns sprechen würde, Daniel.« *Daniel.* Jetzt fängt er auch schon so an. Seine Stimme ist so kalt wie dieser Tag.

Er geht weiter, noch schneller als vorher.

»Na ja«, sagt er nach einer Weile, »jedenfalls lernt sie jetzt mal richtigen Schmerz kennen.«

»Ja, stimmt«, sage ich, aber ich kann nicht behaupten, dass ich mich tatsächlich darüber freuen würde.

Wir laufen noch eine Weile rum und spekulieren, wer den Bruder umgefahren haben könnte.

»Das könnte ja *irgendjemand* gewesen sein«, sage ich und kicke einen weiteren Ast aus dem Weg, diesmal trete ich fester als eben.

»Na ja«, sagt Edgar, »*irgendjemand* fährt nachts nicht da lang.«

Das stimmt. Die Stelle, an der es passiert ist, ist eine tote Straße. Die eigentliche Landstraße läuft parallel dazu. Wer da langfährt, wo der Bruder überfahren wurde, macht das nicht zufällig, der wohnt da irgendwo oder hat da um die Ecke zu tun.

»Hat Archer doch auch gesagt. Das könnte sogar jemand gewesen sein, der auf der Party war«, sagt Edgar.

»Da war doch kaum jemand mit Führerschein«, sage ich.

Edgar zuckt die Achseln.

Irgendwann stehen wir im Park und gucken zum Schloss rüber. Seit der Sache mit dem Alki bin ich hier nicht mehr so gerne. Außerdem fühlt es sich komisch an, ohne Ozzy hier zu sein. Ich gucke mich unauffällig um, ob ich ihn irgendwo sehe. Ihn und seinen Hund. Was aus dem geworden ist nach der ganzen Sache, würde ich gerne wissen. Oder vielleicht auch lieber nicht.

Residence Evil ist übertrieben beleuchtet wie immer. Wir gucken eine Weile da rüber. Aber wir sind nicht richtig bei der Sache.

Mein Handy vibriert.

»Danny?« Den Tonfall kenne ich. Alarmstufe Rot.

»Thomas ist weg.«

Meine Mutter versucht, ihre Panik zu verbergen, aber ich höre sie ganz deutlich in ihrer Stimme.

»Wieso weg?«, frage ich.

»Er müsste längst da sein. Wir wollten essen und dann ins Kino.«

Ihre Angst ist zurück. Ihre Stimme zittert davon. Ich will

damit nichts zu tun haben, aber es ist, als würde sie mit ihren Worten durch mein Ohr in meinen Kopf fließen.

»Der kommt bestimmt gleich«, sage ich und hoffe, dass es stimmt. »Ruf ihn doch mal an.«

Es hat angefangen zu dämmern. Am anderen Ende des Parks sehe ich den Alki langschlurfen. Seinen Hund sehe ich nicht.

»Ich mache heute kein Abendessen«, sagt meine Mutter.

»Okay«, sage ich, »ich ess unterwegs was.«

»Ich kann heute einfach kein Essen machen.«

Wut schiebt die Angst in ihrer Stimme beiseite und macht ihr dann wieder Platz. Ihre Stimme ist direkt an meinem Ohr, aber sie könnte auch aus Sibirien anrufen oder was weiß ich woher. Sie klingt weit weg.

»Okay«, sage ich.

Edgar steht immer noch in seiner Trainingsjacke rum und friert nicht. Mir ist scheißkalt.

»Ich muss nach Hause«, sagt er, als ich aufgelegt habe. »Ich hab ein neues Bild angefangen. Ich muss weitermachen.«

»Okay«, sage ich. »Was für ein Bild?«

Normalerweise redet Edgar ununterbrochen über seine Bilder. Ich mag das, auch wenn ich es oft nicht wirklich verstehe. Aber jetzt ignoriert er meine Frage, und ich frage nicht noch mal nach.

Als er weg ist, gehe ich die Straße runter bis zur Fußgängerzone, hole mir beim Türken einen Döner und friere mir beim Essen die Finger ab. Ich will nicht nach Hause, will der Angst meiner Mutter aus dem Weg gehen. Ich laufe rum und denke darüber nach, wie es sein wird, wenn der Doc jetzt nicht auftaucht. Wenn der ganze Scheiß von vorne losgeht.

Ich denke an meinen Vater, versuche ihn mir herzuholen, gucke mich um, ob er irgendwo steht oder auf einer Bank sitzt, aber irgendwie klappt es heute nicht.

Mein Handy vibriert wieder.

Er ist immer noch nicht da, Danny.

Ich starre auf die Nachricht, und ich sehe die großen Augen meiner Mutter vor mir, mit denen sie mich in ihren Abgrund zieht.

Was, wenn er nicht wiederkommt?

Eben habe ich noch gefroren, aber jetzt wird mir langsam immer heißer.

Ich hab gewusst, dass es schiefgeht. Es geht immer schief. Ich will nicht darüber nachdenken. Nicht jetzt. Nicht schon wieder.

Ich zähle erst die Stoppschilder, die ich sehe (dreizehn), die Mülltonnen (einundzwanzig) und den Buchstaben Z auf den Nummernschildern von gelben Autos (acht), aber es hilft nicht.

Irgendwann fange ich an zu laufen. Laufe an den Geschäften vorbei, am Kino, an dem blöden Sushi-Laden. Plötzlich stehe ich auf unserem Schulparkplatz, obwohl ich mich gar nicht daran erinnere, dass ich entschieden habe, hierherzukommen. Bis auf zwei Autos ist er leer. Es ist fast dunkel. Ein paar Minuten stehe ich einfach so da und atme tief aus und ein, als wäre die Luft zu dünn. Es ist kalt, aber ich schwitze.

Mein Herz ist ein wummernder Bass, der Stromstöße durch meinen Körper schickt.

In meiner Tasche vibriert mein Handy schon wieder, diesmal durchgehend. Es hört nicht auf.

Ich sehe meine Mutter vor mir, das Gesicht voller Hass.

Hinter meinen Augen wird es hell.

Funkenfliegend explodiert mein Kopf.

Ich gehe zum Fahrradparkplatz rüber. Nur drei Räder stehen da. Das eine gehört Jenny Bluhm. Es ist grün und hat eine alberne riesige Klingel in Pink.

Mein Kopf ist ein strahlend heller Raum, in dem nichts ist.

Ich trete gegen das Rad, ein fester Tritt, der Aufprall geht durch meinen Körper wie ein Echo. Ich sehe meine Mutter vor mir, ihren enttäuschten Blick. Ihre weit offenen Augen.

Und dann trete ich noch mal, mein Körper macht das von ganz allein, diesmal ist der Tritt fester, mein Fuß trifft auf die Lenkstange, das Metall des Rads knallt gegen das Metall des Fahrradständers. Ein unfassbar gutes Geräusch.

Mein Geist und mein Körper trennen sich.

Ich nehme Anlauf.

Ich schwebe durch die Luft wie in Zeitlupe.

Trete im Flug gegen das Vorderrad.

Als das Fahrrad umfällt, springe ich drauf. Springe immer wieder auf das Vorderrad, bis die Speichen knackend brechen. Ich fühle das Knacken in jeder Zelle meines Körpers.

Ganz kurz denke ich an Jenny. Daran, dass ihre Mutter kein Geld haben wird, ihr ein neues Rad zu kaufen. Dann denke ich nicht mehr.

Ich springe auf das Rad. Trete dagegen und trete noch mal und noch mal, bis es ein verdammter Schrotthaufen ist.

Es fühlt sich an wie eine perfekte schmerzhafte Choreografie.

Irgendwann höre ich auf, stehe schwer atmend da, meine Beine zittern.

Ich lege den Kopf in den Nacken und sehe in den wolkenverhangenen schneegrauen Himmel, der aussieht, als würde er sich nie wieder öffnen.

Ich bin das nicht.

Das bin nicht ich.

KOMMISSAR VENNER

»Ich weiß, wer's war.«

Venner macht einen auf wichtig. Er sieht sich um, ob jemand was mitkriegt, aber wir sind weit genug von den anderen weg und die Navarro ist in ein Buch vertieft. Jaro, Matze, Edgar und ich sind dabei und Jenny Bluhm, die mich seit der Party komisch anguckt und die ich seit gestern am liebsten gar nicht mehr ansehen würde. Wir sitzen in der letzten Reihe und rücken jetzt mit unseren Stühlen zusammen. Es ist eine komische Versammlung, normalerweise würde Venner Edgar und mich nie in irgendwas einbeziehen, aber er hat offensichtlich Hummeln im Arsch und kann nicht bis zur Pause warten. Er braucht jetzt sofort ein Publikum.

Eigentlich sollen wir an unseren Porträts arbeiten. Wir zeichnen uns gegenseitig, und ich frage mich mal wieder, warum zur Hölle ich immer noch Kunst belege.

»Du weißt, wer *was* war?«, fragt Jaro dämlich.

»Na, wer den Bruder umgefahren hat, Mann!«

Venner ist ungeduldig. Er will seine Geschichte loswerden.

»Ach, echt?« Jaro ist ganz aufgeregt, aber dem kann man jeden Quatsch erzählen. Er ist immer von allem beeindruckt, was Venner so von sich gibt. Er wäre gern ganz dicke mit ihm, aber für Venner ist er nur ein dankbarer Zuhörer.

»Gar nichts weißt du«, sagt Edgar. Er zeichnet mich, und ich sehe genau aus wie ich, während mein Porträt von ihm aussieht, als hätte ein Achtjähriger das Monster gemalt, das unter seinem Bett wohnt. Aber zum Glück ist Edgar nicht eitel. »Sieht doch gut aus«, sagt er eigentlich immer, wenn ich versuche, was zu zeichnen.

»Ruhe, Picasso«, sagt Venner jetzt zu ihm. So nennt er Edgar, wenn der ihn nervt. Edgar hasst das, er sagt, Venner würde einen Picasso nicht erkennen, wenn man ihn ihm unter die Augenlider tätowierte.

Er lässt uns noch einen Moment zappeln, dann beugt er sich wichtig in unseren kleinen Kreis. »Archer war's!«, zischt er und berieselt uns mit Spucketröpfchen. Mit Schwung richtet er sich wieder auf und guckt dramatisch in die Runde. Dann: erneute Vorbeugung. »Er hat den Bruder umgenietet«, mit Schwung wieder hoch, Pause. Dramatischer Blick, wieder nach vorne. »Er hat den Typen eiskalt *gekillt*.«

Das »gekillt« sagt er extra theatralisch. Mit dem letzten T spuckt er wieder in die Runde.

»Mann Venner, say it, don't spray it«, motzt Jenny Bluhm. Ich wische mir mit dem Handrücken übers Gesicht.

»Was?«, fragt Jaro, aufgeregt wie ein Erstklässler, »Englisch-Archer war das? Echt jetzt?«

»Nicht so laut, Mann«, sagt Venner und gibt Jaro eine Kopfnuss. Jaro lässt es sich gefallen.

»Schwachsinn«, sagt Edgar.

»Wenn ich es euch doch sage!« Venner beugt sich wieder vor. »Habt ihr mal gesehen, wie fertig der war, als er es verkündet hat?«

Jaro nickt. »Das stimmt, das war er. Fast geheult hat der!«

»Und woher willst du das so genau wissen, Venner?«, fragt Edgar.

»Weil …«, Venner macht noch mal eine dämliche Kunstpause, »ich sein Auto gesehen habe.«

»Sein Auto? Wo?«, schaltet sich Matze ein. Er hat wieder sein nervöses Augenzucken. Matze ist ein wandelnder Tick. Wenn man ihm zusieht, wird man selbst ganz nervös.

»Bei der Unfallstelle«, sagt Venner.

»Ach, echt?« Jaro wiederholt sich.

»Echt«, sagt Venner. »Ich bin da mit dem Fahrrad vorbei. Wollte einfach mal sehen, was da so Sache ist. Ob irgendwas verdächtig ist.« Venner macht auf Hauptkommissar. Wieder eine dieser Kunstpausen. »Da habe ich ihn gesehen. Mit laufendem Motor stand er da am Straßenrand.«

»Bist du sicher, dass er das war?« Selbst Jaro ist skeptisch.

»Klar bin ich sicher! Wer fährt denn sonst so ne Angeber-Karre hier in der Gegend?«

»Ja, aber hast du Archer wirklich gesehen?«, fragt Edgar. Er kann es nicht leiden, wenn Venner sich so aufbläst.

»Pass mal auf, Picasso, da war dieser Wagen, so einer, wie ihn Archer fährt.«

»Was fährt der denn für ein Auto?«, fragt Matze.

»Weiß nicht«, sagt Venner, »Poser-Karre eben, teuer und schnell.«

»Heißt, du weißt gar nicht, was das für ein Modell war?«, fragt Edgar.

»Modell, Modell, Mann, Picasso, hab ich Automobilogie studiert, oder was? Ich bin doch keiner von den Vollpfosten, die Automarken auswendig lernen! Aber ich sag euch, das war Archer.«

»Und was ist dann passiert?« Matzes Augenlid ist außer Rand und Band.

»Als ich mit dem Fahrrad näher kam, ist er losgefahren. Und zwar nicht einfach so, sondern mit quietschenden Reifen, als hätte ich ihn bei was erwischt. Weg war er. So schnell konnte ich gar nicht gucken.«

»Das beweist jawohl gar nichts«, sagt Jenny Bluhm.

»Welche Farbe hatte der Wagen denn?«, frage ich. Ich wollte das gar nicht fragen, das kam ganz von selbst. Venner guckt mich an.

»Ist das irgendwie wichtig?«

Ich zucke die Achseln. Eine seltsame Hitze steigt in mir auf. »Na ja, wenn es Archers Wagen gewesen sein soll …«

»Blau, glaube ich«, sagt Venner genervt. »Ja, blau. Oder grün? Irgend so was, was weiß denn ich, nerv mich nicht.«

»Wenn ihr dann fertig seid mit eurer Selbsthilfegruppe da hinten, würde ich gerne die Porträts besprechen«, sagt die Navarro, und wir rücken zurück auf unsere Plätze.

Ich male Edgar noch schnell einen Bart und einen Hut.

Es ist zu warm im Kunstraum. Ganz leise pulsiert die Beule an meiner Stirn.

STATISTIK

Als ich nach Hause komme, höre ich, dass meine Mutter singt. Das macht sie nur, wenn die Dinge richtig gut laufen – also nie. Früher, bevor es mit meinem Vater so richtig schiefging, da hat sie das ständig gemacht – er hat Gitarre gespielt und sie haben zusammen gesungen. Aber seit er weg ist: keinen Ton mehr.

Sie mochte diesen Song von Joni Mitchell so gerne, *Both Sides Now*, sie kann den ziemlich gut. Ich mag den auch. Diese ganzen alten Sachen mag ich irgendwie. Die klingen nach der Zeit, in der mein Vater noch da war. Mein Vater hat das alte Zeug geliebt. Meine Mutter hat manchmal gesagt, dass mein Vater nicht einsehen will, dass die Welt sich verändert. Dass er deshalb immer diese alten Songs singt. Aber sie selbst liebt sie auch. In dem Song gibt es diese Stelle, *I really don't know clouds at all*, und meine Oma, die nicht so gut Englisch konnte, die ist inzwischen tot – nicht deswegen allerdings –, die hat immer verstanden: *I really don't know* Klaus *at all*. Und dann hat sie gefragt, um welchen Klaus es denn da geht, und meine Mutter und mein Vater haben sich totgelacht. Weil, Klaus, so heißt der Typ, der meiner Mutter die Steuer gemacht hat, und meine Mutter fand, dass er so nullachtfuffzehn aussieht, dass sie immer vergessen hat, wer das noch mal war, wenn er bei uns vor der Tür stand. Sie haben sich stundenlang weggeschmissen vor Lachen, wenn so was war, ziemlich übertrieben. Aber den Song höre ich heute noch gerne.

Ich mag meine Mutter sowieso am liebsten, wenn sie singt. Sie wirkt dann ausnahmsweise mal so, als wäre sie gerne sie selbst. Irgendwas passiert dabei mit ihrem Gesicht. Als hätte es jemand gephotoshoppt und einen weichen Filter darübergelegt.

Jetzt ist sie in der Küche, und ich sehe sie zwar nicht, aber ich höre ihre Stimme und weiß genau, wie sie jetzt aussieht. Sie singt was von Bruce Springsteen – dem Mann, den sie noch lieber geheiratet hätte als meinen Vater. Hat er jedenfalls immer behauptet. Es ist *The River.* Mein Vater mochte den Song total.

Ich ziehe mir leise die Jacke aus und hänge meinen Schlüssel vorsichtig ans Brett, damit sie nicht aufhört. Ihre Stimme ist laut und tief und ein bisschen heiser. Mein Vater fand immer, dass sie auftreten müsste mit dieser Stimme, aber sie wollte nie.

Im Flur stehen die Schuhe vom Doc. Die beiden werkeln wahrscheinlich zusammen in der Küche rum, und ich denke, dass er irgendwas richtig machen muss, weil, das muss man zugegeben erst mal schaffen, dass meine Mutter wieder singt. Das hat noch keiner geschafft. Nicht mal der Typ, der sein Geld damit verdient hat, Musik für bescheuerte Werbespots zu schreiben, und der ständig vor sich hin gesungen hat. Ich hab es auch nicht hingekriegt. Nachdem mein Vater weg war, habe ich es ab und zu versucht. Habe Platten aufgelegt, bei denen meine Mutter früher sofort mitgesungen hat. Aber ich hatte eben keine Gitarre wie mein Vater. Es hat jedenfalls nicht funktioniert. Und ich muss sagen, es versetzt mir einen kleinen Stich ins Herz, dass ich sie nicht dazu gebracht habe, aber der Doc schon. Für einen Moment kriege ich ein komisches Gefühl. Als würde ich hier in unserem Flur stehen und die beiden da drüben in der Küche auf einem anderen Stern rumschwirren. Auf der anderen Seite: Wenn sie wieder singt, weil er da ist, ist das auch gut für mich. Singen ist ihre Droge. Es macht sie froh. Wenn sie froh ist, ist sie weniger typisch meine Mutter. Oder mehr. Was weiß ich, es ist jedenfalls gut. Was ich natürlich nicht weiß: Was ist nächste Woche? In drei Monaten? Länger ist noch keiner geblieben. Und wenn sie schon singt und der Doc sich dann verpisst, dann kann ich einpacken. Es ist eben so: Die Statistik spricht gegen ihn. Und ein Springsteen-Song macht einfach mal noch keine Familie.

GOLD

»Das ist doch nun wirklich nicht zu viel verlangt, Daniel!«

Archer legt eine Mappe und ein Buch vor mich auf meinen Tisch.

»Bring ihr die Arbeitsblätter einfach vorbei, okay? Sie wird noch ein bisschen fehlen, und sie braucht die Aufgaben, damit sie den Anschluss nicht verliert.«

Ich starre auf die Sachen.

»Das Buch müsst ihr bis Ende der übernächsten Woche gelesen haben.«

Als Archer gefragt hat, wer der Prinzessin die Sachen vorbeibringt, habe ich mich weggeduckt, aber das haben natürlich alle gemacht, niemand will ihr die Hausaufgaben vorbeibringen, wir sind doch nicht irre. Aber Archer hat sich in die Mitte der Klasse gestellt und sich umgesehen, und dann ist sein Blick auf mich gefallen. Ich könnte schwören, dass da ein ganz leichtes Lächeln um seinen Mund spielte, und es war kein freundliches.

»Daniel, würdest du das übernehmen?«, hat er gefragt, ganz zuckersüß, aber es war natürlich gar keine Frage.

»Kann das nicht jemand anders machen?«, frage ich jetzt noch mal, »oder kann man das nicht mailen?«

Aber Archer macht einen auf moralisch.

»Weißt du, Daniel, erstens würde mich interessieren, wie man ein Buch *mailt*. Und außerdem: Stell dir doch einfach mal vor, *dir* passiert so was. Jemand fährt *deinen* Bruder um. Oder deine Mutter. Und niemand aus deiner Klasse hat Lust, dir wenigstens die Hausaufgaben vorbeizubringen. Wie würde sich das anfühlen?«

Seine süffisante Art von eben ist verschwunden. Sein Gesicht hat harte Kanten, seine Stimme auch. Überflüssig, ihm zu sagen, dass ich keinen Bruder habe, den man umfahren könnte. Und dass meine Mutter sich nie und nimmer von irgendjemandem umfahren lassen würde.

Es klingelt zum Ende der Stunde. Ich packe die bescheuerten Sachen in meinen Rucksack und gehe raus. Als ich an meinem Fahrrad bin, ist Edgar bei mir. Er schlägt mir auf die Schulter.

»Hammer«, sagt er und lacht.

»Was ist Hammer?«

»Na überleg doch mal! Du kommst ins Schloss rein! Einfach so! Kriegst 'ne Exklusivführung durch Residence Evil!«

»Ich muss Princess Evil die Hausaufgaben bringen. Ich soll da klingeln und ihr die Sachen geben«, sage ich, »wie ein verdammter Bote! Was meinst du, wie die das findet, wenn ich da antanze?«

»Das Schöne ist doch: Das ist scheißegal, wie die das findet!«, sagt Edgar. »Weil du ja nicht freiwillig da bist. Du musst da hin! Anordnung von ganz oben!«

Er kriegt sich gar nicht wieder ein.

»Du musst dich da genau umgucken!«

Ich steige auf mein Rad.

»Merk dir alles, was wichtig sein könnte!«

»Warum bringst *du* ihr das Zeug nicht?«

Edgar zuckt zurück.

»Nee nee, ich kann da nicht rein.«

»Ach, aber ich schon?«

»Klar«, sagt Edgar und schlägt mir noch mal dämlich auf die Schulter. Sonst ist er gar nicht der Typ für solche seltsamen Kumpelgesten. Was soll's. Ich fahre los.

»Mach Fotos!«, ruft Edgar mir nach.

Ich zeige ihm den Mittelfinger.

Erst will ich die Unterlagen einfach in den Müll werfen, aber irgendwas zieht mich dann doch Richtung Schloss. Je näher ich komme, desto schneller schlägt mein Herz, das ärgert mich, aber ich fahre trotzdem weiter und halte vor dem Tor, das allen Ernstes mit einem leichten Goldschimmer überzogen ist. An einem der Pfeiler, in denen es hängt, ist eine runde Klingel, darüber ein kleines Display und ein Lautsprecher. Ich drücke die Klingel und warte, aber nichts passiert. Wie ein Blödmann stehe ich da rum. Nach einer Weile drücke ich noch mal. Nach ungefähr zwanzig Jahren scheppert eine Stimme aus dem kleinen Lautsprecher.

»Ja bitte?«, fragt sie nur, sie klingt genervt. Ich kann nicht sagen, ob sie einem Mann oder einer Frau gehört oder C-3PO.

»Ich … äh … ich bringe die Hausaufgaben für die … ich bringe was für Alina vorbei«, sage ich. Ich klinge wie ein verdammter Erstklässler. Am anderen Ende Schweigen.

»Hallo?«, frage ich in den Lautsprecher rein. Ich überlege, die Sachen einfach über das Tor zu werfen und zu verschwinden, als es sich mit einem leisen Klacken öffnet und sich die beiden Teile langsam auseinanderschieben. Zögernd fahre ich hindurch, fahre die Auffahrt hoch, die keine einfache Auffahrt ist, sondern eine richtige Straße. In mehreren sinnlosen Kurven führt sie zum Haus.

Das Haus selbst ist aus der Nähe noch viel bombastischer, als es von Weitem wirkt. Fünf Autos, irgendwelche abgefahrenen Oldtimer, stehen aufgereiht auf dem Platz davor. Familie Evil muss vor Geld so was von stinken. Als ich näher komme, sehe ich allerdings, dass die Autos ganz schön abgehalftert aussehen. Die Karosserien sind angerostet, eins hat einen Sprung in der Windschutzscheibe.

Der Platz ist mit Schotter und Blättern übersät, die Pflanzen in den riesigen Töpfen sehen aus, als hätte der Gärtner sich längst abgesetzt.

Ich stelle mein Fahrrad ab und gehe langsam auf die Tür zu, deren monströser Türklopfer natürlich auch aus Gold ist. Ich komme mir vor wie in einer dieser beknackten Serien über intrigante Weinbarone, die meine Mutter manchmal guckt. Aber was soll's, ich nehme das Ding in die Hand und lasse es gegen die Tür donnern. Edgar würde das gefallen.

Natürlich passiert erst mal wieder nichts und ich muss noch mal klopfen, bis endlich die Tür aufgeht und ich vor einem Mann stehe, der eine Uniform trägt, die so aussieht, als gehöre sie in eine andere Zeit, und mich schweigend ansieht. Er ist riesig groß und dünn und verzieht keine Miene. Ich sehe zu ihm auf und sage kleinlaut: »Ich bin Daniel.«

»Daniel wie?«, fragt der Riese und sieht auf mich herunter. Es ist die Stimme aus dem Lautsprecher.

»Daniel, der der Prin-… der Alina die Hausaufgaben bringt.«

»Ich glaube nicht, dass sie in der Verfassung für Hausaufgaben ist.« In den Serien meiner Mutter sind Typen wie er irgendwie diskreter.

Ich krame die Mappe aus dem Rucksack und halte sie ihm hin. »Ich würde das dann trotzdem mal hier …«

Der Riese öffnet die Tür weiter. »Bitte«, sagt er und deutet nach innen. Mir fällt auf, dass seine Jackenärmel zu kurz sind. Ich sehe an ihm herunter. Die Hose: krasses Hochwasser. Die Mappe hängt in der Luft wie eine nicht geschüttelte Hand. Der Riese dreht sich um: »Hier entlang.« Wir gehen durch eine große Eingangshalle, in die kaum Licht fällt, dann durch einen breiten Gang. Die Luft ist schwer und muffig, als hingen darin schlechte Erinnerungen und Schimmel. Die Wände sind gepflastert mit Bildern in Rahmen, die nicht zueinanderpassen – Familienfotos wahrscheinlich. Niemand darauf lächelt. Alle sehen in die Kamera, als hätten sie schlechte Nachrichten gekriegt oder Verstopfung.

Am Ende des Gangs ist ein großer Raum, zu dem das Wort *Salon* passen könnte. Die Sofas, die hier stehen, sind mit Tüchern verhängt, die Fenster mit schweren Vorhängen verdunkelt. In dem schwachen Lichtschein tanzt Staub.

Der Riese führt mich bis an eine breite Treppe, deren Stufen mit einem dunkelroten Teppich verkleidet sind. Er deutet hinauf.

»Ich steige keine Treppen. Den Rest müssen Sie allein gehen.«

Ich mache noch einen Versuch, die blöde Mappe elegant loszuwerden, und halte sie ihm hin.

»Könnten Sie sie ihr nicht …«

»Ich bin doch kein Dienstbote«, sagt der Riese, obwohl ich wirklich nicht weiß, was er dann ist. Also gehe ich die Stufen hinauf.

Oben stehe ich vor mehreren Türen und weiß nicht, wohin. Es ist totenstill und etwas heller als unten, zum Glück, und es riecht weniger muffig. Die Mappe in meiner Hand lässt meine Finger schwitzen. In meinem Kopf verfluche ich den Blödmann Archer. Schließlich drehe ich mich einfach nach rechts und gehe den Flur ein Stück hinunter, da sind noch mehr Türen, und am Ende des Flures meine ich was zu hören, also gehe ich den Geräuschen nach. Es klingt, als würde jemand eine Schießerei im Fernsehen ansehen. Die Tür am Ende des Gangs steht offen.

Mein Herz klopft, als wäre ich ein Einbrecher, der Angst hat, erwischt zu werden. Ich gehe auf die Tür zu und klopfe dagegen.

»Was denn jetzt noch?«

Es ist die Stimme der Prinzessin. Ich drücke die Tür weiter auf. Sie hängt in einem Sessel, den Blick zum Fernseher, in den Händen eine Spielkonsole. Die Schießerei ist kein Fernsehfilm. Princess Evil spielt ein verdammtes Ballerspiel. Mit emotionsloser Routine knallt sie Nazis ab, einen nach dem anderen. Der Ton ist so laut gestellt, dass ich bei jedem Schuss zusammenzucke. Mindestens genauso wie das, was sie tut, irritiert mich allerdings, wie sie aussieht. In der Schule sieht sie immer aus, als hätte irgendeine Superdesignerin sie eingekleidet. Jetzt trägt sie eine Adidas-Hose und ein weites grünes T-Shirt, das an den Ärmeln aufgerissen ist. Ihre fettigen Haare hat sie nach hinten gekämmt. Ihre Füße sind nackt, der Nagellack an ihren Zehen ist abgestoßen.

Ich stehe einen Moment da und verarbeite, was ich sehe.

»Ich hab doch gesagt, ich habe keinen Hunger«, sagt sie, den Blick immer noch auf die verreckenden Nazis gerichtet.

»Ich bringe dir die Hausaufgaben«, sage ich.

Sie dreht ihren Kopf und starrt mich an. Über ihr Gesicht zieht erst Schrecken, dann Ärger. Sie lässt die Konsole fallen und springt aus ihrem Sessel. Steht vor mir.

»Archer hat mich gebeten …«, ich krame in meinem Rucksack nach dem Buch, »also, er hat mich gezwungen … er hat gesagt, ich soll dir das bringen.«

Ich lege das Buch auf die Mappe und halte ihr beides hin. Ihr Gesicht sieht müde aus, und es ist ungeschminkt, das habe ich noch nie gesehen. So würde sie wahrscheinlich niemals in die Schule kommen. Ihre Augen wirken kleiner als sonst, ihre Haut ist transparent wie Butterbrotpapier. Sie sieht aus wie ein ganz normaler Mensch, dem was Schlimmes passiert ist. Sie starrt mich immer noch an. Aus dem riesigen Fernseher dröhnt die martialische Pausenmusik des Ballerspiels.

Schließlich streckt sie die Hand aus, und ich zucke zusammen.

»Mein Gott, ich tu dir nichts«, sagt sie genervt. »Gib schon her.«

Ich gebe ihr die Mappe und das Buch – *The Lord of the Flies* von William Golding. Sie sieht es sich an und verzieht abfällig das Gesicht.

»Ach, Golding«, sagt sie und streicht mit der Hand über das Cover.

»Kennst du das?«, frage ich.

»Klar«, sagt sie.

»Ist es gut?«

Sie betrachtet das Buch. »Es zeigt, wie grausam Kinder sind.« Sie sieht mich an. »Was wir einander antun können.«

In meinem Hals sitzt ein Kratzen, aber ich traue mich nicht, mich zu räuspern. Die Prinzessin lässt sich wieder in ihren Sessel fallen.

»Du kannst das wieder mitnehmen, ich habe das schon zweimal gelesen.«

Natürlich hat sie das. Sie nimmt ihren Controller und setzt ihr Spiel fort.

Ich sehe mich im Zimmer um. Unter dem Fenster steht ein überdimensionales Bett, die Decken darauf sind zerwühlt. An der Wand darüber hängen drei Bilder, riesige gezeichnete Porträts. Auf allen dreien ist dieselbe Person zu sehen.

Ich räuspere mich nun doch. »Das ist dein Bruder, oder?«, frage ich vorsichtig.

»Mein Bruder ist tot«, sagt sie kühl.

»Ja, ich weiß«, sage ich. »Tut mir leid.«

»Ist ja nicht deine Schuld.« Sie dreht sich zu mir um. »Oder hast du ihn überfahren?«

Ich weiß nicht, was ich sagen soll, aber ich muss auch nichts sagen, denn wie aus dem Nichts taucht eine Frau im Türrahmen auf.

»Wer ist das, Alina?«

Ich erschrecke mich fast zu Tode. Es muss ihre Mutter sein, denn sie sieht aus wie die Prinzessin, nur etwa zwanzig Jahre älter. Im Gegensatz zu ihrer Tochter wirkt sie allerdings so, als hätte sie gleich einen wichtigen Termin: perfekte Haare, perfektes Gesicht, perfekter Blick. Die Augen auf mich gerichtet, sagt sie mit kalter Stimme: »Ich wusste nicht, dass du Besuch hast.«

Evil ballert weiter auf ihre Nazis ein.

»Hab ich auch nicht. Johnny wollte gerade gehen.«

Johnny?

»Genau«, sage ich, »ich wollte gerade gehen.« Umständlich mache ich den Reißverschluss meines Rucksacks zu.

»Gut«, sagt Mutter Evil. Sie sieht auf die Porträts an der Wand und wieder zu mir. »Wir haben gerade keine Kapazitäten für Besucher. Das wirst du sicher verstehen.«

Den Blick auf der Prinzessin, sagt sie: »Wir müssen aufpassen, dass nicht alles aus dem Ruder läuft.«

Sie geht aus dem Zimmer, ihr Rücken so gerade wie der von der Prinzessin sonst auch. Es ist eine ganze Roboter*familie*.

Ich sehe noch einmal auf die Porträts an der Wand. Versuche mir vorzustellen, wie es ist, einen Bruder zu haben. Wie es ist, wenn der Bruder stirbt. Denke daran, wie seltsam abwesend er ausgesehen hat, als er mit der Prinzessin auf die Party kam.

»Wie war er so?«, frage ich sie und bereue es sofort. Wahrscheinlich sagt sie mir, ich soll mich verpissen. Ich kann sehen, dass sie die Zähne aufeinanderbeißt.

»Das kann man nicht beschreiben«, sagt sie dann.

Ich stehe noch eine Weile so da, dann sage ich: »Ich gehe dann mal.«

»Okay.« Sie ist schon wieder ganz in ihrem Spiel.

»Es … tut mir wirklich leid«, sage ich dünn.

»Das bringt mir nichts.« Sie ballert zwei Nazis auf einmal weg. Ich kann meinen Blick nur schwer von dem Bildschirm lösen. Meine Mutter hat mir solche Spiele verboten. »Wenn ich dich dabei erwische, wie du so einen verkommenen Scheiß spielst«, hat sie gesagt, »dann kannst du dir eine neue Bleibe suchen.« Sie findet, es ist das Allerletzte, sich einen Spaß draus zu machen, Menschen abzuschießen, auch wenn es nur virtuell ist. In der Art, wie die Prinzessin das jetzt tut, liegt eine solche Genugtuung, dass ich ganz neidisch werde. Es juckt mich in den Fingern, ihr die Konsole aus der Hand zu nehmen und selbst auf die Nazis zu schießen. Es ist wie ein Sog. Ich kann fühlen, wie unfassbar gut es sein muss. Obwohl sie so vertieft ist, bemerkt sie es. Sie sieht mich an, in ihrem Blick tatsächlich so etwas wie Neugier. Ich nicke zum Fernseher hin. »Tut gut, oder?« Sie mustert mich, als würde sie überlegen. Dann nickt sie. Es ist ein bisschen widerwillig, aber es ist ein Nicken. »Gibt nichts Besseres.«

Ich sehe ihr noch eine Weile zu und sie lässt mich, und irgendwann sage ich: »Ich heiße nicht Johnny. Ich heiße Daniel.«

»Ich weiß«, sagt sie, als wäre diese Anmerkung vollkommen daneben. »Aber Johnny klingt besser.«

Auf dem Fensterbrett sitzt plötzlich mein Vater, ein fettes Grinsen im Gesicht. Wenn es nach ihm gegangen wäre, hätte ich nämlich Johnny geheißen, nach Johnny Ramone, dem Gitarristen der Ramones, der an Krebs gestorben war, kurz bevor ich auf die Welt kam. Aber meine Mutter hat sich geweigert, mich so zu nennen, sie wollte nicht, dass ich heiße wie ein toter Rockstar. Sie hat Daniel durchgesetzt. Dass sie dabei an den Elton-John-Song gedacht hat, der so heißt, hat sie meinem Vater erst später verraten, weil der sonst nie und nimmer zugestimmt hätte, denn er hat alle Songs von Elton John gehasst bis auf *Honky Cat* – den meine Mutter wiederum nicht leiden konnte.

»Siehst du?«, sagt mein Vater. »Sie sieht es auch in dir.«

Den toten Rockstar?, denke ich, aber ich grinse nur, und er verschwindet.

Ich gehe zur Tür. Als ich schon fast draußen bin, sagt die

Prinzessin noch: »Wenn du weißt, wer das war. *Das* bringt mir was. Dann mach ich mit demjenigen genau das hier.«

Sie schießt fünf Nazis nacheinander die Köpfe weg.

Ich sehe ihr dabei zu, dann gehe ich, gehe durch den Flur und die riesige Treppe hinunter. Als ich wieder an dem Salon vorbeikomme, werfe ich noch einen Blick hinein und kriege zum zweiten Mal in diesem Haus einen Schreck. Im Halbdunkeln des Raumes sitzt jemand auf einem der zugehängten Sofas. Es muss der Prinzessinnenvater sein. Er trägt einen schwarzen Anzug, er sieht darin aus, als würde er zur Beerdigung gehen, aber soweit ich weiß, war die schon. Er sitzt einfach nur da und guckt in meine Richtung, aber ich glaube, er sieht mich gar nicht. Er sieht ins Nichts, seine Augen fixieren keinen bestimmten Punkt. Er nickt ganz leicht mit dem Kopf. Ich bleibe stehen. Frage mich, ob ich hingehen und ihn begrüßen sollte, aber sein Blick ist so leer, dass ich beschließe, es zu lassen. Ich will sowieso hier raus. Gehe so schnell wie möglich zum Ausgang. Der seltsame Butler ist nirgendwo zu sehen.

Draußen steige ich auf mein Fahrrad und lasse mich die Auffahrt herunterrollen. Der Himmel hängt voll mit schneeschweren Wolken. Sie sehen aus, als würden sie auf die Erde heruntersinken und alles verschlingen.

Als ich durchs Tor fahre, vibriert mein Handy.

UND???

Es ist natürlich Edgar.

Du hattest recht, tippe ich im Fahren. *Nicht alles Gold, was glänzt.*

HIMMEL UND HÖLLE

Ich sitze auf meinem Bett und versuche gerade, das Porträt von Edgar für Kunst in einen halbwegs unpeinlichen Zustand zu bringen, als mein Handy vibriert. Unbekannte Nummer. Es ist ein Video. Ich zögere kurz, dann tippe ich es an. Man sieht eine Person von hinten. Einen Jungen. Er steht auf einem Steg an irgendeinem See. Er dreht sich zur Kamera. Es ist der Bruder. Der tote Prinzessinnenbruder. Pascal. Sein Gesicht sieht seltsam aus. Irgendwie starr. Gefühllos. Seine Augen sind rot umrandet, als hätte er ewig nicht geschlafen.

Er grinst. Es sieht nicht aus, als hätte er Spaß, das Grinsen ist zynisch. Er kommt ganz nah an die Kamera ran, streckt seine Zunge raus. Jemand lacht – ich erkenne Evils Stimme. Der Bruder geht zum Rand des Stegs, breitet die Arme aus und blickt in den Himmel. In seiner Hand hält er eine Zigarette – einen Joint, würde ich sagen. Er trägt klobige Schuhe und einen Mantel. Es scheint Winter zu sein, die Bäume im Hintergrund sind fast kahl. Und es ist ziemlich kalt – sein Atem kommt in dampfenden Wolken aus seinem Mund. Ein paar Sekunden steht er da, dann sieht er sich um. Er zieht an dem Joint und dreht sich ganz langsam, sodass er mit dem Rücken zum Wasser steht. Die ganze Zeit sieht er in die Kamera. Sekundenlang steht er an der Kante des Stegs. Zieht noch einmal – und lässt sich hintenüber ins Wasser kippen. Taucht unter. Ist verschwunden. Der See muss scheißkalt sein. Die Kamera sucht das Wasser ab. Ein paar Meter von der Stelle, an der er eingetaucht ist, kommt er schließlich wieder an die Wasseroberfläche. Reißt den Mund auf. Schreit einen langgezogenen Schrei, der über den See hallt. Er geht mir durch und durch. Die Prinzessin lacht. Es klingt nervös. Dann ist das Video vorbei.

Ich weiß gar nicht, woher sie meine Nummer hat. Ich starre auf mein Handy. Es brummt noch mal.

Du wolltest doch wissen, wie er war.

A.

Ich gucke mir das Video noch mal an. Ich weiß nicht, was ich davon halten soll, aber ich habe keine Zeit, weiter darüber nachzudenken, denn es klingelt. »Mach mal auf!«, ruft meine Mutter aus dem Bad, also gehe ich die Treppe runter zur Haustür.

Draußen steht der Doc.

»Komm mal mit«, sagt er zu mir, »und fass mit an.«

Am Zaun lehnt irgendwas Flaches, Großes, eingehüllt in ein schmuddeliges Tuch.

»Was soll das denn sein?«

»Wirst du gleich sehen.«

Zusammen hieven wir das Ding hoch. Es wiegt ungefähr achttausend Kilo.

»In den Garten«, sagt der Doc.

Ächzend tragen wir das schwere Teil ums Haus rum. Der Doc geht vor und zieht mich damit über die Wiese.

»Was ist das?«, frage ich noch mal, aber er antwortet nicht. Wir setzen das Ding ab.

»Bereit?«, fragt der Doc.

»Für was?«, frage ich, aber er zieht einfach mit einem Ruck das Tuch weg wie ein Bürgermeister, der auf dem Marktplatz ein Denkmal enthüllt, und ich denk, ich guck nicht richtig.

Es ist ein Grabstein. Ein richtiger Grabstein aus Marmor oder so, er ist ziemlich groß und sieht aus, als wäre er teuer gewesen. In großen Buchstaben steht *OZZY* darauf, einmal quer rüber, darunter ist ein Kreuz. Daneben steht *15. Januar 2020*, und dann sind da zwei Pfotenabdrücke. Das ist ein bisschen albern, genauer gesagt, ist es unglaublich kitschig, aber das interessiert mich jetzt mal gerade einen Scheiß, dass das kitschig ist, weil, ich glaube nicht, dass schon mal jemand so was Cooles für mich gemacht hat.

Der Doc legt mein zusammengezimmertes Kreuz vorsichtig an den Rand der Wiese, hebt den Stein noch mal an und platziert ihn an Ozzys Grab. Er schnauft vom Tragen und wischt ein bisschen auf dem Stein herum, als wäre dort Schmutz oder irgendwas. Ich schaffe es, nicht zu heulen, aber ich bin *so* kurz davor.

Ich denke, dass er meine Mutter vielleicht irgendwann genauso mies behandeln wird wie die anderen Typen und dass ich nicht weiß, ob ich ihm von hier bis an die nächste Straßenecke trauen kann, aber ich gucke auf den Grabstein und schiebe den Gedanken in eine Ecke meines Kopfes, in der auch andere Sachen liegen, an die ich nicht denken will, zum Beispiel der Moment, in dem Ozzy aufgehört hat zu atmen.

Der Doc steht da, eine Hand auf dem Stein, und was ich irgendwie ziemlich gut finde, ist, dass er da nicht so steht, als hätte er jetzt was wahnsinnig Tolles gemacht oder so, als müsste jetzt jeder sagen, was er für ein super Typ ist. Er steht da nur und streicht sich über die Bartstoppeln und sagt: »Ein Grab braucht einen Grabstein, finde ich.« Und ich nicke und tue ganz sachlich und sage: »Ja, das stimmt eigentlich.«

»Hilf mir mal«, sagt er dann, und zusammen buddeln wir, bis der Stein tief genug im Boden steckt und das Grab aussieht wie ein richtiges Grab.

Sogar meine Mutter ist jetzt in den Garten gekommen, sie steht auf der Wiese und sieht uns zu. Wir glotzen noch eine Weile schweigend auf den Stein, bis der Doc sagt, dass er Abendessen macht und ins Haus geht, und meine Mutter legt mir den Arm um die Schultern, das hat sie ungefähr ewig nicht mehr gemacht, und geht mit mir hinterher.

In meinem Kopf prüfe ich ganz kurz, wie es wäre, wenn ich den Doc *Thomas* nennen würde, irgendwann vielleicht mal. Ich denke mal drüber nach.

Etwas später essen wir Berge von Nudeln, die der Doc gekocht hat und die in einer Soße schwimmen, die so schmeckt, als wäre sie aus Serotonin gemacht. Meine Mutter nennt sie *Spaghetti Paradiso.* Wir sind alle in einer seltsam albernen Stimmung, wir lachen über alles, ob lustig oder nicht, und dann spielen wir ewig lange Skat und meine Mutter gewinnt haushoch, weil sie bescheißt wie Hölle. Sie bescheißt immer beim Spielen, aber heute lasse ich sie gewinnen und verpfeife sie nicht, weil wir heute zu dritt sind und nicht zu zweit und weil sich diese Drei irgendwie anfühlt wie die richtige Lösung einer ziemlich guten Gleichung.

Irgendwann fragt mich meine Mutter, ob ich den Müll noch mal eben rausbringe, also nehme ich den Müllbeutel und gehe durch den Vorgarten zum Mülleimer, und als ich den Sack da reingeworfen habe, fällt mein Blick auf den Lotus, der direkt vorm Gartentor steht. Ich denke daran, dass der Doc mich damit abgeholt hat nach der Party und dass ich froh bin, dass ich ihm offenbar nicht in den Wagen gekotzt habe, und ich gucke so da rüber und denke auf einmal, dass irgendwas anders ist an dem Auto. Ich kann gar nicht sagen, was, aber irgendwas stört mich. Eigentlich sieht es aus wie immer, grün und teuer glänzend, aber irgendwas ist seltsam. Ich komme nicht drauf, was es ist. Ich fühle, wie ganz langsam wieder diese merkwürdige Hitze in mir aufsteigt. Ich könnte mir den Wagen aus der Nähe ansehen. Aber ich tue es nicht. Stattdessen gehe ich zurück ins Haus, wo meine Mutter und der Doc gerade die Küche aufräumen. Ich gehe nach oben, putze mir die Zähne und lege mich ins Bett, brauche ewig, um einzuschlafen, wache dauernd wieder auf.

Irgendwann in der Nacht muss ich pinkeln, und als ich zurück in mein Zimmer komme und mich wieder hinlege, weiß ich es.

Der Wagen steht falsch rum.

Mit einem Schlag bin ich hellwach. Der Doc parkt ihn immer mit der Fahrerseite zur Straße, völlig egal, von welcher Seite er kommt. Es hat irgendwas mit Aberglauben zu tun. Ich habe mal gehört, wie er das meiner Mutter erzählt hat und sie sich über ihn lustig gemacht und ihn zwanghaft genannt hat. Ich setze mich auf und starre in die Dunkelheit. Mein Herz rast.

Schließlich stehe ich auf und gehe die Treppe herunter. Nehme den Lotusschlüssel von der Kommode im Flur und die kleine Taschenlampe aus der Schublade und gehe zur Haustür. Mache sie auf und trete hinaus. Die eiskalte Nachtluft schlägt mir entgegen. Langsam gehe ich auf meinen nackten

Füßen die Stufen runter, laufe durch den Vorgarten und öffne so leise, wie es geht, das Tor. Es ist windig, ich zittere vor Kälte. Ich stehe hinter dem Lotus und betrachte ihn.

Tatsache: Er steht mit der Fahrertür zum Haus.

Ich trete auf die Straße und gehe ganz langsam einmal um den Wagen herum. Schalte die Taschenlampe ein und leuchte die Karosserie entlang. Atme auf, weil da nichts ist. Keine Kratzer, nur der von mir, vom Tag, als der Doc Ozzy getötet hat. Ich merke jetzt erst, dass ich die Luft angehalten habe. Ich will wieder reingehen. Lasse den Taschenlampenschein noch einmal über die Motorhaube gleiten.

Im letzten Moment sehe ich es. Es ist der Scheinwerfer vorne rechts.

Ein kleines Stück Plastik ist herausgebrochen. Und darunter: eine Delle. Nicht riesig, aber zweifellos da. Ich halte die Taschenlampe näher an den Scheinwerfer. Fühle mit den Fingern ganz langsam die Bruchkante entlang. Wie eine lang gezogene Welle geht die Hitze einmal durch meinen Körper und sammelt sich in meiner Brust. Ich schalte die Taschenlampe aus. Stehe einen Moment da. Gehe dann ganz langsam wieder ins Haus. Lege den Schlüssel zurück auf die Kommode und die Taschenlampe in die Schublade. Gehe nach oben. Lege mich in mein Bett. Mache die Augen so fest zu, wie es nur geht. Sinke in den Schlaf wie in eine Ohnmacht.

HITZE

Edgar will endlich alles ganz genau wissen.

»Los, erzähl!«, sagt er, kaum, dass ich sein Zimmer betreten habe. »Was hatte sie an? Wie sah sie aus? Wie sieht ihr Zimmer aus? Wie riecht es da? Wie viele Hausangestellte haben die? Raus damit, Detective Daniel Winkler!«

Er sitzt an seinem Schreibtisch und kritzelt wild auf seinem Skizzenblock rum.

Ich will eigentlich erzählen, aber ich bin abgelenkt von einem Bild, das auf dem Tisch neben seinem Sessel liegt. Ich weiß ja, was Edgar so für krasses Zeug malt ab und zu, aber manche Bilder kann ich überhaupt nicht einordnen. Der Typ auf diesem Bild ist einer aus Edgars leicht kranker Superheldenserie, an der er immer mal wieder arbeitet, aber selbst dafür ist es heftig. Seine eine Körperhälfte hat keine Haut mehr, und in den offen liegenden Muskeln stecken mehrere Angelhaken oder so was. Er injiziert sich gerade aus einer riesigen Spritze eine ziemlich stark an Eiter erinnernde Flüssigkeit ins linke Auge. Kann sein, dass Edgar ein »Feingeist« ist, aber diese Sachen sind eher nichts für zarte Seelen.

»Alter«, sage ich zu Edgar, weiter komme ich nicht, weil es an der Tür klopft. Edgars Mutter kommt mit einem Tablett mit Keksen und Kakao ins Zimmer.

»Hallo, Daniel«, sagt sie zu mir und stellt das Tablett auf Edgars Tisch, direkt neben das Bild.

»Wir brauchen keinen Kakao, Maria«, sagt Edgar, »wir sind keine zehn mehr.« Edgar nennt seine Eltern beim Vornamen – sie wollen das so. Seine Mutter scheint ihn nicht gehört zu haben, aber das kommt häufiger vor. Sie nimmt das Bild in die Hand und betrachtet es einen Augenblick ohne bestimmten Gesichtsausdruck, dann legt sie es zurück neben das Tablett.

»Da kommen noch Ratten dazu«, sagt Edgar zu ihr. Seine Mutter rückt die Tassen auf dem Tablett zurecht und will sich zum Gehen wenden.

»Die fressen sein Herz auf«, sagt Edgar. »Es macht sie unsterblich.«

Seine Mutter sieht noch einmal auf das Bild, dann lächelt sie Edgar an. Er öffnet den Mund, um noch was zu sagen, überlegt es sich aber anders. »Alles klar«, sagt seine Mutter, »schön. Dann weiß ich ja Bescheid«, und geht hinaus. In meinem Nacken hat sich eine seltsame Gänsehaut gebildet. Ich kann mich nicht entscheiden, was ich unheimlicher finde – das Bild oder Edgars Mutter.

Edgar und ich sehen noch ein paar ziemlich lange Sekunden auf die Tür, die seine Mutter gerade hinter sich zugemacht hat, Edgars Stift, mit dem er eben gekritzelt hat, hängt in der Luft. Sein Gesicht sieht aus, als hätte ein Teil von ihm gerade seinen Körper und dann das Haus verlassen. Ich kann nur sagen: *Meine* Mutter würde ausklinken, wenn ich solche Bilder malen würde. Ich wäre auf dem Weg in die Psychiatrie, so schnell könnte ich gar nicht gucken. Und ich frage mich, was eigentlich besser ist: eine Mutter, die immer denkt, du bist verantwortlich für alles Schlechte in der Welt – oder eine

Mutter, der du den Weltuntergang auf 'nem Tablett servierst und die dazu lächelnd Kekse reicht.

Aber bevor ich da weiter drüber nachdenken kann, fängt Edgar wieder an zu kritzeln und fragt: »Also?« Und auch wenn es nicht mehr halb so interessiert klingt wie vorhin, setze ich mich in den Sessel und erzähle. Ich berichte Edgar von dem superschrägen Butler und von den Klamotten der Prinzessin. Von der Roboter-Mutter und dem seltsamen Vater. Den maroden Autos.

»Ich sag doch, dass da was schräg ist bei denen!«, sagt Edgar, der langsam wieder ins Zimmer zurückkehrt. Er freut sich wie ein Kind, dass er mit seiner Einschätzung richtig lag, und für eine Weile gelingt es mir, mich mit ihm mal wieder reinfallen zu lassen in unsere Mission »Princess Evil«, mir mit ihm auszudenken, was da noch alles Seltsames passiert hinter den Kulissen im Schloss, und es ist wie immer, wir sind ein Team mit einem Auftrag. Ich mache den riesigen Butler nach, stelle mich auf einen Stuhl dafür und näsele zu Edgar herunter: »Ich steige keine Treppen«, sage ich, »ich bin doch kein Dienstbote«, und Edgar schmeißt sich weg vor Lachen, Feuer in den Augen.

Irgendwann habe ich dann trotzdem das Gefühl, dass ich Edgar das, was ich im Schloss erlebt habe, nicht so richtig erzählen kann, merke, dass ich Dinge weglasse.

Ich weiß nicht, warum, vielleicht weil ich das Gefühl habe, manche Sachen irgendwie nicht wirklich erklären zu können. Zum Beispiel, was ich im Gesicht der Prinzessin gesehen habe, dieses Transparente, darüber sage ich ihm nichts.

Das erste Mal, seit ich Edgar kenne, denke ich, dass er eventuell nicht verstehen würde, was ich meine.

Was ich schon mal gar nicht erzähle, ist, dass sie mir ein Video geschickt hat.

Und dann denke ich plötzlich, dass ich ihm eigentlich sowieso gerne was ganz anderes erzählen würde.

Eigentlich würde ich ihm gerne erzählen, dass bei mir zu Hause ein kaputter Lotus vor der Tür steht.

Aber ich tue es nicht. Nicht weil ich Edgar das nicht erzählen könnte. Ich weiß nicht. Vielleicht weil ich weiß, dass es natürlich nichts zu bedeuten hat. Oder weil es, wenn ich es Edgar erzählen würde, doch was bedeuten könnte. Irgendwie real werden würde. Und weil ich dann überhaupt weiter darüber nachdenken müsste. Ich versuche diese seltsame Hitze, die da seit gestern Abend immer wieder in meiner Brust auflodert, zu ignorieren, und konzentriere mich wieder auf das Schloss.

»Sie war irgendwie … anders als sonst«, sage ich schließlich doch und sehe zu Edgar rüber. Gucke, wie er reagiert. Aber er hört den Satz gar nicht wirklich. Er zeichnet gerade irgendwelche bizarren Wesen mit riesigen Augen und ziemlich unheimlichen Gesichtern.

»Wir sollten das nächste Level betreten«, sagt er irgendwann.

»Sind wir hier in einem Computerspiel oder was?«

Ich muss daran denken, wie die Prinzessin die Nazis weggeballert hat. Und dass ich am liebsten mitgemacht hätte dabei. Auch davon habe ich Edgar noch nicht erzählt.

»Im Ernst.« Edgars Hand fliegt über das Papier. Ich sehe fasziniert zu, wie er mal eben so diese Wesen erschafft, die aussehen, als würden sie gleich aus dem Papier steigen und uns töten.

»Ich weiß nicht«, sage ich. »Mann, ihr Bruder ist tot. Wollen wir sie nicht mal kurz in Ruhe lassen?«

Edgars zeichnende Hand stockt. Er sieht auf. »In Ruhe lassen?«, fragt er mich, als hätte ich vorgeschlagen, sie zu adoptieren. Seine Augen glühen. Für einen kurzen Moment habe ich das Gefühl, er hat längst ein anderes Level betreten. Ohne mich.

Ich zucke die Achseln. »Hast recht, vergiss es.«

Edgar zeichnet weiter, schneller als vorher, der Stift kratzt über das Papier.

»Und du meinst also, die hatten mal Geld und jetzt nicht mehr?«, sagt er nach einer Weile.

»Sieht so aus, ja.«

»Okay«, sagt er. »Und der Vater? Was ist mit dem Vater los?«

»Ich weiß nicht. Er sah unheimlich aus. Wie einer, der in der Psychiatrie sitzt. Als hätten sie ihn mit Medikamenten vollgedröhnt und in diesen Raum gesperrt.«

Für einen Moment frage ich mich, ob ein verrückter Vater besser ist als ein Vater, der weg ist.

Edgar reißt die vollgemalte Seite seines Blocks raus und wirft sie auf den Boden, kritzelt weiter, diesmal irgendwelche Symbole und Muster.

»Vielleicht war *er* es«, sagt er, »vielleicht hat er seinen eigenen Sohn umgefahren und ist deshalb jetzt psychotisch.«

»Hast du sie noch alle? Warum sollte er das tun?«

Edgar reißt eine weitere Seite raus und zeichnet auf dem neuen Blatt weiter.

»Was weiß ich. Weil er eine Affäre hat und der Sohn gedroht hat, es seiner Mutter zu sagen.«

»Komm mal wieder runter.«

Ich bin plötzlich müde. Für eine halbe Sekunde muss ich wieder an den Lotus denken.

»Okay, wie machen wir weiter?«, fragt Edgar.

»Womit?«

»Womit? Wir müssen weiterkommen, Danny! Wir müssen rauskriegen, was für ein schräges Verhältnis sie zu ihrem Bruder hatte. Und was im Schloss los ist. Wir müssen das alles wissen. Wir müssen ihre Schwachstellen kennen.«

Ich denke an den Bruder und für einen Moment tut mir Princess Evil irgendwie leid, aber dann denke ich daran, wie sie in der Schule ist. An ihre Überheblichkeit. Ihre Kälte. Ihre Fiesheit. Klar will ich, dass unser Projekt weitergeht. Ich will immer noch, dass sie kriegt, was sie verdient. Was auch immer das sein kann.

»Okay«, sage ich. »Aber wie sollen wir das machen?«

Edgar hört auf zu kritzeln und sieht mich an.

»Du musst da noch mal hin.«

ROSA ELEFANTEN

»Du musst mir jetzt gut zuhören, Daniel.«

Meine Mutter guckt mich an, als wollte sie mir Anweisungen geben, was im Fall einer plötzlichen Apokalypse zu tun ist. Sie sitzt auf meiner Bettkante, wie sie es früher getan hat, wenn sie mir zum Einschlafen vorgelesen hat. Es fühlt sich fremd an. Ich setze mich auf. Ich hatte schon fast geschlafen. Das Zimmer ist ziemlich dunkel – nur das Licht aus dem Flur scheint herein.

»Ich will, dass du ab sofort aufhörst, Mist zu bauen«, sagt meine Mutter und guckt mich so eindringlich an, dass ich denke, sie kann mich mit ihren Augen durchleuchten.

»Das ist wirklich wichtig, hörst du? Dieser ganze Quatsch muss jetzt vorbei sein.«

Ihr Blick liegt schwer auf meinem Gesicht. Ich weiß überhaupt nicht, was hier plötzlich los ist.

»Ich habe Frau Bluhm beim Bäcker getroffen«, sagt sie und macht eine Pause. »Die arme Frau.«

Verstehe. Meine Mutter und Jennys Mutter kennen sich von früher. Sie haben mal zusammen Volleyball gespielt.

»Sie hat mir erzählt, dass jemand Jennys Fahrrad demoliert hat. Und dass ein Junge gesehen wurde, dessen Beschreibung sich ziemlich nach dir anhört.«

Shit. Ich überlege, ob ich lügen soll oder alles zugeben, aber ich muss es gar nicht entscheiden.

»Ich habe nicht gesagt, dass ich glaube, dass das mein Sohn war. Und ich will gar nichts dazu hören, Daniel. Aber du musst das Ganze jetzt ein für alle Male in den Griff kriegen.«

Mit der flachen Hand streicht sie über ihren Oberschenkel, als würde sie eine imaginäre Erhebung beseitigen. Dann guckt sie mich an. Hält mich mit ihrem Blick fest.

»Ich will, dass das funktioniert mit Thomas und mir. Ich glaube, es kann funktionieren.«

Meine Mutter sitzt im Gegenlicht, ich kann ihr Gesicht nicht richtig erkennen.

»Es funktioniert aber nur, wenn du mitmachst, verstehst du das?«

Ich nicke.

»Ich weiß nicht, woher du diese Beule an deinem Kopf hast, und es ist mir auch egal. Und ich weiß nicht, wie oft du so viel trinkst wie neulich. Aber was ich weiß, ist, dass du in Zukunft keine Hunde verprügelst und keine Fahrräder von irgendwelchen armen Mädchen demolierst.« Sie seufzt. »Thomas hat ganz sicher keine Lust drauf, sich mit einem halbstarken saufenden Schläger abzugeben.«

Das Wort bleibt schwer in der Luft hängen. *Schläger.* Ich probiere es innerlich an wie ein Kleidungsstück. Es klingt nach Glatze und Bomberjacke und passt mir nicht.

»Ich meine das ganz ernst, Daniel«, sagt meine Mutter. »Weißt du, ich brauche jetzt wirklich *einmal* deine Unterstützung.«

Sie seufzt schwer.

»Ich will, dass du mit jemandem redest.«

»Mit wem?«

»Mit einer Therapeutin.«

»*Was?*«

»Danny.« Ihre Stimme ist gedämpft. »Du willst doch auch, dass es funktioniert, oder?«

»Ja … schon …«, sage ich, während in meinem Kopf ein kurzes Stimmen-Duell stattfindet zwischen dem Lager der Doc-Gegner (»Der Typ ist suspekt! Weg mit dem!«) und dem der Doc-Befürworter (»Endlich mal ein guter Typ! Versau das nicht!«).

»Also: Keine Ausraster mehr, klar?«, sagt meine Mutter. Ihre Augen sind groß und weit. »Du reißt dich zusammen.«

Ich nicke. »Okay«, sage ich.

»Und du gehst zu Frau Stenzer.«

Sie steht auf, steht unschlüssig im Raum und geht zur Tür. Dann dreht sie sich noch einmal zu mir um. »Ich verlasse mich auf dich.«

Frau Stenzer.

Sie schließt die Tür von außen und löscht das Licht im Flur, und in meinem Zimmer ist es stockdunkel.

»Zusammenreißen« soll ich mich. Ich denke, dass »zusammenreißen« ein hirnloses Wort ist. Wie soll man etwas *zusammen*reißen? Oder sich. Kann man nicht nur was auseinanderreißen? Etwas kann *mich* auseinanderreißen, so viel ist klar. Wenn ich ausraste, fühlt es sich so an.

Dass das jetzt auf keinen Fall passieren darf, das macht, dass es erst recht passieren könnte, denke ich. Denk nicht an rosa Elefanten. Aber ich krieg das schon hin. Ich weiß nicht, ob ich will, dass der Doc bleibt. Ob er wirklich cooler ist als die anderen Typen, die meine Mutter anschleppt. Oder ob das alles nur Fassade ist. Aber irgendwie will ich nicht, dass wieder einer weg ist. Und ich will mir ganz sicher nicht anhören, dass ich es ihr versaut habe.

Ich krieg das hin. Wenn ich ein bisschen weniger ein Freak bin, krieg ich das hin. Ich kann jemand anders sein. Ich kann das.

LAUFEN

Sport ist auch so eine Sache, mit der ich wahrscheinlich nicht berühmt werde. Ich bin zu klein für Basketball, zu dünn für Fußball und ich hasse den ganzen Gerätequatsch. Nur Leichtathletik mag ich, vor allem Laufen, weil ich dafür keinen Bizeps brauche und weil man dabei seine Ruhe hat. Und weil ich schneller laufe, als ich denken kann.

Frau Lauer war selbst mal Läuferin, auf halber Strecke Richtung deutsche Meisterschaft ist sie aber gestürzt und ihre Karriere war versaut. Sie ist immer auf dem Sprung, kann nie länger als ein paar Sekunden auf einer Stelle stehen bleiben, und man hat das Gefühl, dass sie am liebsten immer gleich loslaufen würde. Als würde sie einen Zug kriegen wollen, der längst abgefahren ist. Sie geht nie, sie joggt immer. Mit wippenden Schritten kommt sie zum Unterricht, genau so läuft sie nach Schulschluss über den Parkplatz zu ihrem Auto.

Bei jedem Wetter geht sie mit uns auf den Sportplatz. Wenn es nach ihr ginge, würde der Sportunterricht aus nichts anderem bestehen als laufen und noch mehr laufen. Immer wieder kriegt sie Ärger, weil sie den Lehrplan nicht einhält. Ich find's bestens.

Heute lässt sie uns tausend Meter laufen. Die meisten rasen los wie die Blöden. Ich teile mir meine Kraft ein, laufe locker an, habe die Strecke im Gefühl. Spüre den Rhythmus meiner Schritte, die kalte Luft in der Lunge.

Edgar ist schon nach fünfzig Metern raus: »Kann nicht … muss aufhören … mein Asthma!«, ruft er Frau Lauer zu und geht in die Umkleidekabine. Natürlich hat er so viel Asthma wie ich Tuberkulose, aber Frau Lauer lässt ihn in Ruhe.

Jenny Bluhm läuft genauso gerne wie ich. Ich will nicht mit ihr zusammen laufen, ich gehe ihr aus dem Weg seit der Fahrradsache, klar, aber sie klemmt sich an mich dran und läuft neben mir her. Eine Weile laufen wir schweigend, unsere Schritte synchron. Ich sehe aus dem Augenwinkel zu ihr rüber und denke, dass sie wegen mir kein Fahrrad mehr hat. Gut, dass sie so schnell laufen kann, denke ich, und ich finde mich für eine kurze Sekunde witzig, bevor mir wieder einfällt, dass ich ein Arschloch bin. Ich laufe etwas schneller, um sie abzuhängen, aber sie hält mühelos mit mir Schritt. Verdammt.

»Was glaubst du, wer Pascal überfahren hat?«, fragt sie mich nach einer halben Runde.

»Keine Ahnung«, sage ich, »vielleicht der große Unbekannte.«

»An den glaube ich nicht«, sagt Jenny. »Egal. Die werden den schon kriegen.«

»Werden wir sehen. Wird wahrscheinlich schwierig.«

»Na ja, und wenn nicht, wird er trotzdem bezahlen.«

»Ach ja, und warum?« Ich sehe zu ihr rüber.

»Weil er weiß, dass er ein Schwein ist. Das wird er nicht mehr los.«

Ich gebe noch ein bisschen Tempo drauf, aber Jenny klebt an mir, als wären wir eine Person, und meine Lunge macht langsam schlapp. Ich laufe gern – das heißt aber nicht, dass ich Kondition dafür habe.

»So was kann man ja nicht mehr rückgängig machen. Das bleibt an einem haften«, sagt sie.

Meine Oberschenkel brennen, ich laufe zu schnell, weil ich sie abschütteln will. Wir haben noch die halbe Strecke vor uns. Wenn ich so weiterrenne, schaffe ich es nie und nimmer ins Ziel.

»Man kann ja viel verdrängen«, sage ich. Ich habe Seitenstiche.

»Ja, vieles. Aber nicht alles«, sagt Jenny. »Solche Dinge nagen an einem. Manche werden irgendwann verrückt.«

Ich versuche noch einmal, etwas schneller zu laufen, aber meine Beine geben einfach nicht mehr her.

»Ich weiß nicht«, keuche ich, »Leute, die so was machen, können dann vielleicht auch damit leben.«

»Ich sage dir, sie bezahlen.« Jenny ist nicht die Bohne außer Puste. »So oder so.«

Sie gibt Gas und läuft mir davon.

NICHT WÜTEND

»Erzähl mir ein bisschen von dir, Daniel.«

Die Worte kommen aus einem Mund mit glänzend roten Lippen. An den Rändern ist das Rot ein bisschen verschmiert. Am liebsten würde ich ein Taschentuch nehmen und das überschüssige Rot wegwischen.

Die Lippen gehören Frau Stenzer, die mir in einem dunkelbraunen Sessel gegenübersitzt und mich anlächelt wie eine gute Fee, die mir gleich drei Wünsche erfüllen wird. Sie hat dunkelbraune Locken, die ihr wild um den Kopf flirren und die wippen, wenn sie redet, und ihre riesigen Augen sind gelbgrün und irgendwie zu weit offen. Sie trägt einen schlafanzugartigen Overall und an ihren Handgelenken klimpern ungefähr dreitausend Armreifen.

Ich sitze in einem zweiten dunkelbraunen Sessel. Die Sessel sind aus Leder. Wenn einer von uns sich bewegt, macht es Furzgeräusche.

»Erzähl mir, was immer du möchtest«, sagt Frau Stenzer.

Ich möchte überhaupt nichts erzählen und ich möchte vor allem woanders sein als hier. Ich bin ja nur hier, damit meine Mutter mich nicht weiter damit nervt. Damit ich lerne, mich »zusammenzureißen«.

Frau Stenzers Riesenaugen gucken mich immer noch an.

»Was bezahlt meine Mutter Ihnen eigentlich?«, frage ich sie. Eigentlich müsste sie *mir* was erzählen für das Geld, finde ich.

Frau Stenzer macht den Mund auf und lacht mit großen, schiefen Zähnen. Ich weiß nicht, was so lustig ist.

»Warum bist du so wütend, Daniel?«, fragt sie, plötzlich so ernst, als wäre ich unheilbar krank oder so.

»Ich bin nicht wütend«, sage ich. Bin ich wirklich nicht.

»Aber du machst diese … Sachen«, sagt ihr roter Mund.

Das klingt, als wär ich einer, der kleine Mädchen anfasst.

»Was macht dich in diesen Situationen so wütend?«

Es ist die falsche Frage. Ich bin nicht dabei, wenn ich »diese Sachen« mache.

Frau Stenzer wartet, während draußen der Himmel aufreißt und sich ein Sonnenstrahl ins Zimmer schiebt wie ein Laserstrahl. Staubkörner versammeln sich um ihn wie winzige Insekten. In die staubige Stille hängt sich ein Piepen. Es kommt von weit her.

»Daniel«, sagt Frau Stenzer irgendwann.

Sie tut mir irgendwie leid. Sie klingt so frustriert. Sie ist eine Ente mit offenem Schnabel, die auf ein Stück trockenes Brot hofft. »So kommen wir nicht weiter.«

Das Piepen rutscht aus dem Raum durch meine Ohren in meinen Kopf und wird dort lauter. Frau Stenzer wippt mit dem rechten Fuß. Meine Fingerspitzen kribbeln. Ich hasse diese Frage. Ich bin nicht »wütend«. Oder vielleicht doch. Es fühlt sich nicht an wie etwas, das man in ein so kleines Wort quetschen kann.

»An wen denkst du, wenn du wütend bist?«, fragt Frau Stenzer. Schon wieder die falsche Frage. Sie versteht es nicht.

Ich denke nicht, wenn es passiert. Mit einer Explosion im Kopf kann man gar nicht denken.

Jetzt denke ich an meine Mutter und daran, wie sie mich angesehen hat, als sie an meinem Bett saß. Ich hole tief Luft. Ich habe versprochen, mir Mühe zu geben.

»An niemanden«, sage ich schließlich.

»Dein Vater hat euch verlassen, ist das richtig?«

Sie weiß doch genau, dass es richtig ist. Das hat ihr meine Mutter doch garantiert alles erzählt. Was haben immer alle mit meinem Vater? Ich meine, ja, er ist weg. Er ist abgehauen. Aber er konnte nicht anders. Er konnte nicht bleiben. Ist eben so gewesen. Wenn ich könnte, würde ich vielleicht auch gehen, denke ich und fühle mich schlecht für diesen Gedanken.

»Da warst du ....« Frau Stenzer blättert in ihren Unterlagen. Ich lasse sie zappeln. »Zehn«, sagt sie schließlich triumphierend und sieht mich an, als wäre damit alles klar.

»Ich kann mich kaum daran erinnern«, sage ich.

Ich weiß noch jede Einzelheit dieses Tages.

Es war so heiß, dass es über dem Asphalt flirrte, und die Leute blieben in ihren Häusern, um sich vor der Sonne zu schützen. Mein Vater trug trotzdem seine Cowboystiefel. Er lud Taschen und seine Gitarren in den Kofferraum seines alten Saabs. Ich weiß noch, dass ich dachte, dass er aussieht, als würde er mit seiner Band auf Tour gehen. Ich dachte, wenn ich mir das nur klar genug vorstellte, wäre es auch so. Dann würde er uns abends aus dem Hotel anrufen und nach ein paar Wochen wieder zurück sein.

Eine ganze Weile stand er an seinem Auto und sah zu unserem Haus. Meine Mutter war nicht da, sie war im Reisebüro und hat gearbeitet. Es war Mittagszeit und ich dachte, dass sie jeden Moment mit ihrem Fahrrad die Straße heruntergefahren kommen müsste. Ich habe die ganze Zeit in die Richtung geguckt, aus der sie immer kam, ich musste gegen die Sonne gucken. Ich habe meine Augen zusammengekniffen und gehofft, dass sie noch rechtzeitig kommt, um meinen Vater aufzuhalten, aber sie tauchte einfach nicht auf. Mir war ganz schwindelig vor Hitze.

Irgendwann war mein Vater fertig mit Packen und schlug den Kofferraum zu. Ich kann das Geräusch noch hören. Ein endgültiges, beschissenes Geräusch. Ich wollte etwas sagen, ich wollte ihn bitten, dass er bleibt, aber ich habe die ganze Zeit geguckt, wo meine Mutter bleibt, und habe gar nichts gesagt. Ich habe ihn nicht mal angeguckt, weil ich ja die Straße im Auge behalten musste. In den Monaten, nachdem er weg war, habe ich abends im Bett gelegen und immer versucht, mir das Bild meines Vaters in den Kopf zu rufen, wie er in sein Auto stieg. Ich dachte, ich müsste mich unbedingt an diesen Moment erinnern, in dem er eingestiegen und weggefahren ist. Und an sein Gesicht dabei. Aber das einzige klare Bild, das ich von ihm von dem Tag habe, ist sein Rücken mit dem schwarzen Shirt, auf dem in Rot *Metallica* steht, sein arschloser Jeanshintern und seine blonden Haare, die immer aussahen, als hätten er und Jon Bon Jovi denselben Friseur. An sein Gesicht kann ich mich nicht mehr erinnern.

Ich weiß noch, dass Ozzy im Vorgarten herumsprang und nach Insekten schnappte. Mein Vater hatte ihn mir an dem Morgen mitgebracht. Er stand in meinem Zimmer, Ozzy auf dem Arm. Er hat ihn mir ins Bett gesetzt und Ozzy hat mir das Gesicht abgeleckt und dabei vor Aufregung auf meine Decke gepinkelt, und ich habe ihn auf der Stelle geliebt und es tat vom ersten Moment an weh, weil irgendwas in mir wusste, dass dieses seltsame pinkelnde Viech ein Abschiedsgeschenk war.

Meine Mutter kam genau in dem Moment auf ihrem Fahrrad die Straße heruntergefahren, in dem mein Vater in die andere Richtung losfuhr. Als sie sah, wie sich das Auto in Bewegung setzte, gab sie Vollgas. Sie trat in die Pedale wie eine Irre, um ihn noch zu erwischen. An ihr Gesicht, als sie am Gartentor vorbeiraste, kann ich mich noch ganz genau erinnern. Es war verzerrt wie das eines Gewichthebers. Ich dachte, sie bringt ihn um, wenn sie ihn kriegt, und auch wenn ich nichts mehr wollte, als dass er bleibt, dachte ich plötzlich, dass er sich beeilen sollte, damit sie ihn nicht einholt. Sie brüllte ihm hinterher, was er für ein Verräter sei und dass er noch nie irgendwas auf die Reihe gekriegt hätte, nicht mal seinen eigenen Sohn würde er wirklich kennen. Und dass er von ihr aus mit seiner Scheißkarre die nächste Klippe runterfahren könnte, all so ein Zeug. Dabei raste sie ihm hinterher.

»Bist du wütend auf deinen Vater?«, fragt Frau Stenzer.

»Mein Vater ist seit fünf Jahren weg«, sage ich. »Ich weiß ja kaum noch, wie er aussieht.«

»Was fühlst du, wenn du an ihn denkst?«

Vor meinem inneren Auge biegt er mit seinem Auto um die Ecke. Mein Kopf fühlt sich an, als hätte jemand Zuckerwatte darin verteilt. Die Beule an meiner Stirn pulsiert. Ich hatte sie schon vergessen. Ich zucke die Achseln.

Frau Stenzer steht auf und hebt ein klobiges Kissen auf, das in der Ecke des Raums liegt. Sie legt es vor mich auf den Boden und setzt sich wieder in ihren Sessel. Ihre Armreifen klirren leise aneinander, als sie auf das Kissen deutet.

»Das ist deine Wut«, sagt sie.

Ich gucke sie an. Will die mich verarschen? Und was soll das ganze Gerede über meinen Vater überhaupt? Als wäre er irgendein Arschloch, auf das ich jetzt unheimlich sauer sein müsste. Hat sie sich mal mit meiner Mutter unterhalten? Darüber könnte man reden, und zwar ziemlich lange. Will ich aber nicht.

»Was hat sie uns zu sagen?«

Ich gucke das Kissen an. Es ist rosa mit blauen Blumen darauf. Wenn ich das hier Edgar erzähle – der lacht sich tot. Ich zähle die Blumen auf dem Kissen.

»Was sagt die Wut?«, fragt Frau Stenzer. In meinem Nacken kribbelt es. Auf dem Kissen sind dreiundzwanzig blaue Blumen. Wenn man es umdrehen würde, wären da wahrscheinlich noch einmal dreiundzwanzig blaue Blumen.

»Lass dir Zeit«, sagt Frau Stenzer.

Zusammen wären das also sechsundvierzig blaue Blumen.

Die Beule an meiner Stirn pulsiert immer stärker. Ich fange an zu schwitzen. Glotze auf das Blümchenkissen wie ein Idiot.

»Alles, was kommt, ist in Ordnung«, sagt Frau Stenzer.

Plötzlich sitzt mein Vater auf dem Kissen. Sitzt da mit seiner Gitarre und fängt an zu spielen. Ich kann den Song nicht identifizieren. Irgendwas Bluesiges, Alte-Männer-Musik. Ich gucke ihn an, aber irgendwie ist es so, als wäre er gar nicht wegen mir hier, er guckt nicht zurück.

Ein Teil von mir löst sich aus meinem Körper.

»Lass die Wut sprechen, Daniel.«

Mein Vater fängt jetzt an, zu seiner Musik zu summen. Seine Augen sind geschlossen.

»Erlaub dir alles, was du fühlst«, sagt Frau Stenzer.

Mein Vater dreht jetzt richtig auf, stampft beim Spielen mit dem Fuß auf.

»Stell dir vor, du selbst bist die Wut!«

Okay, das reicht.

»Ich muss los«, sage ich, und mein Vater schließt seinen Song mit einem lang gezogenen »Yeah« und ist verschwunden.

Ich stehe auf und gehe zur Tür. Ich weiß, dass meine Mutter wahnsinnig sauer sein wird, wenn sie erfährt, dass ich hier nicht mitmache, aber ich kann keine Sekunde länger hier mit diesem Kissen und Frau Stenzers rotem Mund bleiben.

»Wenn die Wut wiederkommt«, sagt sie, als ich die Türklinke schon in der Hand habe, »frag sie, was sie von dir will.«

Ich zögere ganz kurz, dann bin ich draußen. Eilig gehe ich durch den langen Flur zum Ausgang. Mein Herz schlägt wie irre gegen meine Brust, die von irgendwas Unsichtbarem zusammengepresst wird. Auf der Straße schnappe ich nach Luft, als wäre ich unter Wasser gewesen.

Frag die Wut, was sie von dir will.

Wer ist hier eigentlich durchgeknallt, ich oder sie?

DÄMONEN

Auf dem Nachhauseweg nehme ich den Umweg durch den Park. Von unserem Beobachtungsposten aus sehe ich durch die Bäume zur Residence Evil rüber.

»Weiß man schon, wer es war?«

Ich erschrecke mich zu Tode. Neben mir steht der Alki. Er sieht mich nicht an, sondern guckt auch Richtung Schloss.

»Ein totes Kind«, sagt er nach einer Weile, »das ist schlimm. Das ist schlimmer als irgendwas anderes auf der Welt.«

Ich betrachte ihn von der Seite. Er hat richtige Schuhe an, nicht seine ollen Latschen. Ansonsten sieht er aus wie immer. Aber irgendwas an dem, wie er spricht, ist anders.

»Ein totes Kind, da ist Gott im Spiel«, sagt er, »da muss man sich fragen, womit man das verdient hat.« Er sieht in den Himmel. Jetzt weiß ich, was es ist: Er lallt nicht. »Man muss sich fragen, was man getan hat.«

Der Schreck hat die Hitze in meiner Brust auflodern lassen. Was soll ich sagen? Soll ich mich entschuldigen? Was will der von mir? Rache? Ich bin nervös. Aber er scheint sich weniger für mich zu interessieren als für das Schloss und den toten Bruder.

»Wer so was macht …«

»Wo ist denn der Hund?« Ich muss es fragen.

Er sieht wieder in den Himmel und zeigt in die Luft. »Da oben«, sagt er. Shit. Ich habe den Köter doch erledigt.

»Aber er …«, stammle ich, »habe ich …«

»Er war sehr müde«, sagt der Alki, »schon lange.« Er sieht mich an. »Er wollte kein Hund mehr sein«, sagt er und sieht wieder nach oben. »Jetzt ist er frei von allen Sünden.«

Was so ein Dobermann verbrochen haben könnte, weiß ich nicht, aber ich lasse das mal so stehen.

Wir stehen eine Weile da und sehen weiter zum Schloss.

»Dein Vater war bei mir«, sagt er plötzlich, und der Schreck lässt den Boden unter mir schwanken. Was weiß der von meinem Vater? »Er hat mit mir geredet.«

Okay, der Typ ist ganz offensichtlich durchgeknallt.

»Er hat mir gesagt, dass du ein guter Junge bist. Dass du nicht weißt, was du tust.« Er macht eine Pause. »Er hat gesagt, dass Dämonen dich im Griff haben. Dass sie dich diese Sachen tun lassen.« Er sieht sich einmal zu allen Seiten um. Dann flüstert er: »Dass die Polizei das nicht verstehen würde.«

Er redet vom Doc! Er hat ihn für meinen Vater gehalten. Das also hat er ihm erzählt. Fast muss ich lachen vor Erleichterung.

Der Alki sieht mich wieder an. Sein Gesicht ist rot wie immer, aber er sieht irgendwie nicht mehr so fertig aus wie sonst.

»Jetzt sind wir beide ohne Hund.« Er sagt es, als würde er eine einfache Tatsache feststellen. »Ein Mensch ohne Hund ist nicht mehr als ein Mensch«, sagt er, und verrückterweise weiß ich genau, was er meint. »Du kannst ihm sagen, er muss nicht mehr nach mir sehen.«

»Wer?«

»Dein Vater. Sag ihm, die Dinge sind Vergangenheit.«

»Er ist öfter hier im Park?«

»Nicht im Park. Er sieht von Weitem nach mir.«

Der Typ ist echt irre, so viel ist mal klar.

»Er fährt mit dem Auto vorbei.«

»Wo vorbei?«

»Er fährt die Straße entlang. Jeden Tag.«

»Die Straße?«

»Die Straße.« Er deutet zur Straße, die am Schloss vorbeiführt. »Manchmal bleibt er stehen, da hinten. Er will wissen, ob es mir gut geht. Er hält sein schnelles Auto dafür an. Dann rast er davon.«

In meinem Kopf geht alles durcheinander. Der Doc fährt hier rum? Wahrscheinlich hat der Irre sich das ausgedacht in seinem Alkihirn.

»Ich muss jetzt weiter«, sagt er und setzt sich in Bewegung. »Sag ihm, er muss nicht mehr hierherkommen.«

Ich sehe ihm nach, wie er mit seinem schlurfenden Gang durch den Park läuft. Er sieht unvollständig aus ohne seinen Hund.

Thomas König, Prinzessinenbrudermörder, denke ich, nur so zur Probe, und erschrecke mich selbst darüber. Meine Fresse. Komm mal wieder runter, Daniel *The Freak* Winkler. Ich muss aufhören, so was zu denken. Der Typ ist nicht ganz dicht, der erzählt irgendwas. Ich lockere meine Schultern, schüttle ein paar Mal den Kopf, schüttle diese kranken Gedanken ab. Atme einmal tief ein und aus.

Wie Lava blubbert die Hitze in meiner Brust. In meinem Nacken kribbelt es. Es fühlt sich an, als ob jemand hinter mir steht. Aber ich drehe mich nicht um. Auf keinen Fall.

LÜGEN

Die Nachricht katapultiert meinen Herzschlag von null auf hundertachtzig.

Triff mich morgen um vier.

Da, wo es passiert ist.

A.

Ich gucke lange auf den Text.

»Du bist dran«, sagt Edgar. Wir spielen Billard. Edgar gewinnt. Edgar gewinnt nie. Billard ist mein Spezialgebiet, nicht seins. Mein einziges außer Mathe – da lege ich also Wert drauf.

Ich lese die Nachricht noch mal und stecke mein Handy zurück in die Tasche. Versenke eine Kugel und die schwarze Acht gleich mit.

»Brillant, Herr Winkler«, sagt Edgar. Er deutet auf meine Hosentasche. »Alles ok? War was Besonderes?«

»Nee, alles ok«, lüge ich.

Er mustert mich kurz, dann wirft er eine neue Münze ein. Die Kugeln wandern polternd durch den Tisch. Er nimmt sie heraus und ordnet sie sorgfältig in dem Plastikdreieck auf dem grünen Filz an. Edgar macht solche Dinge immer mit einer Ruhe, als würde er ein Kunstwerk fertigstellen. Ich bin froh, dass er damit abgelenkt ist.

Eigentlich war der Nachmittag bisher perfekt. Edgar und ich haben ewig nicht Billard gespielt. Ich bin froh, dass wir mal wieder was machen, ohne zu quatschen. Jedenfalls war es bis jetzt so.

»Wir sollten mal über die nächsten Schritte nachdenken«, sagt Edgar, als er alle Kugeln fertig sortiert hat. Er legt die weiße Kugel auf den ausgefranzten blauen Punkt und sieht mich an.

»Du musst noch mal ins Schloss.«

»Ich weiß nicht«, sage ich und nehme meinen Queue zur Hand.

»Was weißt du nicht?«, fragt Edgar. Ich zucke nur die Achseln und mache den Eröffnungsstoß. Eine volle und eine halbe Kugel verschwinden hintereinander in einem Loch.

»Bisschen unentschlossen, was?«, sagt Edgar. Ich verdrehe die Augen. Er beugt sich über den Tisch und versenkt nacheinander zwei volle Kugeln.

Verkehrte Welt.

»Du könntest doch noch mal da vorbeischlendern. Neue Hausaufgaben bringen.« Die Hausaufgaben setzt er mit den Fingern in imaginäre Anführungszeichen.

»Ich weiß nicht. Was soll das bringen?«

Edgar versenkt eine dritte Kugel. Dann nimmt er seine Zigarette in die Hand, die die ganze Zeit im Aschenbecher vor sich hin qualmt. Dieser Billardladen ist einer der wenigen, in denen man noch rauchen darf. Edgar raucht nicht wirklich, er hält die Kippe nur in der Hand und legt sie dann wieder ab. Er hat viel zu viel Angst vor Krankheiten, um wirklich zu rauchen, der alte Hypochonder. Aber das Nicht-Rauchen entspannt ihn irgendwie.

Mein Handy vibriert in meiner Hosentasche. Ich zucke zusammen.

Edgar stellt sich vor mich. »Danny«, sagt er, »Mann, was ist los? Steigst du aus, oder was?«

»Aussteigen?«, sage ich, als wüsste ich nicht, was er meint.

»Wir müssen weitermachen«, sagt Edgar und fährt sich durch die Haare. Nimmt wieder die Zigarette in die Hand. »Ich denke, es ist bald so weit, dass wir … konkret werden.«

Da ist es wieder, dieses Glühen in seinen Augen.

Er drückt mir seinen Queue in die Hand. »Wir brauchen Bier. Und einen Plan«, sagt er und verschwindet Richtung Tresen.

Ich nutze die Gelegenheit und sehe noch mal auf mein Telefon.

Du musst kommen.

Ich brauche deine Hilfe.

Ich stecke das Handy wieder weg. Es fühlt sich in meiner Hosentasche an, als stünde es in Flammen.

BEWEISSTÜCK

Ich habe ein Meer aus Blumen und Stofftieren erwartet und Banner mit dramatischen Botschaften, *Wir werden dich nie vergessen* und so was, aber da sind nur ein paar mickrige Sträuße in Plastikfolie, ordentlich in Vasen gesteckt, sie sehen aus, als hätten Erwachsene sie hinterlegt und keine hysterischen Teenies, die sich danach weinend in die Arme gefallen sind. Aber den Prinzessinnenbruder kennt hier im Ort ja auch keiner, und ich weiß nicht, wie viele Freunde der so hatte. Er kam mir nicht wie der gesellige Typ vor.

Ich sehe auf die Uhr: genau vier. Von Evil nichts zu sehen.

Es ist seltsam, hier zu sein. Ich sehe mich um. Hier irgendwo muss er gelegen haben und gestorben sein. Auf den Asphalt sind mit gelber Kreide ein paar Markierungen gemalt, Kreuze und Halbkreise und Pfeile und so was, eine Ahnung eines Körpers. Ich versuche, es mir vorzustellen. Wie die Scheinwerfer eines Autos seinen sterbenden Körper anleuchten. Wie jemand aussteigt und auf ihn heruntersieht. Der Mensch in meiner Vorstellung hat kein Gesicht. Ganz kurz versuche ich mir vorzustellen, dass es der Doc ist. Fast muss ich lachen. Es ist einfach zu absurd. Es kommt mir vor wie aus einem Film. Ich merke, wie sich etwas in mir ein bisschen entspannt.

Aber dann fällt mir Edgar ein. Ich fühle mich mies, weil ich ihm natürlich nicht erzählt habe, dass ich mich mit Evil treffe, und ich frage mich, wie zur Hölle ich überhaupt darauf gekommen bin, wirklich hierherzufahren. Was mach ich da eigentlich gerade? Ich fühle mich, als hätte ich einen Stein im Schuh, und zwar einen ziemlich großen.

Damit ich nicht so dämlich rumstehe, setze ich mich am Straßenrand ins Gras. Es ist wärmer geworden in den letzten Tagen, der Winter ahnt langsam, dass er keine Schnitte mehr hat. Die Luft ist noch kühl, aber sie schneidet einem nicht mehr in die Haut.

Es ist schon fast zwanzig nach vier, als die Prinzessin endlich auf ihrem Fahrrad angefahren kommt. Sie fährt langsam, so als hätte sie alle Zeit dieser Welt, nicht so, als hätte sie mich gerade zwanzig Minuten warten lassen. Mein Herz stolpert über irgendwas, als ich sie sehe. Für eine Sekunde bereue ich, hierhergekommen zu sein. Warum hat sie mich überhaupt angetextet? Bisher hat sie mich in der Schule nicht beachtet. Sie beachtet ja niemanden. Und ich spiele sowieso nicht in ihrer Liga. Und das nicht nur, weil meine Klamotten nicht teuer genug sind oder ich kaum einen Muskel im Körper habe, sondern weil ich kein Arschloch bin. Wobei, wenn ich jetzt an Edgar denke und an Jenny Bluhm und an den Hund und den Alki, weiß ich nicht, ob das noch stimmt. Jedenfalls verstehe ich nicht, warum sie mir geschrieben hat, und ich mache mich darauf gefasst, dass sie mich gleich fragt, was zur Hölle ich eigentlich hier tue.

Sie bleibt mit dem Rad mitten auf der Straße stehen.

»Hi«, sage ich, aber sie antwortet nicht, sondern sieht sich nur um. Sie trägt die Mütze, die ich vorher nur bei ihr zu

Hause gesehen habe, und sie ist ungeschminkt. Unter ihren Augen liegen dunkle Schatten.

Sie steigt ab und schiebt ihr Rad an den Straßenrand, wo sie es ins Gras fallen lässt. Dann geht sie wieder in die Mitte der Straße und betrachtet die kryptischen Kreidemarkierungen.

»Hier war es also«, sagt sie schließlich.

»Ja, ich glaube schon«, sage ich, mehr fällt mir nicht ein. »Warst du noch nicht hier?«

Sie schüttelt den Kopf, und ich frage mich, wie das für sie sein muss. Genau an der Stelle zu stehen, an der jemand ihren Bruder überfahren hat.

Sie mustert die Markierungen, als würde sie einen Code entschlüsseln wollen. Ihr Gesicht sieht unbeteiligt aus.

»Sie malen keine Menschenumrisse mehr auf«, sage ich. »Ich habe das mal in einem Bericht gesehen. Es ist … zu makaber.« Ich klinge wie ein verdammter Nerd.

Die Prinzessin sieht weiter auf die Kreidezeichnungen. Starrt auf den Asphalt herunter, so lange, dass ich schon denke, sie ist in Trance gefallen. Als ich gerade fragen will, ob alles in Ordnung ist, legt sie sich plötzlich auf die Straße, genau da, wo der angedeutete Körper aufgemalt ist. Sie breitet die Arme aus und legt die Beine halb übereinander. Probiert rum, bis sie die richtige Lage gefunden hat. Bleibt regungslos liegen. Ich sehe ihr zu und habe eine Gänsehaut. Weiß nicht, was ich sagen soll.

Irgendwann steht sie wieder auf. Steht eine Weile so da, mitten auf der Straße. Sie macht die Augen zu und hält das Gesicht Richtung Himmel. Ich denke, dass ihr Gesicht anders aussieht als früher. Das, was ich im Schloss darin gesehen habe, ist immer noch da. Sie breitet die Arme aus. Ich muss sie die ganze Zeit ansehen dabei, ich weiß nicht, warum. Nach einer Weile öffnet sie plötzlich die Augen. Unsere Blicke treffen sich. Ich fühle, dass ich rot werde.

»Von wo kam das Auto?«

»Weiß ich nicht«, sage ich.

Sie schließt die Augen wieder und dreht sich um hundertachtzig Grad. »Von da«, beantwortet sie ihre eigene Frage. Sie steht jetzt mit dem Rücken zu mir, die Arme immer noch ausgebreitet.

»Er hat das Auto kommen sehen«, sagt sie.

»Woher willst du das wissen?«

Sie lässt die Arme sinken und dreht sich wieder zu mir um. »Frag nicht so viel, Johnny. Ich weiß es einfach.«

Und warum auch immer, irgendwie glaube ich ihr. Vielleicht gibt es so was. Dass man mit jemandem so verbunden ist, dass man solche Sachen einfach weiß.

Ganz kurz überlege ich, ihr zu erzählen, dass ich meinen Vater ab und zu fühlen kann, ihn sogar sehen kann, mit ihm sprechen. Das würde mir auch keiner glauben, aber es stimmt trotzdem. Es ist einfach so. Ich erzähle es dann aber lieber doch nicht.

Ich fühle mich, als wären mir meine Klamotten zu eng. Das hier ist seltsam. Ich will hier weg. Und irgendwie auch nicht.

Immer wieder sehe ich mich um, ob Edgar irgendwo ist. Ich habe mich ziemlich plötzlich von ihm verabschiedet gestern Abend, und er war zwar irgendwie abwesend, weil er voll im Evil-Hassmodus war, aber irgendwie hat er doch mitgeschnitten, dass was war. »Wo musst du denn so schnell hin?«, hat er gefragt, und ich habe nur was von meiner Mutter gemurmelt. Er hat mein Gesicht abgescannt – auf der Suche nach irgendwas. Und dann hat er tatsächlich an seiner Zigarette gezogen und nicht mal gemerkt, dass er raucht.

»Und jetzt?«, frage ich die Prinzessin, um nicht mehr an Edgar zu denken.

»Jetzt hilfst du mir, das Schwein zu finden«, sagt sie mit Blick in die Ferne, und ich fühle mich rumkommandiert, aber dann sieht sie mich an: »Wenn du Lust hast.«

Sie guckt sich um.

»Wir müssen hier erst mal alles gründlich untersuchen.«

»Hat die Polizei doch schon gemacht«, sage ich.

»Die Polizei«, sagt sie herablassend. »Und was hat die Polizei rausgefunden?«

Ich zucke die Achseln, und wir fangen an, die Straße abzusuchen, inspizieren jeden verdammten Zentimeter Asphalt. Wir heben Zigarettenkippen hoch, wischen Sand von Steinen, biegen Grashalme an der Böschung zur Seite. Wir sagen kein Wort dabei und ich bete, dass Edgar nicht hier vorbeikommt.

»Hast du denn schon irgendwas rausgefunden?«, fragt sie mich irgendwann, als wär ich ein Detektiv, dem sie einen Auftrag erteilt hat, und ich schüttle den Kopf und suche weiter, und dann, ich weiß nicht, warum zur Hölle, sage ich: »Es gibt Leute, die meinen, es war jemand in einem Sportwagen.« Die Wörter fallen einfach raus aus meinem Mund. In meiner Brust flackert die Hitze auf wie ein Feuer, das fast erloschen war und in das jemand mal kurz reingepustet hat. Sie sieht auf. Vielleicht habe ich es deshalb gesagt. Damit sie mich wieder ansieht.

»In einem Sportwagen«, sagt sie langsam. Ich nicke. »Und was für ein Wagen soll das gewesen sein? Ferrari? Porsche?

Lamborghini? Bugatti?« Das sollte Venner sich mal anhören, denke ich, zucke die Achseln, und ich frage mich, ob sie weiß, dass Archer so eine Karre fährt. Dass Venner denkt, dass er es war, sage ich ihr nicht. Dass auch der Doc so einen Wagen fährt, wie Venner ihn gesehen hat, natürlich auch nicht. Trotzdem habe ich auf einmal das Gefühl, der Doc steht hinter mir. Ich drehe mich um. Atme einmal tief ein und aus. Mein Herz rast. Vielleicht weiß sie längst irgendwas, denke ich plötzlich.

»Hat die Polizei euch denn noch nichts gesagt?«, frage ich möglichst gleichgültig.

»Für die ist Pascal doch nur ein toter Junkie.«

»War er denn einer?«

Ihre Augen flackern, als sie mich ansieht.

»Für mich war er mein Bruder.«

»Meinst du, jemand *wollte* ihn überfahren?«

Es ist so ein Gedanke, der mir plötzlich kommt. Sie schüttelt langsam den Kopf.

»Ich glaube kaum, dass ihm jemand den Tod gewünscht hat. Er war den Leuten eher egal.« Sie guckt irgendwo ins Nichts. »Obwohl ihn manche nicht gut aushalten konnten«, sagt sie nach einer Weile.

»Was heißt das?«

»Du hast ihn ja gesehen in dem Video. Er hatte diesen … Abgrund in sich. Wenn man ihn zu lange angesehen hat, konnte man hineinfallen.« Sie bückt sich und inspiziert irgendwas auf der Straße. »Er gehörte nicht wirklich auf diese Welt. Manchmal dachte ich, er ist auf dem falschen Planeten gestrandet.«

Das klingt ein bisschen schräg, aber ich weiß nicht, irgendwie kann ich was damit anfangen. Ich habe auch manchmal das Gefühl, dass ich irgendwo falsch abgebogen und in einer Gegend gelandet bin, in der die Leute eine andere Sprache sprechen als ich. In der sie mich aus ihren Fenstern belauern wie einen Fremden. Wenn ich meine »Anfälle« habe, fühlt es sich so an, als würde ich einer anderen Spezies angehören. Falscher Planet. Genau.

»Ja, ich weiß, was du meinst«, sage ich, und sie sieht mich überrascht und etwas misstrauisch an.

»Die meisten verstehen es nicht«, sagt sie.

Wir suchen weiter, aber ich kann fühlen, dass sie mich noch ein paar Mal ansieht.

»Ich hab was«, sagt sie plötzlich. Sie steht im Gras neben der Fahrbahn und hält etwas hoch, aber ich kann es nicht erkennen. Ich gehe zu ihr rüber. Sie hält mir ihre offene Hand hin. Darin liegt ein Stück weißes Plastik.

»Könnte von einem Scheinwerfer stammen«, sagt sie.

»Ich weiß nicht«, sage ich. »Sieht eher nach was anderem aus.«

Mein Herz hämmert wie blöde in meiner Brust.

»Ach ja, und nach was?«

»Keine Ahnung. Das kann ja auch schon ewig hier rumliegen.«

Sie hält das Plastik gegen die Sonne.

»Das glaube ich kaum.« Sie zieht eine kleine Tüte aus ihrer Jackentasche und steckt das Plastikteil hinein, dann zieht sie den Beutel mit einer Art Reißverschluss zu.

»Wenn das wichtig wäre, hätte die Polizei es doch mitgenommen«, sage ich. Ich sehe mich um, ob jemand kommt.

»Ich sag ja, die Polizei kriegt es nicht geregelt.«

»Was machst du damit?«, frage ich sie. Das Ding könnte hier wirklich schon Jahre rumliegen. Trotzdem würde ich ihr den Beutel am liebsten aus der Hand reißen.

»Zeigst du es denen?«

Sie steckt ihn in ihren Rucksack. »Weiß noch nicht. Vielleicht nehme ich das auch selbst in die Hand.«

»Okay, und wie willst du das machen?«

»Da fällt mir schon was ein«, sagt sie. »Oder dir.« Sie lächelt mich an. Tatsächlich. Meine Fresse.

»Ich muss los.« Es kommt ruppiger raus, als ich wollte.

»Okay«, sagt sie nur und sucht weiter. Ich steige auf mein Rad und rase los, als hätte ich einen dringenden Termin.

Auf dem Weg nach Hause zähle ich drei Sportwagen, einer davon ist blau, einer schwarz. Einer ist grün.

FLASHBACK

Wieder in die Praxis zu gehen, ist wie an den Ort des Verbrechens zurückzukehren, nur dass nicht ich der Verbrecher bin, sondern der Doc es ist. Sozusagen. Genau hier hat er meinen Hund getötet. Die Geruchsmischung aus Hundepisse und Desinfektionsmittel beschert mir in meinem Kopf ein kleines Feuerwerk aus Bildern von dem sterbenden Ozzy.

Ich überlege kurz, ob ich einfach wieder abhaue, aber erstens muss ich diesen Projekttag dann irgendwie nachholen, und zweitens weiß ich, dass meine Mutter ausflippt, wenn ich das hier jetzt knicke. Auch wenn das hier der letzte Ort ist, an dem ich sein will, muss ich da jetzt durch.

Ich hatte einfach vergessen, mich um einen Platz für dieses Schulprojekt zu kümmern, es ist irgendwie untergegangen zwischen den ganzen Sachen, die mir zurzeit im Kopf rumschwirren, und es fiel mir erst gestern Abend auf. Wir sollen jemanden einen Tag lang im Job begleiten, Fotos machen und einen Bericht darüber schreiben. Und da ich mir also niemanden gesucht hatte, hatte meine Mutter beim Abendessen diese glorreiche Idee: »Dann gehst du eben zu Thomas!«, rief sie, die Gabel in die Luft gereckt, als hätte sie gerade ein Mittel gegen den Hunger der Welt entdeckt, und das war einer dieser Momente, in denen ich wusste, ich mache jetzt besser einfach mal das, was meine Mutter mir sagt. Ein paar Minuten vorher war sie nämlich ziemlich kurz davor gewesen, auszuklinken, weil ich diese ganze Sache vergessen hatte.

Jetzt stehe ich also hier beim Doc in der Praxis rum und versuche so zu tun, als wäre alles normal, was hinten und vorne nicht funktioniert. Es ist ja nicht nur Ozzy. Die ganze Sache mit dem toten Bruder ist wie etwas, das man ins Wasser wirft und das einfach nicht untergehen will. Ich versuche, die Gedanken daran beiseitezuschieben, aber wenn ich mal kurz nicht aufpasse, sind sie wieder da. Immer wieder muss ich an dieses verdammte Plastikteil denken, das jetzt bei der Prinzessin zu Hause liegt.

Ich beschließe einfach, den Tag zumindest dafür zu nutzen, den Doc in Ruhe zu beobachten. Vielleicht kriege ich ja was raus.

»Meine Assistentin ist krank«, sagt er, als ich zögernd den Behandlungsraum betrete, »du kannst mir helfen.«

Auf dem Metalltisch, auf dem der Doc vor ein paar Wochen meinen Hund ins Jenseits befördert hat, sitzt jetzt eine riesige Katze. Es ist eins von diesen Viechern, die immer schlecht gelaunt aussehen, Perser oder so, platte Nase, arroganter Blick. Sie hat ein Geschwür am Kopf, eine rosa glänzende Beule, die ihr aus dem linken Ohr wächst. Es sieht aus, als würde sie jeden Moment platzen. Ab und zu lässt die Katze ein ziemlich herzzerreißendes Wimmern vernehmen, das überhaupt nicht zu ihrem überheblichen Blick passt. Ich mache ein Foto vom Doc und eins von der entstellten Katze und fühle mich wie ein Sensationsreporter.

Der Doc legt vorsichtig beide Hände um den Katzenkörper und tastet ihn ab. Er ist die Ruhe selbst und die Katze seltsamerweise auch. Er schließt die Augen, während er sie befühlt, und die Katze tut es ihm nach.

Der Katzenbesitzer ist ein bulliger Typ mit Glatze und politisch zweifelhaften Tattoos, er trägt Jogginghose und Turnschuhe, die so sauber sind, dass ich denke, der turnt nicht, der sitzt vor allem vor der Glotze und guckt anderen beim Turnen zu.

»Wird sie wieder?«, fragt er den Doc mit weinerlicher Stimme, und er klingt so besorgt, dass er mich irgendwie rührt, obwohl ich ihn ziemlich unsympathisch finde. Der Doc öffnet die Augen, zieht eine Spritze auf und ballert den Inhalt in das Katzenvieh hinein, ohne dass es auch nur zuckt. Ich mache ein Foto von ihm, um nicht an die Spritze zu denken, die er genau hier Ozzy verpasst hat.

»Natürlich, Herr Gruber«, sagt er mit weicher Stimme, »Missy wird sie doch nicht einfach so alleinlassen.«

Herr Gruber lacht verlegen, offensichtlich erleichtert.

»Na, dann ist ja gut. Danke, Herr Doktor.«

Der Doc räumt die Spritze weg und betrachtet den Rest der Katze, sieht ihr tief in die Augen und guckt sich auch das Arschloch an, und obwohl das seltsam ist, bin ich irgendwie beeindruckt davon, wie souverän und sanft er mit Tier und Mensch umgeht.

»Das Geschwür operieren wir nächste Woche«, sagt er zu dem Glatzkopf.

Als der weg ist, füllt er zwei Tassen mit Kaffee, reicht mir eine davon und sieht mich prüfend an.

»Was willst du denn eigentlich machen, Daniel?«

Ich verbrenne mir die Zunge. Was ich machen will? Ob ich zur Polizei will oder was? Weiß er, was ich weiß? Oder glaube? Oder eben nicht? Aus meinem Mund kommt ein undefiniertes Geräusch.

»Willst du nach der Schule erst mal studieren?«, fragt der Doc. »Oder gleich einen Job anfangen?«

Vor Erleichterung stoße ich Luft aus wie ein Bus, der seine Hydraulik lüftet. Ich bin offensichtlich schon paranoid.

»Ich weiß es nicht«, sage ich, und ich schäme mich. Müsste ich nicht wissen, was ich mit meinem Leben anfangen will? Ich habe keine Ahnung. Ich kann ja nichts besonders gut. »Vielleicht lande ich eh im Knast«, murmle ich leise.

Der Doc mustert mich einen Moment lang.

»Wie fühlt sich das eigentlich an?«, fragt er dann. Ich dachte eigentlich, er hätte mich nicht gehört. »Wie nennst du das, was da mit dir passiert? Also, wie nennst *du* es?«

Dass meine Mutter es meine »Anfälle« nennt, als wäre ich ein Psycho-Epileptiker oder ein Werwolf, hat er wohl auch mitgeschnitten inzwischen. Ich weiß nichts darauf zu sagen – normalerweise fragt mich niemand, wie ich *es* nenne. Meine Mutter hat mich noch nie irgendwas dazu gefragt. Sie weiß ja immer schon Bescheid, was Sache ist.

Ich zucke die Achseln, und der Doc fragt nicht weiter und lässt mich in Ruhe. Den Rest des Tages reiche ich ihm Instrumente, Medikamente und Futterproben, rufe die nächsten Patienten im Wartezimmer auf und halte Katzen, Meerschweinchen und Ratten fest, damit der Doc sie untersuchen und behandeln kann. Ich habe Glück, heute muss kein Tier eingeschläfert werden, und es sind wenige Hunde dabei. Ich mache Fotos von den Tieren, von dem Behandlungsraum und vom Doc. Ab und zu kommen mir Bilder von Ozzy auf dem Behandlungstisch in den Kopf, und ich denke wieder daran, dass der Doc derjenige war, der ihn getötet hat. Aber ich schiebe die Gedanken daran weg und versuche, mich auf den Tag hier zu konzentrieren, der eigentlich ganz okay ist. Um ehrlich zu sein, macht mir das Ganze hier sogar irgendwie Spaß. Und je länger ich dem Doc zusehe, desto weniger kann ich mir vorstellen, dass er ein Mörder ist.

Der letzte Patient des Tages ist ein Zuhälter-Typ, Leopardenjacke, Sonnenbrille, dicke Klunker an den Fingern. Er hat einen Hund dabei, der eher als Hamster durchgeht, wenn man mich fragt, so ein zitterndes Ding mit Schleife im Haar, das aussieht wie eine Cindy, aber seltsamerweise Friedrich heißt und Durchfall hat. Er ist ziemlich aufgeregt, weil sein Friedrich sich irgendwas eingefangen hat und ihm zu Hause die Ledersofas vollkackt. Aber als der Doc mit dem seltsamen Vieh zugange ist, beruhigt er sich und fängt an, darüber zu reden, dass es zu viele »Asilanten« in seinem Viertel gibt, und darüber, dass man immer mehr japanische Autos auf den Straßen sieht und dass ihn das nervt.

»Sag mal«, sagt er plötzlich und sieht den Doc forschend an, »du bist doch der Typ, der neulich bei Mike war, oder?«

Der Doc legt Friedrich sein Halsband wieder um und setzt ihn auf den Boden. »Ich kenne keinen Mike«, sagt er, und ich würde gerne so tun, als wäre es nicht so, aber ich glaube ihm nicht und der komische Ludentyp auch nicht.

»Ach«, sagt der, »ich könnte schwören, ich hätte dich da gesehen.«

»Da muss mir wohl jemand ähnlich sehen«, sagt der Doc, lächelt ein Zahnpastalächeln und begleitet den Typen zur Tür. Und ich könnte schwören, dass er es eilig hat, den loszuwerden.

Wer auch immer Mike ist, er ist sicher kein Versicherungsagent. Dieser schräge Typ hier hat mal garantiert mit anderen schrägen Typen zu tun. Was wollte der Doc da? Einen Auftragskiller anheuern, der einen Zeugen einschüchtert – oder beseitigt? Informationen über die Ermittlungen beschaffen? Meine Paranoia macht sich in meinem Kopf bereit für ihren nächsten Einsatz.

Schließlich sagt der Doc, dass wir fertig sind für heute, und wir räumen auf und verlassen die Praxis. Vor der Tür steht der Lotus. »Soll ich dich mitnehmen?«, fragt der Doc, aber ich sage, ich hätte noch was vor. Der Tag in der Praxis war irgendwie gut, aber auch so, dass meine Gedanken in meinem Kopf jetzt über glühende Kohlen laufen. Außerdem lässt mich nicht los, was der Typ gesagt hat. Wer zur Hölle ist Mike?

»Na denn«, sagt der Doc und steigt in sein Auto, dann lässt er das Fenster noch mal runter. Mein Blick streift ganz kurz den Scheinwerfer. Dass er kaputt ist, fällt nur richtig auf, wenn man es weiß. Ich könnte ihn fragen. Ich lasse es.

»Du hast das heute richtig gut gemacht, Daniel«, sagt er. Und ich denke, na ja, was habe ich denn schon groß gemacht, außerdem weiß ich immer weniger, was ich glauben soll, aber dann sagt er noch: »Ich weiß, dass es hart für dich war, den ganzen Tag hier zu sein. Danke für deine Hilfe.«

Kann der Typ nicht einfach nur ein Arschloch sein wie die anderen Typen meiner Mutter auch?

ARCHERS AUTO

Wenn man einmal angefangen hat, Dinge zu verschweigen, kann man schwer wieder damit aufhören. Der halbe Schultag ist rum, und ich habe Edgar immer noch nicht erzählt, dass ich mich mit Evil an der Unfallstelle getroffen habe. In der Pause stehen wir auf dem Hof rum. Mir ist heiß. Und irgendwie schlecht.

Edgar sieht auch nicht gut aus.

»Bist du krank?«, frage ich ihn, aber er lenkt ab. »Venner hat schon wieder rumgequatscht, dass Archer das war mit dem Bruder.«

Ich zucke die Achseln. »Vielleicht ist da ja was dran.«

»Ja, kann sein«, sagt Edgar abwesend. Er hat Ränder unter den Augen.

»Alles okay mit dir?«, frage ich ihn.

»Ja, klar, alles bestens.«

»Was glaubst du denn: War er es?«

Jetzt zuckt er die Achseln. »Eigentlich nicht. Was soll er da gemacht haben um die Zeit? Er war nicht auf der Party.«

»Ich kann mir schon vorstellen, dass Archer so was macht«, sage ich. »Wenn so was Krasses zu jemandem passt, dann zu Archer.«

Auf einmal gefällt mir der Gedanke immer besser, dass Archer es war. Ich meine: Wenn er es war, kann es niemand anders gewesen sein.

»Wir müssen das rausfinden«, sage ich. Ich bin plötzlich voll mit Adrenalin. Eigentlich ist Edgar immer der, der die Dinge in die Hand nimmt. Er reibt sich mit den Händen durchs Gesicht.

»Wie sollen wir das denn machen?«

»Wir müssen erst mal rauskriegen, was für ein Auto der genau fährt. Ob der wirklich so 'ne Sportkarre hat. Oder ob Venner aus 'nem Volvo 'nen Maserati gemacht hat.«

Archer kommt immer mit dem Rennrad zur Schule, deshalb ist es keine Option, einfach auf dem Lehrerparkplatz nachzusehen.

»Weißt du denn, wo der wohnt?«

»Hinten beim Schwimmbad, glaube ich«, sage ich. Ich habe meiner Mutter vor ein paar Monaten mal geholfen, einen Tisch bei einer Freundin abzuholen. Da habe ich Archer in ein Haus gehen sehen.

Edgar streicht sich die Haare zurück. Seine Finger sind voller Farbe. Ich deute auf seine Hände. »Immer noch das eine Bild?«

»Was?« Edgar betrachtet seine Finger. »Ach so, jaja, das Bild«, sagt er wie zu sich selbst, »das Bild ist … ich weiß nicht … dieses Rot …«

Der Satz verebbt. Ich kenne das ja von Edgar, dass ihn ein Bild vollkommen einnimmt, aber diesmal scheint es ziemlich extrem zu sein.

»Wirklich alles okay?«, frage ich ihn noch mal, und er nickt. Ein bisschen bin ich froh, dass Edgar so abwesend ist, so fängt er nicht wieder davon an, dass ich die Prinzessin besuchen soll, und ich muss nicht sagen, dass ich sie längst getroffen habe.

»Okay«, sage ich, »gucken wir uns doch mal Archers Fuhrpark an.«

Da wir jetzt Englisch hätten, ist klar, dass wir Archer selbst zumindest dort nicht begegnen.

Wir müssen eine Weile laufen bis zu seinem Haus. Schließlich biegen wir in die Straße ein, in der er wohnt – eine Sackgasse. Das Haus liegt ganz am Ende, ich erkenne es sofort wieder. Fetter Kasten, Reetdach, Carport, alles da.

»Archers Frau muss eindeutig einen besseren Job haben als er«, sagt Edgar, und als wir näher kommen, wissen wir auch, welchen.

Maja Archer-Hausmann – Internistin

steht auf einem weißen Schild an der Gartenpforte.

»Ein Ärztinnengatte, der Herr Archer«, sagt Edgar. Im Carport stehen ein Golf und irgendwas Französisches, kein Sportwagen, aber es gibt noch eine Garage. Die Rollläden an den vorderen Fenstern sind heruntergelassen, es ist Mittwochmittag, vielleicht ist die Praxis schon zu und niemand da. Ich gucke mich um, dann gehe ich leicht geduckt die Auffahrt hoch und versuche, das Garagentor zu öffnen, aber es ist verschlossen. Ich gehe die Auffahrt wieder runter. Edgar ist auf dem Bürgersteig stehen geblieben.

»Wir müssen da rein«, sage ich.

»Und dann?« Er klingt nicht begeistert. Langsam geht es mir auf die Nerven, dass er so wenig dabei ist. Ich stelle mich vor ihn.

»Mann, Edgar, Archer könnte es gewesen sein!«

Edgar nickt, immer noch zerstreut.

»Er könnte der sein, der den Bruder umgefahren hat«, sage ich. »Ich meine, stell dir das mal vor! Der fährt den um, und dann lässt der den da liegen. Fährt einfach weiter, ohne die Bullen zu rufen. Ohne dem zu helfen!«

Ich rede mich in Rage. Ich habe es auf einmal so klar vor mir, wie Archer die Straße runterbrettert, sehe das Gesicht des Bruders vor mir, sehe, wie er geblendet ins Scheinwerferlicht guckt. Wie er versteht, was gleich passiert.

»Und dann lässt der den da verrecken!«

In meinen Ohren rauscht es. Ich sehe Archer vor mir, wie er in seinem Auto sitzt nach dem Aufprall. Wie er überlegt, was er tun soll. Ich höre den Motor röhren. Höre, wie er langsam wieder anfährt. Stelle mir vor, wie er wegfährt und den Bruder sterben lässt. Mir scheint plötzlich alles vollkommen plausibel, auch, wie seltsam er war, als er uns erzählt hat, dass der Bruder tot ist.

Edgar und ich sehen uns an. Ich kann nicht einschätzen, was in ihm vorgeht, aber ich habe das Gefühl, dass ich ihn langsam wieder erreiche. In seinen Augen flackert was.

»Wer es ihr wohl gesagt hat«, sagt er plötzlich, und ich weiß erst nicht, was genau er meint, aber dann sagt er noch: »Ich hätte es ihr gern gesagt«, und ich weiß, wovon er spricht. »Ich hätte gern ihr Gesicht gesehen, als sie es verstanden hat.«

Wir stehen voreinander, hellwach, beide in unserem eigenen Film. Da ist er wieder, dieser extreme Hass in Edgar, er ist mir unheimlich, aber ich kann da jetzt nicht drüber nachdenken. Die Hitze, die mich jetzt ständig begleitet, ist wieder aufgeflammt und lodert leise knisternd in meinem Körper. Ich muss diese Garage aufkriegen. Ich sehe mich um, ob ich irgendetwas finde, womit ich das Tor aufbrechen kann, aber auf der Straße ist nichts. Ich ziehe Edgar am Arm die Auffahrt zu Archers Haus hoch, wir gehen zur Garage und stehen einen Moment davor. Neben der Garage ist eine Holztür, ich drücke die Klinke herunter, sie ist nicht abgeschlossen. Wir schlüpfen hindurch und stehen in Archers Garten, eine große Wiese, braun vom Winter, in der Ecke ein Schuppen.

»Pass auf, falls jemand kommt«, sage ich zu Edgar. Ich laufe über den Rasen zum Schuppen. Auch die Tür ist offen. Der Schuppen ist vollgemüllt mit Gartengeräten, Blumentöpfen, Erde, alten Brettern, all so 'nem Zeug. Ich sehe mich um, und als sich im Haus nichts tut, wühle mich durch den ganzen Scheiß, schiebe zur Seite, was ich bewegen kann, finde nichts, werfe schließlich Sachen einfach auf die Wiese, die im Weg liegen. Ich schwitze. Irgendwann finde ich einen verrosteten Wagenheber. Ich greife ihn und renne wieder über die Wiese. Edgar steht jetzt vor dem Tor und raucht tatsächlich eine Zigarette. Kein gutes Zeichen. Er hustet.

»Komm«, sage ich zu ihm und gehe an ihm vorbei zur Garage, er mir hinterher.

»Meinst du, das geht damit?«, fragt Edgar, und ich bleibe stehen und sehe ihn an, kenne ihn so nicht, so zögerlich. »Klar«, sage ich. Edgar sieht sich um. »Das wird laut«, sagt er, und ich sage: »Egal, komm«, mich kenne ich so auch nicht.

Das Garagentor ist zum Glück ein älteres Modell. Ich setze den Wagenheber an der Unterkante an und fange an zu hebeln. Zuerst tut sich nichts, ich drücke und drücke, und ich denke wieder an Archer, sehe wieder den Bruder vor mir, sehe seinen Blick, ich hänge mich mit voller Kraft in den verdammten Wagenheber, und mit einem hässlichen Krachen gibt das Tor schließlich nach, der Wagenheber fällt mir aus der Hand und das Tor ist einen Spaltbreit offen. Mit beiden Händen fasse ich an seine Unterkante und schiebe es hoch, es ist scheißschwer. »Hilf mir mal«, sage ich zu Edgar, und Edgar packt mit an, mit voller Kraft schieben wir das Tor nach oben und stehen vor einem chromblau glänzenden Sportwagen.

»Ein Jaguar«, sagt Edgar. Das Ding sieht nicht so neu aus wie der Lotus vom Doc, eher, als hätte es bessere Tage gesehen.

»Krasses Teil.« Normalerweise kann man Edgar mit Autos überhaupt nicht beeindrucken.

»Der fährt tatsächlich so ein Ding«, sage ich. Mein ganzer Körper kühlt langsam herunter.

Ich will gerade um den Wagen herumgehen, als eine Stimme hinter uns sagt: »Was wird 'n das, wenn's fertig ist?«, und Edgar und ich drehen uns in einer synchronen Bewegung zu der Stimme um. Der Typ sieht aus wie eine jugendliche Ausgabe von Archer, genauso groß, das gleiche kantige Gesicht, die gleiche Arschloch-Ausstrahlung, nur ein deutlich dümmeres Gesicht und weniger Oxford in der Stimme. Ich wusste gar nicht, dass Archer einen Sohn hat. Er ist älter als wir, achtzehn vielleicht. Breitbeinig steht er in der Auffahrt, einen Baseballschläger in der Hand – passiert das nicht nur in amerikanischen Filmen? Er muss gerade nach Hause gekommen sein. Langsam kommt er die Auffahrt hoch, den Körper in Kampfhaltung.

Edgar und ich gucken zu ihm, dann gucken wir uns an. Im selben Moment laufen wir beide los, rennen über die Vorgartenwiese, springen über den kniehohen Zaun und laufen die Straße runter. Ich habe Edgar noch nie so schnell laufen sehen und mich auch nicht, wir rennen wie die Geisteskranken durch das ganze verdammte Wohngebiet bis zu dem kleinen Wäldchen, wo wir uns in die Büsche schlagen und weiterrennen. Edgar stolpert über eine leere Bierdose, strauchelt, fängt sich wieder, ich nehme ihn im Laufen an der Hand und ziehe ihn mit, sodass wir uns beinahe beide zusammen auf die Fresse legen. Ich sage mal, auf Video möchte ich das Ganze nicht sehen.

Während wir flüchten, habe ich die ganze Zeit das Gefühl, ich kann den Archer-Sohn hinter uns fühlen, aber als wir irgendwann an einem Waldspielplatz ankommen und endlich stehen bleiben, weil wir einfach nicht mehr können, stellen wir fest, dass der Typ entweder unfassbar lahmarschig ist oder sich einfach gar nicht die Mühe gemacht hat uns hinterherzulaufen, jedenfalls ist er nirgendwo zu sehen, und wir keuchen und fluchen und stützen uns an einem Baum ab und versuchen wieder Luft zu kriegen, und dann gucken wir uns an und fangen an zu lachen. Ich weiß nicht, warum, aber wir lachen uns tot, es fängt langsam an, ein Grinsen, ein Lachen, und dann fällt irgendwas auseinander und wir sind beinahe hysterisch, wir lachen wie die Blöden. Edgar schmeißt sich auf den Boden und ich mich auch, und Edgar lacht so sehr, dass er husten muss und fast erstickt, und ich kriege mich überhaupt nicht wieder ein, ich sehe den Archer-Sohn vor mir, und Edgar macht ihn nach: »Was soll denn das werden, wenn es fertig ist?«, immer wieder sagt er es, die Stimme künstlich tief, das Gesicht zu einer Idiotenvisage verzogen.

Als wir uns nach einer Ewigkeit wieder beruhigen, stehen wir wieder auf und rennen über den Spielplatz, wo keine Sau ist. Es hat angefangen zu regnen, aber wir rutschen die zu kleinen Rutschen runter, rennen über die Hängebrücke, quetschen uns in die Spielhäuser, fliegen mit zurückgelegten Köpfen auf der Seilbahn quer über die Wiese und sind Edgar und Daniel in Originalversion. Ohne die Prinzessin, ohne meine Lügen, ohne Archer, ohne Jenny Bluhm, ohne meine Mutter und ohne den Doc, nur Edgar und ich in diesem Wald. Und ich bin wach und ruhig wie schon lange nicht mehr, und Edgar sieht aus, als wäre er zurück von einer seltsamen Reise.

Später, zu Hause, nehme ich einen Zettel und einen Stift und schreibe:

An die Polizei
Betreff: Mordfall Pascal von Wildern

Sehr geehrte Damen und Herren,
wenn Sie wissen möchten, wer Pascal von Wildern getötet hat, sollten Sie sich vielleicht einmal mit Philipp Archer, Beethovenstraße 17, unterhalten. Es wäre durchaus möglich, dass er in die ganze Sache verwickelt ist. Er fährt einen blauen Jaguar – und ich würde nicht ausschließen, dass er fähig ist, jemanden zu töten und dann zu fliehen.

Ich lasse die Unterschrift weg und lege den Brief auf meinen Schreibtisch, dann gehe ich ins Bett und schlafe sofort ein. Im Traum fliege ich in einem goldenen Porsche über eine Klippe. Am Steuer sitzt mein Vater.

ACHTERBAHN

Wenn meine Mutter und ich länger als eine Stunde zusammen sind, streiten wir uns meistens. Aber eine Sache können wir gut zusammen: Einmal im Jahr, immer im Winter, gehen wir zusammen auf die Kirmes. Wir stehen beide voll drauf, auf Plastikblumen zu schießen, uns mit Schmalzkuchen vollzustopfen und mit irgendwas zu fahren, auf dem uns so schlecht wird, dass wir sie beinahe wieder auskotzen. Ich habe befürchtet, dass meine Mutter diesmal vorschlägt, den Doc mitzunehmen, aber sie hat es nicht getan. Kirmes ist unser Ding.

Es ist arschkalt und knallvoll, so wie wir es mögen. Schmalzkuchen und Kamelrennen sind abgehakt, jetzt quetschen wir uns durch die Menschenmenge und versuchen zur Achterbahn zu kommen. Doppel-Looping.

»Das traust du dich eh nicht«, behauptet meine Mutter, und auch wenn ich mir fast in die Hose mache, kneife ich natürlich nicht. Ich sehe sie von der Seite an. Sie hat einen Schwips von dem obligatorischen Eierpunsch und sie sieht beinahe aus, als wäre sie entspannt – vielleicht nicht normale-Menschen-entspannt, aber zumindest so entspannt, wie meine Mutter eben sein kann. Ab und zu macht sie ein Foto von irgendwas und schickt es dem Doc. Um uns herum flirren die

Lichter und brummt die Kirmes-Kulisse, es riecht nach fünftausend Sachen auf einmal.

Die Schlange zur Achterbahn ist ewig lang, aber wir stellen uns trotzdem an.

»Wetten, dass dir zuerst schlecht wird?«, sagt meine Mutter zu mir. Sie macht ein Selfie von uns.

»Wetten, dass du um Gnade winseln wirst, wenn wir erst mal da oben sind?«, sage ich, und sie lacht und boxt mir auf den Arm. Die beiden Frauen vor uns drehen sich zu uns um und lächeln uns an.

Ein Typ drängelt sich an uns ran, einer von den Obdachlosen, die hier betteln. Er hat eine ziemlich ramponierte Trompete unterm Arm.

»Schenken Sie Ihr Herz einem aufstrebenden Musiker?«

Er hält meiner Mutter eine Blechdose unter die Nase. Sie lacht. »Nee nee, lassen Sie mal«, sagt sie aufgekratzt, »*den* Fehler hab ich vor Jahren schon mal gemacht. Den mache ich sicher nicht noch mal. Ich bin doch nicht verrückt.«

Der Typ grunzt irgendwas und haut ab, und in meiner Brust legt sich etwas quer.

»Findest du wirklich, es war ein Fehler?«, frage ich.

»Deinen Vater zu heiraten?« Meine Mutter sieht mich an.

Ich zucke die Achseln.

»Ja«, sagt sie, »das war nun wirklich nicht meine beste Entscheidung!« Sie lacht laut und ein bisschen dreckig. Klar nutzt sie auch diese Gelegenheit, meinen Vater schlechtzumachen. Ich sehe in ihr lachendes Gesicht. Plötzlich habe ich keinen Bock mehr auf Achterbahn. Meine Mutter sieht meinen Blick und legt mir einen Arm um die Schulter, aber ich stoße ihn weg.

»Hey, nun sei mal nicht so«, sagt sie.

»Wie soll ich nicht sein?«

Mir ist schlecht von den blöden Schmalzkuchen. Meine Mutter sieht mich stirnrunzelnd an, jetzt ist auch ihre Kirmeslaune verflogen.

»Mein Gott, Danny«, sagt sie.

»Warum musst du ihn immer miesmachen?«, frage ich sie. »Immer erzählst du diese …«

»Dein Vater war eben nicht so perfekt, wie du denkst«, sagt sie scharf.

»Na klar«, sage ich, »und du hast immer alles richtig gemacht, du bist die Superheldin.«

Die Schlange schiebt uns ein paar Meter voran. Plötzlich finde ich das alles hier ganz schön eng.

»Das Leben mit deinem Vater war eine Party, Danny«, sagt meine Mutter. »Er hatte immer einen Witz parat, und wenn er seine Gitarre genommen und gesungen hat … wenn er seine guten Tage hatte … wir hatten Wahnsinnsspaß, das weißt du. Aber das war es dann auch.«

Wir werden noch ein Stück weitergeschoben.

»Wenn es darum ging, Verantwortung zu übernehmen, war nicht viel zu holen bei ihm«, sagt sie. »Ein guter Rocksong und eine Flasche Whisky … das macht nicht gerade eine gute Ehe, Danny. Dein Vater … er war selbst noch ein Kind.«

»Das ist doch Quatsch«, sage ich.

»Er hätte dich fast verhungern lassen, Danny.«

Die Köpfe der beiden Frauen vor uns fahren zu uns herum. Ich starre meine Mutter an. Sie sieht erschrocken aus. Es ist ihr rausgerutscht.

»Spinnst du? Was erzählst du denn da?«

Sie fängt sich wieder. »Ach, nichts.«

»Nee«, sage ich, »du kannst nicht einfach so was sagen und dann ...«

»Schon gut!«, unterbricht sie mich. Sie seufzt.

»Du warst krank«, erzählt sie dann, »ein Virus. Hast dir die Seele aus dem Leib gekotzt. Ich musste weg, Oma lag im Sterben. Man wusste nicht, ob sie die Nacht überlebt. Ich habe ihn gebeten, auf dich aufzupassen. Darauf zu achten, dass du genug trinkst. Ob du Fieber hast. Dass du irgendwann wieder etwas isst.«

Sie sieht auf den Boden. Seufzt noch einmal.

»Ich war nur ein paar Tage weg. Oma ist gestorben. Wir haben mal telefoniert, aber ich ... ich konnte nicht klar denken. Ich habe wohl nicht genug nachgefragt. Hab mich einfach auf ihn verlassen.«

Wieder schieben uns die Leute in der Schlange ein Stück weiter. Die beiden Frauen vor uns haben ihr Gespräch jetzt komplett eingestellt und hören meiner Mutter zu.

»Als ich wieder nach Hause kam, warst du so schwach, dass ich sofort mit dir ins Krankenhaus musste. Dein Vater hatte die ganzen Tage im Keller gehockt und Songs geschrieben. Er hat ab und zu nach dir gesehen. Aber er hat nicht gemerkt, dass du so krank warst. Du warst völlig ausgetrocknet.«

Ich schlucke. Dieses ganze Lichtergeflirre und Stimmengewirr um uns rum, das alles nervt mich plötzlich.

»Ich will diesen Scheiß nicht hören«, sage ich.

»Er hat dich fast verhungern lassen, Danny.«

»Daran würde ich mich jawohl erinnern.«

»Du hattest Fieber. Du warst noch klein.«

»Schwachsinn«, sage ich. Ich will nicht, dass sie noch mehr Mist über meinen Vater erzählt, aber sie macht weiter.

»Ich weiß, du willst so was nicht hören, Danny. Aber dein Vater war kein Vatertyp. Er war … er war ein Clown!«

Mir reicht's. »Hör auf, so einen Mist über ihn zu erzählen!« Ich will, dass sie die Klappe hält. Ich muss hier weg. Ich lasse sie stehen und drängle mich durch die ganzen bescheuerten Leute, motze sie an, dass sie sich verpissen sollen. Gehe Richtung Ausgang, immer weiter, bis ich endlich auf der Straße stehe und wieder Platz um mich herum habe. Ich fühle das Rauschen in meinen Ohren. Die Hitze in meiner Brust. Ich gehe die Straße runter.

»Reiß dich zusammen«, sagt meine Mutter in meinem Kopf.

Ich gehe schneller, aber diese verdammte Hitze lässt sich nicht abschütteln.

Auf der anderen Straßenseite sitzt der Trompetenmann auf einer Bank und spielt irgendwas Melancholisches.

Ich kann jetzt keinen Scheiß bauen. Ich habe es versprochen.

Meine Mutter lügt. Warum lügt sie über meinen Vater? Warum kann sie nicht mal was Gutes über ihn sagen?

Der Trompetenmann gibt jetzt richtig Stoff, seine lang gezogenen Töne hängen schwer und dramatisch in der Luft.

Da steht mein Vater, da ganz hinten, mitten auf der Straße. Mein Herz macht einen Sprung. Er sieht mich kommen, aber er wendet seinen Blick ab, sieht zu dem Trompeter rüber.

»Hey«, rufe ich ihm zu. Plötzlich will ich unbedingt mit ihm sprechen. Ich beeile mich, aber irgendwie komme ich ihm nicht näher, er bleibt immer gleich weit weg. Er sieht wieder kurz zu mir rüber und grinst. »Klingt das nicht fantastisch?«, sagt er und guckt wieder zu dem Trompetenmann. »Was für ein großartiges Instrument!« Er grinst. Er entfernt sich langsam.

»Warte mal!«, rufe ich, ich renne schneller, aber ich habe keine Chance. Wie ein verblassendes Bild löst mein Vater sich jetzt in Nichts auf. Ich renne trotzdem bis zu der Stelle, an der er gerade noch war. Der Trompeter hat aufgehört zu spielen. Ich sehe mich nach ihm um. Auch er ist verschwunden.

Mein Herz rast. Ein Gefühl von Panik steigt in mir auf.

»Reiß dich zusammen«, sagt meine Mutter noch mal, jetzt mit Frau Stenzer im Chor.

Der erste Seitenspiegel knickt ab, als wäre er aus Pappe, als ich dagegen trete, der zweite leistet etwas mehr Widerstand. Ich nehme die ganze Autoreihe mit, kurzer Anlauf, das linke Bein hoch, ein fester Tritt, dann der Klang von berstendem Kunststoff und das Geräusch von Metall auf Metall.

Reiß. Dich. Zusammen.

Etwas in mir reißt auseinander. Ein Versprechen bricht in zwei Hälften.

KALTBLÜTIG

Wir essen gerade, als mein Handy brummt.

Um acht am Friedhof

A.

»Kein Handy beim Essen, Danny, ist das so schwer zu verstehen?« Meine Mutter hat eine Laune wie vor einer Darmspiegelung. Ich weiß nicht, warum. Die Sache auf der Kirmes ist Tage her. Aber na ja, es ist meine Mutter.

Ich lege das Handy wieder weg, aber ich kann nichts mehr essen. »Ich bin fertig«, sage ich.

»Iss auf«, sagt meine Mutter, »du isst ja kaum noch was im Moment. Das ist nicht gut. Wenigstens ein bisschen, okay?«

Jetzt lächelt sie. Ein angeknipstes Lächeln, das sie wahrscheinlich nicht fühlt, sondern für mich lächelt. Sie gibt sich Mühe. Ich mir auch. Ich habe das, was sie mir über meinen Vater erzählt hat, erst mal weggepackt, ganz hinten in meinem Hirn verstaut, hinter einer Tür, auf der *Kein Zutritt* steht. Ich will nicht darüber nachdenken.

»Okay«, sage ich und esse ein bisschen Salat.

Was will die Prinzessin mit mir am Friedhof? Hat sie irgendwas rausgefunden? Ich sehe auf die Uhr, es ist fast sieben. Eigentlich wollte ich noch zu Edgar.

»Nun geh schon«, sagt meine Mutter.

Ich gehe in mein Zimmer und texte Edgar an.

Muss noch lernen – schaffe es heute nicht mehr.

Meine Finger schwitzen, als ich das schreibe. Ich bin ein Verräter. Ein armseliger Verräter. Ist einfach so.

Eine ganze Weile kommt nichts, obwohl ich sehe, dass Edgar ewig tippt, dann irgendwann:

Ok.

Ich ignoriere das klumpige Gefühl in meinem Magen, gehe nach unten, rufe meiner Mutter zu, dass ich noch zu Edgar gehe und fahre zum Friedhof. Die Luft ist überraschend mild, fast frühlingshaft, und im Himmel hängen noch Reste von Tageslicht.

Der Weg zum Friedhof führt an Edgars Haus vorbei. Ich sehe, dass in seinem Zimmer Licht brennt. Mit klopfendem Herzen trete ich in die Pedale, als wäre ich auf der Flucht. Werde erst langsamer, als ich um die Ecke gebogen bin.

Am Eingang zum Friedhof ist niemand zu sehen, also stelle ich mein Rad ab und betrete das Gelände. Langsam gehe ich den Weg entlang an den Gräbern vorbei. Der Friedhof ist nicht groß. Ich finde die Prinzessin schnell. Sie hockt vor seinem Grab, ein Buch in der Hand, neben ihr eine Thermoskanne.

Es ist seltsam: Außerhalb der Schule sieht sie immer anders aus als in der Schule, und das liegt nicht nur an ihren Klamotten. Sie ist wie eine Schauspielerin, die die Rolle der Schurkin abgelegt hat.

Ich gehe langsam auf sie zu. Offenbar liest sie ihrem toten Bruder gerade etwas vor. Obwohl sie mich bemerkt haben muss, hört sie nicht auf. Ich denke, dass es wahrscheinlich irgendwelche hochtrabenden Gedichte sind oder so was, irgendwas Pathetisches, aber als ich näher komme, höre ich, dass es etwas anderes ist.

Dewey hatte sie sterben sehen, denn er gehörte zu den einundzwanzig geladenen Zeugen der Zeremonie. Er hatte noch nie einer Hinrichtung beigewohnt, und als er gegen Mitternacht das kalte Lagerhaus betrat, war er gelinde überrascht.

Sie liest laut und deutlich. Ich bleibe einfach zwei Meter neben ihr stehen. Irgendwann hört sie auf zu lesen und sieht auf.

»Das Buch lag neben seinem Bett. Er hatte es fast zu Ende gelesen. Es fehlten noch fünfundvierzig Seiten.«

Ich weiß nicht, was ich sagen soll, also nicke ich nur. Sie hat mindestens zehn Grablichter um das Grab herum drapiert und angezündet. Das Grab sieht irgendwie steril aus. Es stehen keine Blumen darauf. Einen Grabstein gibt es noch nicht. Die Vorstellung, dass da unten der tote Bruder liegt, macht mir Gänsehaut.

»Ich dachte, er hätte gerne gewusst, wie es ausgeht.«

»Wie heißt das Buch?«, frage ich, und sie zeigt mir das Cover. Es ist *Kaltblütig* von Truman Capote. Ich habe schon mal davon gehört. Es geht um einen Typen, der eine ganze Familie ermordet hat oder so.

»Er hat immer gelesen, egal, wo er war«, sagt die Prinzessin. »Am liebsten Bücher, in denen es um den Tod ging.«

Ich habe das Gefühl, mich räuspern zu müssen, bevor ich spreche. Aber ich muss gar nicht sprechen, denn sie liest weiter.

Plötzlich frage ich mich, ob Pascal vielleicht doch sterben wollte. Ob er sich absichtlich vor das Auto geworfen hat.

Ich betrachte das Profil der Prinzessin, während sie liest,

und obwohl ich das Buch nicht kenne und nicht weiß, was vorher passiert ist, höre ich ihr gerne zu. Sie liest mit fester Stimme und betont die Worte genau richtig.

Nach einer Weile legt sie das Buch auf das Grab, nimmt einen Schluck aus der Thermoskanne und reicht sie mir. Ich trinke, weil mein Mund trocken ist und ich friere und weil in meinem Magen irgendwas festsitzt, was da nicht hingehört. Vielleicht kann ich es ertränken. Es ist Tee mit Rum. Die Flüssigkeit wandert warm und weich durch meine Brust. Als ich ihr gerade die Kanne zurückgebe, habe ich das Gefühl, am Ende des kleinen Weges einen Schatten huschen zu sehen. Als ich hochsehe, ist er weg. Vielleicht drehe ich echt langsam durch.

Ich sehe, dass die Prinzessin weint. Ohne dass sie ein Geräusch machen würde, laufen ihr Tränen über die Wangen. Sie macht nichts dagegen, lässt es einfach passieren. Ich rühre mich nicht, weil ich nicht weiß, was ich tun soll, aber irgendwie auch, weil ich nicht will, dass sie aufhört, keine Ahnung, warum. Wir stehen eine Weile so da und trinken abwechselnd einen Schluck aus der Kanne. Ihr Gesicht ist nass von den Tränen. Die Wärme des Alkohols verteilt sich in meinem Körper und macht alles Harte in meiner Brust ganz weich.

Irgendwann gehe ich zu ihr hin, stelle mich hinter sie und lege meine Arme um sie. Es geht ganz von selbst, so als würde es jemand anders für mich tun, ich denke überhaupt nicht darüber nach, und das liegt nicht nur am Rum, sondern daran, dass sie weint und es nicht vor mir versteckt.

Sie lässt zu, dass ich sie umarme. Legt ihren Kopf sogar nach einer Weile vorsichtig auf meinem Oberarm ab. Ich mache die Augen zu. Wir stehen ewig so da, in meinem Kopf randalieren die Gedanken, und mein Magen: voller Schleudergang.

Plötzlich fällt mir auf, dass sie gar nicht gesagt hat, warum sie mich eigentlich treffen wollte.

Ich öffne die Augen, und wieder meine ich, einen Schatten am Ende des Weges zu sehen, ganz kurz, wie eine Halluzination. Ich mache mich los. Das alles hier – es ist einfach zu crazy. »Ich muss los«, sage ich, und sie fragt nicht nach, sondern wischt sich nur die Tränen weg, nimmt wieder das Buch zur Hand und beginnt zu lesen.

Ich fahre eine andere Strecke nach Hause als sonst, nicht die, die bei Edgar vorbeiführt. Es ist stürmisch, ich muss ziemlich in die Pedale treten, um vorwärts zu kommen.

Zu Hause stelle ich mein Fahrrad am Gartentor ab und schließe es zu. Als ich gerade ins Haus gehen will, sehe ich den Doc hinten im Garten stehen. Er steht einfach da und sieht über die Wiese. Dann geht er langsam zu Ozzys Grab. Betrachtet den Grabstein. Fährt behutsam mit der Hand über den Stein. Auf dem Rasen um den Stein liegen Blätter. Der Doc bückt sich und sammelt sie auf. In aller Ruhe nimmt er ein Blatt nach dem anderen und wirft es in die Büsche am Rand der Wiese, bis Ozzys Grab wieder ganz ordentlich aussieht. Ich stehe da und sehe ihm zu.

Was bist du denn nun, Thomas König, denke ich, Killer oder Superman? Zeig mir verdammt noch mal dein wahres Gesicht.

Am Himmel schiebt der Wind die Wolken auseinander, als würde jemand einen Vorhang öffnen. Ich muss aufpassen, dass der Sog mich nicht da hinaufzieht und ich für immer verschwinde.

MIESER VERRÄTER

»Und, hast du gestern noch gelernt?«

Edgar sieht mich nicht direkt an. Wir sitzen in Mathe nebeneinander. Der Matheraum ist ein guter Raum. Der Raum der Berechenbarkeit. Aber jetzt kommt Frau Köpke mit ihrer Wahrscheinlichkeitsrechnung und alles ist möglich. Sie ist ganz begeistert davon, und ich bin deshalb ein bisschen enttäuscht von ihr. Ich dachte, wir wären uns einig.

Sie lässt Jaro und Enzo gerade an der Tafel eine Münze werfen und wieder auffangen, wegen der Wahrscheinlichkeit eben.

»Können wir das Geld behalten?«, fragt Jaro, und alle lachen bescheuert.

»Äh, ja … jaja, habe ich«, sage ich zu Edgar. Wahnsinnig überzeugend.

»Wofür hast du denn gelernt?«

»Mathe?«, sage ich, und es klingt wie eine Frage.

Edgar nickt. »Seit wann musst du für Mathe lernen?«

Gute Frage. Warum habe ich Mathe gesagt? Ich zucke die Achseln.

Jaro und Enzo haben sich wieder hingesetzt, jetzt sind Jenny und Venner dran, sie ziehen aus einem großen Glas rote, weiße, blaue und grüne Kugeln raus.

»Wie groß ist die Wahrscheinlichkeit, *keine* rote Kugel zu ziehen?« Frau Köpke ist aufgekratzt. Man könnte denken, sie würde eine Wissensshow moderieren. Verräterin.

»Und was hast *du* gestern noch gemacht?«, frage ich Edgar.

»Gemalt«, sagt er.

»Ah. An deinem … roten Bild?«

Edgar guckt mich an, als hätte ich ihn gefragt, ob er *Malen nach Zahlen* macht.

»Ja, an meinem *roten Bild*«, sagt er, und ich fühle mich wie ein Idiot. Und wie ein ziemlich beschissener bester Freund. Ich versuche, mich auf Frau Köpke zu konzentrieren. Edgar fragt nicht noch mal nach wegen gestern, aber als die Stunde vorbei ist und ich zu meinem Fahrrad gehe, ist er plötzlich neben mir.

»Sag mal, es ist doch alles ok, oder?«

Ich bleibe stehen und versuche ihn gerade anzusehen. Hinter seiner Künstlerbrille kneift er die Augen forschend zusammen. Er hat seine Arme um seinen Oberkörper geschlungen, als wäre ihm kalt.

»Na klar«, sage ich, »alles ok.«

Was soll ich sonst sagen?

Na ja, weißt du, klar, wir finden zwar, dass Princess Evil eine Sadistin ist, aber ich habe sie gestern am Grab ihres Bruders im Arm gehalten, als sie geweint hat, und überhaupt habe ich ganz plötzlich festgestellt, dass sie gar nicht so verkehrt ist. Und ab und zu denke ich übrigens darüber nach, wie es sich anfühlen würde, sie zu küssen. Und, ach ja, wo ich gerade dabei bin: Es könnte sein, dass der neue Freund meiner Mutter den Bruder der Prinzessin umgenietet und sich dann verpisst hat! Aber das erwähne ich ihr gegenüber jetzt mal lieber nicht, das wäre ja doch eher unangenehm. Und deshalb erzähle ich ihr gar nichts, und eigentlich erzähle ich sowieso niemandem mehr irgendwas. Weil, es ist ja so, wenn ich es irgendwem erzähle, wenn ich diese ganzen Sachen laut ausspreche, könnte es eventuell passieren, dass sie jemand hört und dass sie dann wahr sind. Soll ich ihm das sagen?

»Dann ist ja gut«, sagt Edgar und reibt sich mit den Händen das Gesicht. Er seufzt. »Vielleicht bin ich gerade ein bisschen paranoid. Ich hatte irgendwie das Gefühl, dass da was im Gang ist bei dir.« Er scannt noch einmal mein Gesicht ab.

»Sorry, Danny. Ich weiß nicht … dieses Bild, an dem ich da gerade arbeite … ich bin nicht ganz auf der Höhe im Moment. Ich weiß ja, dass du mir sagen würdest, wenn irgendwas los wäre.«

Und als wäre das nicht schlimm genug, umarmt er mich plötzlich. Das macht er nicht oft. Also manchmal schon – Edgar ist keiner dieser Rückenklopfer, aber dass er mich so richtig ausgiebig in den Arm nimmt, ist trotzdem nicht gerade tägliches Programm. Er drückt mich so fest an sich, dass ich das Gefühl habe, er tastet mich nach irgendeinem Zeichen dafür ab, dass alles in Ordnung ist. Und ich umarme ihn auch, drücke ihn fest, um ihm dieses Zeichen zu geben. Um es selbst zu glauben.

Unter seiner Umarmung fühle ich sie wieder, diese Hitze in meiner Brust. Sie ist jetzt ständig da. Manchmal verändert sie ihren Zustand. Flammt auf. Sprüht Funken. Dann wieder glüht sie nur leicht. Ich denke, dass auch Edgar sie bemerken müsste, aber zumindest sagt er nichts dazu. Nach einer gefühlten Ewigkeit lässt er mich los und sieht mir noch einmal in die Augen.

»Okay, dann bis morgen«, sagt er und geht. Sein Gang ist anders als sonst, er geht wie auf Eis, und ich weiß nicht, ob er mir glaubt.

Ich sehe ihm nach und warte darauf, dass er sich noch einmal zu mir umsieht. Aber er biegt um die Straßenecke und ist verschwunden.

VERY INTERESTING

Wir schreiben gerade eine Klausur, als es klopft und Frau Unwirt, die Schulsekretärin, ihren Kopf durch den Türspalt steckt.

»Verzeihen Sie, Mr. Archer, tut mir leid, dass ich störe«, sagt sie, aber ich kann sehen, dass ihr gar nichts leidtut. Archer soll nicht sonderlich beliebt sein im Kollegium, und es heißt, dass Frau Unwirt ihn hasst. »Da ist jemand, der Sie sprechen möchte.«

Archer nimmt die Füße vom Lehrerpult.

»Wir schreiben hier eine Klausur, Frau Unwirt.«

»Ich weiß. Es ist aber dringend.«

Matze und Jaro nutzen die Ablenkung, um sich irgendwelche Notizen hin- und herzuschieben, der Rest der Klasse sieht nach vorne. Unsere Klassentüren sind zu einem Drittel aus Glas. Ich sitze so, dass ich sehen kann, dass vor der Tür zwei Polizisten stehen. Eine große Frau und ein kleiner Typ.

Ich gucke zu Edgar rüber. Unsere Blicke treffen sich. Edgar zieht eine Augenbraue hoch.

»Polizei!«, flüstere ich, und Edgars Augen werden groß.

»Und wer beaufsichtigt die Klasse?«, fragt Archer, und Frau Unwirt sagt: »Das übernehme ich gerne.«

Sie kommt rein und setzt sich auf den Stuhl am Lehrerpult,

ein leicht süffisantes Grinsen im Gesicht. Archer geht nach draußen und schließt die Tür hinter sich.

Ich sehe, wie er mit der Polizistin redet. Wie er sich ein paar Mal durch die Haare fährt. Er ist nervös, das ist ziemlich klar. Ich warte darauf, dass sie ihm Handschellen anlegt. Dann wäre bald alles vorbei. Ich bin so aufgeregt, ich würde gerne mit Edgar reden. Auf einmal wünsche ich mir so sehr, dass ich ihm alles erzählen könnte, dass ich plötzlich denke, ich müsste losheulen.

Venner traut sich als Erster. »Was ist denn da los, Frau Unwirt?«

Frau Unwirt lächelt ein sphinxhaftes Lächeln, verschränkt die Arme vor der Brust und setzt sich bequemer hin.

»Something very interesting«, sagt sie, »but that's none of your business.« Schließlich haben wir Englisch.

SON OF A CLOWN

Ich weiß immer noch nicht, was nach der Party passiert ist. Edgar hat gesagt, wenn man sich an Sachen nicht erinnert, weil man gesoffen hat, sind diese Erinnerungen für immer verschwunden. Weil der Alkohol dafür sorgt, dass das Gehirn sie gar nicht erst zu Erinnerungen macht. Sie gar nicht erst abspeichert. Manchmal steht Edgar auf so einen Psychologiekram. Ich weiß nie, was davon er wirklich gelesen und was er sich selbst ausgedacht hat.

»Was anderes ist es natürlich, wenn du Erinnerungen nur verdrängt hast, weil deine Psyche der Ansicht ist, dass sie zu groß oder zu schlimm oder zu pervers sind oder so«, hat er gesagt. »Diese Erinnerungen liegen irgendwo rum in deinem Gehirn, und manchmal kommen sie plötzlich zurück.«

Daran muss ich jetzt denken, als Frau Stenzer mich fragt, woran ich mich erinnere an meinem Vater, und mir nur gute Sachen einfallen. Zum Beispiel, dass wir ab und zu so getan haben, als wären wir jemand anders, wenn wir unterwegs waren. Nicht Vater und Sohn, sondern Batman und Robin zum Beispiel oder Bonnie und Clyde. Am liebsten Asterix und Obelix.

Einmal waren wir Eis essen, und der Verkäufer hat mich gefragt, ob ich Schokoladensoße will. Als ich genickt habe, hat mein Vater ganz laut und todernst gesagt: »Nein, Obelix, das geht nicht. Kein Zaubertrank für dich! Du weißt doch, dass du in den Kessel gefallen bist, als du klein warst.«

Ich weiß noch genau, wie die Leute uns angestarrt haben.

Ich habe mich immer ein bisschen geschämt, wenn er so was gemacht hat, aber ich fand es auch wahnsinnig komisch. Mein Vater hat es geliebt. Er hat das voll durchgezogen, ohne zu lachen. Im Bus oder im Wartezimmer beim Arzt hat er den Leuten gerne irgendeinen Quatsch erzählt.

»Mein Bruder hier, der ist älter als ich«, hat er zum Beispiel gesagt, »man glaubt das nicht, wenn man uns sieht, ich weiß, aber er hat diese Erbkrankheit, bei der man jünger wird statt älter, wissen Sie?« Die Leute haben ihn immer angeguckt, als wäre er nicht ganz dicht, aber das war ihm egal.

»Dein Vater war ein Clown«, hat meine Mutter gesagt, und es stimmt, das war er. An die schlechten Sachen, die er laut meiner Mutter gemacht haben soll, kann ich mich trotzdem nicht erinnern. Aber heißt das, dass sie nicht passiert sind?

Dass er damals in sein Auto gestiegen und weggefahren ist, das weiß ich noch.

»Seinen zehnjährigen Sohn zu verlassen, ist eine harte Entscheidung«, sagt Frau Stenzer, und der Satz ist wie ein Stein, den jemand nach mir wirft, ich versuche ihm auszuweichen, aber ich bin nicht schnell genug. Er trifft mich mit voller Wucht.

»Was fühlst du, wenn du daran denkst?«, fragt sie noch.

»Nichts«, sage ich und glaube es fast selbst.

Als ich nach Hause komme, sitzt mein Vater in der alten Hollywoodschaukel in unserem Vorgarten. »Na, Sohn?«, sagt er nur, nicht *son of the devil* oder *Sohn des Zeus*, nur *Sohn*, das sagt er nie, und ich denke, wessen Sohn denn eigentlich? Denke: Ist man der Sohn von jemandem, der nicht da ist? Von jemandem, von dem man nicht mal weiß, ob er noch existiert? Der einen vielleicht nicht Sohn genug fand, um zu bleiben? Also, ich meine, ist man es wirklich? Oder kann Sohn zu sein auch etwas sein, das vorübergeht? Das irgendwann nicht mehr stimmt, so wie man eine Weile Kind ist und dann nicht mehr?

Wenn einer tot ist, kann man ihn wenigstens besuchen, denke ich. Und wenn einer tot ist, weiß man zumindest, dass er keine bessere Familie gefunden hat und keinen besseren Sohn.

Ich gehe an meinem Vater vorbei. Mein Herz schlägt schneller, als ich ihn einfach links liegen lasse.

SCHIEFER TURM

Ich habe fast gar nicht geschlafen. Ich schlafe sowieso kaum noch in letzter Zeit. Ich liege ewig wach, und wenn ich einschlafe, schrecke ich kurz darauf wieder hoch. Oder ich schlafe ein und träume irgendwelchen verrückten Scheiß.

Ich sehe auf den Frühstückstisch und ekle mich vor dem Geruch nach Wurst und Kaffee. Der Doc türmt sich Rührei, Schinken und Tomate auf ein Brötchen und legt noch eine Scheibe Gurke obendrauf, bis sein Turm gefährlich wackelt. Pisa lässt grüßen.

»Gibt es eigentlich was Neues von dem toten Jungen?«, fragt er mich plötzlich. Er hat noch nie danach gefragt.

»Nee«, sage ich. Jemand pustet in die Glut in meiner Brust.

Meine Mutter ist im Motzmodus. Sie schneidet unser Gespräch gar nicht mit. Offensichtlich haben mal wieder irgendwelche Kunden im Reisebüro die falschen Fragen gestellt. »Gestern war wieder eins von diesen Pärchen da«, erzählt sie niemand Bestimmtem und gießt sich Kaffee ein, bis er fast überläuft. »Die wollten *Abenteuerurlaub* buchen.« Das »Abenteuerurlaub« spricht sie aus, als wäre es schon an sich etwas ziemlich Peinliches.

»Das heißt?«, fragt der Doc mich und sichert seinen Brötchenturm mit den Fingern. Ich zucke die Achseln.

»Sie haben diese Woche Archer befragt.«

»Abenteuerurlaub«, sagt meine Mutter. »Wenn ich das schon höre.«

»Archer?«, fragt der Doc.

»Unseren Englischlehrer.«

»Na ja, ich hab denen natürlich alles Mögliche rausgesucht«, sagt meine Mutter. »Sahara. Peru. Tibet!«

»Was hat der denn damit zu tun?«, fragt der Doc.

»Keine Ahnung«, lüge ich.

»Und dreimal dürft ihr raten, wo die am Ende hinwollten«, sagt meine Mutter und kippt sich ungefähr hundert Löffel Zucker in den Kaffee.

»Weiß man denn sonst schon mehr über die ganze Sache?«, fragt der Doc.

»Nicht so richtig.«

»Was heißt das, nicht so richtig? Weiß man *irgendwas*?«

Ich zucke die Achseln. Von Wissen kann ja wirklich keine Rede sein. Ich schaufle mir Ei auf den Teller, obwohl mir schon bei dem Geruch schlecht wird.

»Herrgott, Danny, lass dir doch nicht alles aus der Nase ziehen!«, sagt meine Mutter plötzlich. Sie hat also doch zugehört.

»Nee«, sage ich, »man weiß noch nichts.«

Das Handy des Docs klingelt. Er steht auf und geht aus der Küche, macht die Tür hinter sich zu. Seine Stimme entfernt sich.

»Es war übrigens Helgoland«, sagt meine Mutter beleidigt.

Ich sehe ihr zu, wie sie sich Milch in den Kaffee gießt und ein Brötchen so ruppig mit Butter und einer meterdicken Schicht Marmelade beschmiert, als hätte es ihr was getan.

Und komischerweise muss ich plötzlich daran denken, wie sie mir früher Gesichter aus Marmelade aufs Brötchen gemalt hat. Und ich denke, wie es sein kann, dass ein und dieselbe Person mir in einer Sekunde so unfassbar auf die Nerven geht und ich mir in der nächsten wünsche, dass ihr bloß nichts passiert. Ich frage mich, was meine Mutter tun würde, wenn ich ihr von dem kaputten Scheinwerfer erzählen würde. Sie darf von der ganzen Sache nichts erfahren, so viel ist mal klar.

Aus dem Flur höre ich die gedämpfte Stimme des Docs und weiß nicht, ob ich seine Normalität glauben kann, mit der er sich so selbstverständlich in diesem Haus bewegt. Seiner leichten Zerstreutheit, dass sie einfach nur seine Art ist und keine Nervosität. Seinen Ringen unter den Augen, dass sie Müdigkeit sind und kein schlechtes Gewissen. Eigentlich weiß ich überhaupt nicht mehr, was ich glauben soll. Was echt ist und was Selbstbeschiss. Was stimmt und was nicht. Ich bin todmüde und hellwach und ich bin hier und sonst wo.

»Kannst du das mal lassen?«, fragt meine Mutter gereizt und deutet unter den Tisch. Ich hatte gar nicht gemerkt, dass ich mit den Beinen wippe und damit das Geschirr zum Klirren bringe.

Der Doc kommt zurück in die Küche. Er setzt sich wieder hin und legt sein Handy auf den Tisch.

»Was Wichtiges?«, fragt meine Mutter.

»Hm?«, fragt er, dabei war es klar und deutlich.

»War was Besonderes?«, fragt meine Mutter überdeutlich und zeigt auf sein Telefon. Er schüttelt den Kopf und nimmt einen Schluck Kaffee. »Meine Assistentin ist immer noch krank, das ist alles«, sagt er. Sie ist schon ganz schön lange krank. Von seinem Brötchen fällt eine Tomate auf den Teller.

Es ist still in der Küche. Meine Mutter sieht ihn an. Ihr Misstrauen ist wie die Hitze in meiner Brust. Es geht nie ganz weg.

Sie betrachtet ihn noch ein paar Sekunden lang, dann beißt sie von ihrem Brötchen ab.

»Manchmal machen mich diese Idioten ganz krank«, sagt sie kauend, und ich brauche einen Moment, bis ich verstehe, dass sie wieder über die Kunden im Reisebüro spricht.

Ich stehe auf. »Bis später«, sage ich, nehme meinen Rucksack und gehe in den Flur. An der Garderobe ziehe ich meine Jacke an, aber es ist gar nicht meine Jacke, sondern die vom Doc. Ich merke es, als ich in die Tasche greife, sie fühlt sich komisch an. In der Tasche ist eine Karte. Ich ziehe sie raus und sehe sie mir an. Es ist eine Visitenkarte der Polizei.

Die Küchentür geht auf. Ich schiebe die Karte schnell wieder in die Tasche zurück, ziehe die Jacke aus und hänge sie zurück an die Garderobe. Der Doc kommt durch den Flur auf mich zu.

Ich nehme meine Jacke und ziehe sie an.

»Falsche Jacke«, sage ich zum Doc und grinse dämlich. Er mustert mich.

»Ich kann dich mitnehmen«, sagt er, »ich muss auch los.«

»Danke«, sage ich, »aber ich hab ja mein Fahrrad.«

Er zieht seine Jacke an und steckt seinen Haustürschlüssel in die Tasche. »Ach so.« Er klingt abwesend. »Ja klar. Hatte ich vergessen.« Er zieht die Karte raus, betrachtet sie. Steckt sie weg.

Ich fahre schnell, als wäre jemand hinter mir her. Als ich fast an der Kreuzung bin, höre ich das Röhren des Lotus hinter mir. Der Doc fährt langsam an mir vorbei, drückt die

Hupe zweimal kurz. Hebt die Hand. Fährt ein paar Sekunden neben mir her. Ich denke, fahr doch weiter, und schließlich hupt er noch mal und gibt Gas. Die Hitze in meiner Brust lodert wieder auf. Ich bin so müde, wenn ich nicht aufpasse, falle ich ins Feuer.

GLEISSEND HELLE FUNKEN

Mit großen Schritten marschiert Archer durch den Raum. Wie Suchscheinwerfer huschen seine Augen über die Reihen. Er beobachtet mich, das fühle ich genau. Er weiß, dass ich der Polizei einen Tipp gegeben habe, jede Wette. Ich vermeide es, ihn anzusehen, aber ich fühle seinen Blick auf mir. Meine Haut ist mir zu eng. Von meiner Brust aus breitet sich die Hitze aus, in meinen Bauch und meine Schultern hinein.

Edgar stupst mich an. »Alles okay?« Er sieht so müde aus, wie ich mich fühle, sein Künstlergesicht ist ganz grau. An seinem Hals klebt Farbe.

»Klar«, sage ich, »was soll sein?«

Etwas reibt an meinen Nervenenden herum, als würde jemand mit dem Fingernagel über die Tafel kratzen. Ich bin todmüde und gleichzeitig vollkommen überdreht. Meine Beine wippen auf und ab, ich versuche, es abzustellen, aber ich kann nicht damit aufhören. Keine Ahnung, was mit mir los ist, und keine Ahnung, was Archer da vorne erzählt. Seine Worte fliegen in meinem Kopf herum und finden nichts, an das sie andocken können, damit sie Sinn machen.

Ich hätte die Stunde heute schwänzen sollen. Hier in diesem Klassenraum kriege ich Beklemmungen. Mein Kopf fühlt sich an, als hätte ich Fieber. Vielleicht werde ich auch einfach krank.

Als Archer gerade am anderen Ende des Raums ist, versucht Edgar es noch mal. »Du siehst scheiße aus, Daniel«, sagt er. »Was ist los?« Obwohl er es beinahe flüstert, klingt es scharf. Ich will, dass er mich in Ruhe lässt. Ich hätte heute nicht herkommen sollen.

Ich muss hier raus. Ich räume meine Sachen in meine Tasche. »Was machst du?«, fragt Edgar. Er sieht aus, als wollte er mich festhalten.

Als ich gerade nach meiner Jacke greifen will, steht Archer vor mir.

»Daniel.«

Bitte nicht. Ich sehe zu ihm auf. Lasse meine Hand sinken.

»What about you?«

Ich habe nicht zugehört. Weiß nicht, was er meint. Ich denke an die Visitenkarte in der Tasche vom Doc. Ich denke an meine Mutter und an die Angst in ihrem Gesicht. Ich fühle, wie die Hitze in meinem Oberkörper mir fast die Eingeweide versengt.

»Was soll mit mir sein?«, frage ich.

Archer grinst sein fiesestes Grinsen. »In english, please.« Er wartet.

»What about me?«, frage ich langsam. Es strengt mich an, zu sprechen. Ich glaube, ich werde wirklich krank. Hoffentlich irgendwas Tödliches.

Plötzlich steht mein Vater hinter Archer. Er ist geschminkt wie ein verdammter Clown – und keiner von der netten Sorte. Er steigt auf den Tisch von Jenny Bluhm und guckt auf uns herunter. Er ist irgendwie viel größer als sonst. Riesig. Ich starre zu ihm herauf.

»Do you know the answer, Daniel?«, fragt Archer. Ich habe die Frage gar nicht gehört. Außerdem bin ich davon abgelenkt, dass mein Vater albern von einem Fuß auf den anderen springt, als wollte er irgendwelche Kinder zum Lachen bringen.

»What is correct? *Much* or *many*? Tourists buy as *much* postcards as they can get? Or as *many*?«

Das weiß ich, das ist leicht, denke ich, aber Archer guckt mich so seltsam an mit seinem Scheinwerferblick. Mir ist so heiß. Und ich bin so verdammt müde. Alle sehen mich an. Mir wird schwindelig.

Mein Vater hört zwar auf zu hüpfen, stemmt aber jetzt seine Hände in die Hüften und steht da wie ein Idiot.

Much or *many*. Ich habe wirklich andere Sorgen, als mir darüber Gedanken zu machen. Ich würde Archer gerne sagen, dass er sich diese beschissene Frage sonst wohin stecken kann.

Mein Vater balanciert auf einem Bein. Ich werfe ihm einen bösen Blick zu. Aber er beachtet mich gar nicht.

»Daniel, we are waiting«, sagt Archer.

»*Much*«, sage ich, ich rate einfach, und natürlich ist es falsch. Archer grinst übers ganze Blödmanngesicht.

»Are you sure, Daniel?« Er kommt noch näher an meinen Tisch ran. Ich fühle die Blicke der anderen auf mir. Mein Vater zieht jetzt irgendwelche Münzen hinter seinem Ohr hervor, lacht – und da passiert es.

In meinem Kopf, in dem eben noch alles durcheinanderging, wird es still wie in einem Vakuum. Ich sehe mich um, sehe in die Gesichter der anderen. Sie sind in diesem Raum, aber sie sind weit weg. Sie können mich gar nicht sehen. Mein Vater verschwindet. Nur sein Lachen bleibt noch für ein paar Sekunden im Raum hängen.

Da ist es, das Gas. Mit einem leisen Zischen strömt es in mich hinein.

In meine Brust.

Meinen Bauch.

Meine Arme.

Meine Beine.

Bis hinunter in meine Zehen.

Die Hitze wird immer stärker. Mein Fieber steigt.

Ich sehe aus dem Fenster und zähle die Wolken am Himmel, der immer heller wird, fast weiß, aber sie ziehen so schnell vorbei, dass es nicht funktioniert. Ich versuche es mit den Bäumen. Den Vögeln, die darauf sitzen. Es nutzt nichts.

Und dann: die Explosion.

Als würde ich gegen die Sonne gucken. Ich mache die Augen zu. Das weiße Licht flutet den ganzen Klassenraum. Es war noch nie so hell. Noch nie so heiß.

Etwas Unsichtbares legt seine Arme um mich und drückt immer fester zu. In meiner Brust ist kein Platz mehr für mich.

Im nächsten Moment stehe ich auf dem Flur. Gehe Richtung Ausgang. Jeder einzelne meiner Schritte hallt laut von den Wänden wider. Die Wände kommen auf mich zu.

Ich stoße die schwere Eingangstür auf wie eine Fluchttür. Trete nach draußen. Sauge die kühle Luft ein. Sie brennt mir in der Lunge.

Der Himmel blendet mich. Ich kann nichts sehen.

Halb blind gehe ich die Treppen runter, laufe über den

Hof. Plötzlich habe ich das Bedürfnis zu schreien, ich will es so sehr, ich glaube, dass ich es nicht zurückhalten kann, obwohl ich mitten auf dem Schulhof bin. Ich laufe, bleibe stehen, laufe weiter. Bin orientierungslos.

Hinten an den Fahrradständern steht jemand und sieht zu mir rüber. Habe ich tatsächlich geschrien?

Es ist einer der Unterstufenschüler, Felix irgendwas, ein dünner Typ mit Hundeblick, den die Größeren in den Pausen herumschubsen, er tut mir immer leid.

Er glotzt zu mir rüber, warum glotzt er so? Meine Brust ist voller Flammen, in großen heißen Atemzügen weitet sie sich und zieht sich wieder zusammen. Ich muss diese Hitze loswerden. Ich stehe da und sehe in den weißen Himmel, ich stehe allein in der Wüste, ich …

Da ist dieses Geräusch.

Ein kreischendes Geräusch, das Quietschen von Bremsen, es kommt von der Straße vor der Schule, da ist eine Ampel. Sekundenlang quietschen die Bremsen, offenbar hat jemand in letzter Sekunde in die Eisen getreten.

Da ist es, das Bild in meinem Kopf. Plötzlich ist es da.

Ich bin in einem Auto. Irgendwas kommt auf mich zu. Mein Kopf knallt dagegen. Ich fühle es wie in Zeitlupe. Fühle den Schmerz. Die Beule an meiner Stirn. Sie kommt von einem Aufprall.

Der Doc holt mich ab.

Ich sitze in seinem Lotus.

Mir ist schlecht.

Der Doc bremst.

Ich fliege nach vorne.

Mein Kopf knallt gegen etwas Hartes und dann noch mal.

Ich höre das Quietschen der Bremsen, höre das Röhren des Motors.

Der Schmerz in meinem Kopf ist laut und stechend.

Warum hat der Doc gebremst?

Um mich herum dreht sich der Boden. Ich versuche, mich mit den Augen an den Zwischenräumen zwischen den Pflastersteinen festzuhalten, aber es gelingt mir nicht.

Ich sehe hoch. Da ist immer noch Felix.

Ich gehe auf ihn zu, es zieht mich zu ihm hin, als wären er und ich zwei Pole eines Magneten.

Ich will es nicht. Ich versuche anzuhalten, aber meine Beine laufen ganz von alleine.

Felix guckt. Sieht mir entgegen. Wie heißt er noch mit Nachnamen?

Er steht an seinem Fahrrad und sieht zu mir rüber, sieht, wie ich auf ihn zugehe. Was guckt der so?

Ich kann nicht atmen.

Ich gehe.

Ich renne.

Immer noch durchströmt meinen Körper dieses heiße Gas, das irgendwo aus meinem Inneren kommt oder auch direkt aus irgendeiner Hölle.

Dann eine weitere Explosion.

Gleißend helle Funken. Wunderschön.

Die Welt hat keine Farben mehr.

Ich laufe.

Felix sieht mir entgegen. Er ist dünn. Er hat Angst. Er ist schwach.

Was glotzt der mich so an?

Ich will, dass er aufhört damit.

Meine Hand trifft auf seine Brust wie auf Papier. Er fliegt. Er fällt. Er liegt auf dem Boden.

Die Linien zwischen den Steinen auf dem Boden verschwimmen vor meinen Augen.

Felix steht auf. Er heult.

Meine Faust in seinem Gesicht. Seinem dünnen heulenden Gesicht. Seine Augen sind blau. Sie sehen mich an, sie sind riesig.

Mein Körper ist aus Feuer gemacht.

Felix' Gesicht. Das Blut in Felix' Gesicht.

Felix zwischen den Fahrrädern.

Meine Faust in Felix' Gesicht.

Sein Gesicht sieht aus wie meins.

Die ganze Welt in meinem Kopf, viel zu hell, viel zu groß.

Ich fliege. Ich verschwinde. Ich werde eingesaugt von diesem Himmel, diesem viel zu weißen Himmel.

Ich fliege durch die Galaxie ins Nichts.

Da ist mein Vater wieder. Er sitzt auf einem Stern. Seine Schminke ist verschmiert.

Ich höre meinen Namen. Felix. Er schreit. Oder bin ich das? Ich werde immer weniger. Ich höre ein Lachen. Dann wird es dunkel.

BLOSS WEG HIER

Ich wache auf und weiß nicht, wo ich bin. Schwerfällig setze ich mich auf und sehe an mir herunter. Ich bin in meinem Bett, auf meiner Bettdecke. Habe meine Klamotten noch an. Draußen eine Ahnung von Morgendämmerung. Mein Herz zuckt in wuchtigen Schlägen in meinem Brustkorb. Ich versuche, mich zu orientieren. Neben meinem Bett steht ein Glas Wasser, und da liegen irgendwelche Pillen. Ich habe riesigen Durst. Mit zittrigen Händen nehme ich das Glas und trinke es in einem Zug leer.

Ich sehe in die Dunkelheit des Zimmers. Mein Kopf dröhnt. Nach und nach erinnere ich mich. Sie haben mich mit dem Krankenwagen abgeholt. Felix auch. Glaube ich. Eine der Sanitäterinnen sah aus wie Ariana Grande. Meine Mutter war da, irgendwann auch der Doc. Alle standen um uns rum und haben geglotzt. Felix hat geheult, ohne ein Geräusch zu machen. Mehr weiß ich nicht.

Ich sehe auf mein Handy. Es ist kurz nach sieben.

Ich sehe Felix' Gesicht vor mir. Ich will nicht an ihn denken, aber das Bild seiner aufgerissenen Augen rutscht immer wieder in meinen Kopf. Meine rechte Hand tut weh. Ich betrachte meine Fingerknöchel. Sie sind aufgeschürft und geschwollen.

Ich werde von der Schule fliegen. Meine Mutter wird mir nicht verzeihen, was ich getan habe. Die Eltern von Felix werden mich anzeigen. Sich wahrscheinlich an mir rächen. Ich werde in den Knast gehen. Oder mindestens ins Heim. Ich werde mit irgendwelchen Typen in irgendwelchen Zellen sitzen und Brei mit Würmern drin essen. Meine Zellenkumpanen werden mir *Bitch* auf den Oberarm tätowieren.

Ich tippe.

Ich muss hier weg. Kommst du mit?

Es dauert eine gefühlte Ewigkeit, bis sie antwortet. Das eine kleine Wort, das sie schreibt, lässt die Haut in meinem Nacken brennen.

Ja.

Ich texte zurück.

Ich hole dich ab. In einer halben Stunde unten am Tor.

Ich stehe auf, stopfe eilig ein paar Sachen in meinen Rucksack und schleiche mich durch den Flur. Das Haus ist ruhig. Als ich die Treppe runtergehe, knarren die Stufen viel lauter als sonst.

Ich nehme meine Jacke von der Garderobe, ziehe so leise es geht meine Schuhe an. Als ich meinen Schlüssel nehme, fällt mein Blick auf den Lotusschlüssel vom Doc. Ich greife danach. Ich denke nicht nach. Ziehe die Tür vorsichtig hinter mir zu. Husche die Stufen zum Vorgarten hinunter und bis zum Gartentor. Steige darüber, damit es beim Auf- und Zumachen nicht quietscht. Die Luft ist mild, es riecht nach Frühling. Es fühlt sich falsch an.

Ich öffne die Fahrertür des Lotus. Steige ein. Schnalle mich an. Bleibe einen Moment so sitzen. Fühle den kaputten Scheinwerfer bis hierher. Das Blut rauscht in meinen Ohren.

Ich sehe auf mein Handy. Da sind Nachrichten von gestern. Edgar.

Was zur Hölle ist passiert?

Ich bin froh, dass er nicht fragt, was zur Hölle ich *getan* habe. Plötzlich vermisse ich Edgar so sehr, dass ich heulen könnte.

Später

schreibe ich und schalte mein Handy aus. Starte den Lotus. Lege den ersten Gang ein und fahre langsam los.

Das Schloss liegt im Morgendämmerlicht. Alina lehnt neben dem Tor an der Wand, die Kapuze ihres Sweatshirts über den Kopf gezogen, darüber trägt sie eine Daunenweste. Sie hat einen Rucksack dabei. Ich halte neben ihr an. Als hätte sie mit nichts anderem gerechnet, steigt sie ein und nimmt ihre Kapuze ab. Wir sehen uns an. Ihre grünen Augen sind fast schwarz. Ihr Blick trifft mich an jeder Stelle meines Körpers.

»Fahr«, sagt sie, und ich fahre. Fahre das Auto, das vielleicht ihren Bruder getötet hat. Ich werde immer geübter darin, die falschen Dinge zu tun und zu denken, ohne sie zu fühlen.

Wir fahren zu schnell, wir fliegen über die Landstraße, Alina dreht die Musik auf und weiß von nichts und hat keine Angst. Singt mit bei den alten Songs, die mein Vater immer gespielt hat. Es wird langsam hell, der Himmel brennt rosablau, kitschig, schön. Ich sehe zu Alina rüber. Der Lotus röhrt. Ich habe das Gefühl, schon immer in diesem Sitz zu sitzen, den Arsch nur ein paar Zentimeter über der Straße, den Fuß am Gaspedal. Wir fahren und fahren, immer weiter weg von zu Hause, von meiner Mutter, vom Doc, von Archer, von Felix. Von Edgar.

In einer Tankstelle kaufe ich Kaffee und Wasser, Laugenstangen mit Käse und ein paar Schokoriegel. »Haben Sie getankt?«, fragt der übermüdete Schüler hinter der Kasse und merkt gar nicht, dass ich zu jung bin, um zu fahren, ich schüttle den Kopf, ziehe mein Baseballcap tiefer ins Gesicht und bezahle. Gehe zurück zum Auto und sehe Alina auf dem Beifahrersitz sitzen, den Blick ins Nichts gerichtet, denke, dass ihr Profil das Schönste ist, was ich jemals gesehen habe, zucke bei diesem schnulzigen Gedanken zusammen und denke ihn gleich noch mal.

Wir fahren weiter. Mit jedem Kilometer werde ich wacher und klarer, rückt der gestrige Tag ein Stück weiter weg.

»Was willst du machen?«, frage ich Alina bei Tempo 140, und sie antwortet sofort.

»Ich will irgendwohin, wo niemand ist.«

Mir kommt ein Gedanke: Bennos Hütte. Ich denke daran, wie ich mit Edgar durch den Schnee gestapft bin, den Hügel hoch, wie ich mich gefühlt habe wie im Niemandsland, da war kein Mensch außer uns, und nichts außer ein paar kleinen Häusern, an denen sich nichts rührte.

Das kann ich nicht machen, denke ich. Nicht ohne Edgar.

»Ich kenne da einen guten Ort, da ist niemand«, sage ich zu Alina. Ich bin ein mieser Verräter und kann nicht anders. Ich gebe Gas.

FEUER

Es sieht anders aus, so ohne Schnee. Als wir den Hügel hochfahren, kämpft sich die Sonne gerade durch die letzten Wolkenschlieren und macht es sich an einem unschuldig hellblauen Fast-Frühlingshimmel bequem.

Ich parke den Lotus fünfzig Meter von Bennos Häuschen entfernt und wir steigen aus. Die Luft ist mild, obwohl es noch so früh ist, und bis auf ein paar Vögel ist es totenstill. Alina lässt die Beifahrertür zufallen und sieht sich um. Blickt den Hügel hinunter, dreht sich einmal um sich selbst. Sieht mich an.

»Dein Landsitz?«

Sie grinst, das macht sie sonst nicht.

Ich mache ein Pokerface. »Klar. Einer von vielen. Beeindruckt?«

Sie nickt anerkennend. »Du überraschst mich, Johnny Winkler.«

Ich taste nach dem Schlüssel und öffne die Tür. Hoffe einfach, dass Benno noch in der Klapse ist. Der Schlüssel dreht sich zweimal im Schloss. Glück gehabt. Mein Herz schlägt, als hätte ich Lampenfieber.

Ich gehe vor Alina ins Haus, öffne die Vorhänge, so wie Edgar es damals getan hat, und zünde den Kamin an. Alina sieht sich um und sagt erst mal nichts, aber ich könnte schwören, dass es ihr hier gefällt.

»Ich wusste gar nicht, dass du ein Künstler bist«, sagt sie mit Blick auf die Bilder und die Skulpturen, und ganz kurz überlege ich, ob ich sie als meine Werke ausgeben soll, aber dann sehe ich die Ironie in ihrem Blick. Sie hätte es mir ohnehin nicht zugetraut. Für eine Sekunde bin ich deprimiert, dass ich nicht als Künstler durchgehe, aber dann müssen wir beide grinsen, und es ist egal.

In Bennos Küche finde ich einen Porzellankaffeefilter, und dann sitzen wir hinter dem Haus auf einer klapprigen Bierbank, trinken Cowboykaffee, sehen über die Felder und schweigen. Ich fühle Alina neben mir, über uns palavern die Vögel, wir halten die Gesichter in die Sonne und schließen die Augen. Wir sitzen ewig so da und reden nicht.

»Er ist noch da«, sagt sie irgendwann leise. »Ich kann ihn fühlen. Er ist in meiner Nähe.«

Ich öffne die Augen und nicke. »Okay«, sage ich, was wenig geistreich ist, aber was Besseres fällt mir nicht ein. Ich denke, dass ihr Bruder vielleicht meinen Vater trifft, da in seiner Zwischenwelt.

»Er kann nicht gehen, bevor ich weiß, wer das getan hat.«

Mein Herz schlägt schneller.

»Ich habe nicht auf ihn aufgepasst«, sagt Alina. »Ich habe … ich hätte ihn mit nach Hause nehmen sollen.«

Jemand quetscht mein Herz zusammen und lässt ganz langsam wieder los.

»Hast du das Plastikteil noch?«, frage ich sie.

Sie kramt in der Tasche ihres Kapuzensweatshirts, zieht die kleine Plastiktüte hervor und hält sie mir hin. »Immer dabei.« Dann steckt sie sie wieder weg. Mein Herz stolpert in meiner Brust herum, ich weiß nicht, ob es daran liegt, dass Alina riecht wie das verdammte Paradies, oder daran, dass das Plastikteil der Schlüssel zu allem ist. Und dass sie das nie erfahren darf.

Wir sitzen noch eine Weile so da, ohne zu sprechen, und gucken über die Felder. Irgendwann fällt Alinas Blick auf die Fahrräder, die an der Hauswand lehnen, und ein paar Minuten später rollen wir den Hügel runter, Alina fährt vor, ich hinterher. Bevor wir wieder im Tal sind, biegen wir ab Richtung Wald, ich versuche sie zu überholen, aber immer wenn ich auf ihrer Höhe bin, gibt sie Gas und hängt mich wieder ab: »Friss Staub!« Wir fahren immer weiter und wollen gar nicht wissen, wohin. Unsere Räder sind klapprig und haben wenig Luft in den Reifen, wir strampeln den immer steiler werden den Waldweg hoch wie die Geisteskranken, als wäre nichts wichtiger als das, und irgendwann merke ich, dass in meinem Gesicht die ganze Zeit ein dämliches Grinsen hängt.

Nach einer Weile führt der Weg wieder raus aus dem Wald, und dann sind wir ganz oben auf dem Hügel angekommen und bleiben stehen, keuchend und verschwitzt, und gucken runter über das Tal. Die Sonne gibt jetzt alles, was sie Mitte März draufhat, und hier ganz oben zu stehen und auf alles runterzugucken, fühlt sich an, als wäre alles ganz weit weg. Alles, was sonst in meinem Kopf rumtobt, ist ruhig. Ich sehe zu Alina rüber, und plötzlich wird mir klar, wie absurd es ist, dass ich hier mit Princess Evil auf einem Hügel stehe und in die Landschaft glotze, und ich schäme mich plötzlich dafür, dass wir sie so nennen. Ich denke an Edgar und stelle mir vor, wie er mich ansehen würde, wenn er das wüsste, wenn er uns sehen würde, und mir wird übel und ich denke schnell etwas anderes.

»Da ist ein Hochsitz«, sagt Alina. Wir lassen die Räder ins Gras fallen und laufen den Rest, stapfen über den Waldboden bis zum Hochsitz und klettern hoch. Oben ist die Aussicht noch mal besser als da unten. Wir setzen uns auf die morsche Bank, Alina zieht aus ihrem Rucksack die Schokoriegel hervor, die wir an der Tanke gekauft haben, wir essen sie alle nacheinander auf und gucken in die Ferne, und ohne Scheiß, irgendwann kommt ein Reh zwischen den Bäumen hervor und steht da unten auf dem Feld, als hätte es jemand dahinbestellt. Es steht da, als würde es überlegen, wozu es heute Lust hat, ob es nach links oder rechts gehen soll. Alina steht auf, legt ein imaginäres Gewehr an und zielt. »Bämmm!«

»Tierfreundin bist du wohl nicht, was?«, sage ich, und sie grinst und schießt noch mal, und das Reh erschreckt sich vor dem zweiten, etwas lauteren »Bämmm!«, entscheidet sich für links und springt davon. Alina setzt sich wieder und beißt von ihrem letzten Schokoriegel ab. »Müssen die Nazispiele sein«, sagt sie kauend, »irgendwie habe ich dauernd Lust, auf was zu schießen.« Sie grinst. »Also benimm dich, sonst bist du dran.«

»Kann ich gut verstehen«, sage ich, »auch ohne Nazispiele. Ich habe auch dauernd Lust, irgendwas abzuknallen. Oder zumindest auf irgendwas einzuschlagen.«

»Hab schon gehört.« Sie nickt. »Felix.«

Ich sehe sie an. »Das weißt du?«

»Klar. Ich bin zwar im Moment nicht in der Schule, aber ich habe so meine Quellen.« Sie zieht ihr Handy aus der Tasche, hält es hoch und steckt es wieder weg.

Ich suche ihr Gesicht ab, um zu sehen, was sie darüber denkt.

»Ich mache das nicht mit Absicht«, sage ich. »Das passiert einfach so.«

Sie sieht mich an. »Einfach so, ja?«

»Ich habe keinen Einfluss darauf.«

Sie schüttelt den Kopf. »Du armes kleines Opfer«, sagt sie und lacht, ein heiseres, kratziges Lachen.

»Ernsthaft«, sage ich. »Ich kann da nichts gegen tun.«

Sie kramt die Wasserflasche aus dem Rucksack, macht sie auf und trinkt sie in glucksenden Schlucken halb leer. Hält sie mir hin. Ich nehme sie und trinke den Rest. Sie mustert mich, als würde sie etwas überlegen.

»Vielleicht solltest du aufhören, zu denken, dass dir die Dinge einfach passieren.«

»Aber so fühlt es sich an.«

»Wenn ein Meteorit auf die Erde fällt«, sagt sie, »das *passiert*. Wenn dein Vater verrückt wird und wie ein verdammter Zombie im Haus rumirrt. Wenn deine Mutter dich behandelt wie eine Puppe. Wenn jemand deinen Bruder totfährt. Das *passiert*. Da kannst du nichts gegen tun.« Sie schaut in die Ferne. »Aber das, was in dir ist, das passiert dir nicht. Das machst du alles selbst.«

Sie sieht mich an. Ihre Augen glühen.

»Das stimmt so nicht«, versuche ich zu widersprechen.

»Das stimmt genau so. Vielleicht fühlt es sich anders an. Aber es ist so.« Sie überlegt einen Moment. »Du musst dich trauen, zuzugeben, dass *du* es bist, der das alles macht«, sagt sie dann. »Du musst ehrlich sein zu dir selbst. Dann verstehst du es auch.«

Jetzt klingt sie ein bisschen wie Frau Stenzer. Nur ohne die klirrenden Armreifen.

»Du weißt nicht, wie das ist«, sage ich dünn.

»Glaub mir, ich weiß es.«

»Ach ja«, sage ich, »und wenn du Jenny Bluhm eins reinwürgst, wenn du dich benimmst wie eine verdammte Sadistin, das passiert dir dann wohl auch nicht, oder?«

Ich wollte das eigentlich gar nicht sagen. Oder vielleicht doch. Über uns krächzt ein Rabe wie verrückt, so als wollte er uns drohen.

»Nein, das passiert mir nicht. Das will ich so«, sagt sie.

»Und warum?«, frage ich. »Das ist nämlich ehrlich gesagt das Asozialste überhaupt. Es ist einfach nur fies. Ich meine, was haben dir Leute wie Jenny Bluhm denn eigentlich getan?« Ich rede mich in Rage. »Siehst du nicht, wie du sie fertigmachst mit dem Scheiß?« Sie weicht meinem Blick keinen Millimeter aus. »Ich hasse dich, wenn du so etwas machst. Alle hassen dich dafür. Sie haben verfickt noch mal Angst vor dir.« Es tut gut, das zu sagen, es rauszurotzen, ihr um die Ohren zu hauen, und gleichzeitig wird mir irgendwie schlecht davon. Wahrscheinlich war es das mit unserem Ausflug. Wahrscheinlich haut sie jetzt ab. Aber auch wenn ich auf keinen Fall will, dass sie geht, habe ich das Gefühl, ich musste das sagen. Schon wegen Edgar. Wegen unserer Mission.

Sie lässt meine Worte offenbar in sich hineinsinken. In ihren Augen flackert etwas, aber in ihrem Gesicht kann ich nicht sehen, was sie denkt. Was sie fühlt. Sie sieht weg. Ich betrachte ihr Profil. Heult sie jetzt etwa?

Sie steht auf. Nimmt ihren Rucksack. Steigt die Stufen des Hochsitzes runter. Ich sehe ihr nach. Eine leichte Panik steigt in mir auf. Als sie unten ist, steht sie ein paar Sekunden da, dann sieht sie zu mir hoch. »Kommst du jetzt, oder was?«

Wir gehen zurück zu den Fahrrädern. Sie hat einen Stock in der Hand, mit dem sie gegen die Bäume schlägt, so ähnlich, wie ich es manchmal tue. Ich bin erleichtert, dass sie nicht abgehauen ist, so erleichtert, dass ich mir sagen muss, bleib mal locker, sie ist ja nicht die Königin von England. Sie ist nur die Prinzessin.

Wir steigen wieder auf unsere Räder und fahren los, irgendwohin, überholen uns gegenseitig, grinsen uns ab und zu an. Wir treffen niemanden, keine einzige verdammte Person, und wir stellen uns vor, dass wir die letzten Menschen auf der Welt sind, dass alle anderen längst tot sind, dahingerafft von einem Amokläufer, der nach und nach die gesamte Menschheit eliminiert.

Irgendwann stehen wir an einer Kreuzung. Ein kleines Holzschild zeigt an, dass es nach rechts ins Dorf geht. »Ich hab Hunger«, sage ich, und wir radeln los Richtung Dorf, bis wir mitten im Nichts an einen Supermarkt kommen. *Gutkauf* steht am Eingang. Kann man auch *schlecht* kaufen?

Alina stellt ihr Rad ab und geht rein, ich hinterher. An der Kasse sitzt ein Greis in einem schlecht sitzenden Supermarktkittel und liest in der *Intouch*. Sonst ist niemand da. Aus dem Lautsprecher kommt kratzige Country-Musik. Alina nickt dem Alten zu und geht durch die Reihen, als hätte sie hier schon tausendmal eingekauft. Sie macht ihren Rucksack auf und packt Sachen rein, Datteln und Feigen und Oliven und Weißbrot, eingelegte Pilze und Paprika in Plastikbechern, Käse, Rotwein, all so ein fancy Zeug, das es bei uns zu Hause nicht gibt. Dann macht sie den Rucksack zu – sie sieht sich nicht mal um, ob jemand was gesehen hat –, nimmt eine Dose Ravioli aus dem Regal, und wir gehen zur Kasse.

Der Alte ist immer noch in seine *Intouch* vertieft.

»Ich finde, wir hätten auch mal was anderes essen können als schon wieder Ravioli, aber okay«, sagt Alina zu mir und stellt seufzend die Dose aufs Band.

Der Typ sieht auf, lächelt ein abwesendes Lächeln und kassiert. Mein Herz schlägt bis sonst wohin. Komisch, denke ich, ich verkloppe einen Zehnjährigen auf dem Schulhof, aber ich mache mir in die Hose, wenn ich ein bisschen Wein und Käse klauen soll. Alina scheint nicht die Bohne nervös zu sein.

Wir sind so weit hochgeradelt, dass es auf dem Rückweg das letzte Stück bergab geht, es ist supersteil. Wir lassen uns rollen, werden immer schneller, und Alina ruft: »Hände weg vom Lenker!« Wir fahren freihändig, rasen mit den klapprigen Rädern den Hügel runter, und irgendwann ruft sie: »Augen zu!«, und für ein paar Sekunden schließe ich die Augen, fühle den Wind in meinem Gesicht und denke, wenn ich jetzt gegen einen Baum fahre und tot bin, ist es auch ok.

Erstaunlicherweise kommen wir lebend wieder an der Hütte an. Beim Reingehen muss ich natürlich wieder an Edgar denken, aber ich schiebe die Gedanken an ihn zur Seite.

Ich werde wirklich immer besser darin, aus mir zwei Personen zu machen. Die eine will gerade nicht denken.

Wir rennen rein, machen den Kamin an, packen unsere Beute aus, öffnen den Wein, legen tausend Kissen vor den Kamin und fläzen uns da rein. Mit den Fingern essen wir Käse, Feigen, Oliven, Pilze, es ist großartig.

»Schmeckst du das, was der Wein mit dem Käse macht?« Alina steckt sich ganz langsam ein Stück Käse in den Mund

und trinkt einen Schluck Wein dazu. »Du darfst nicht einfach alles nur so essen. Du musst dir Zeit lassen! Den Geschmack richtig zu dir durchdringen lassen. Du musst mit deinem Geist essen!«

Sie legt eine CD auf, eine Frau mit tiefer Stimme singt auf Portugiesisch, es klingt traurig. Ich kenne sie nicht und ich will nicht wissen, wer es ist, ich mag es, dass es ein Geheimnis ist.

Als wir fertig gegessen haben, kramt Alina einen Joint irgendwoher und wir rauchen, ziehen abwechselnd und lassen uns rückwärts in die Kissen sinken. Ich gucke in das Feuer im Kamin. Mein Kopf ist weit und ruhig wie ein stiller See. Ich könnte für immer hierbleiben, ohne Scheiß.

»Vielleicht mache ich diese Sachen«, sagt Alina irgendwann, »also diese Sachen mit Jenny und so … vielleicht mache ich die einfach deshalb, weil ich es kann. Weil es so verdammt leicht ist.«

Sie nimmt noch einen Zug, hält den Rauch ein paar Sekunden in der Lunge und spricht mit angehaltenem Atem.

»Vielleicht mache ich es so lange, bis endlich mal jemand *mir* in die Fresse haut. Mich schüttelt. Mich … *berührt*. Was weiß ich.«

Sie zieht noch einmal. »Vielleicht würde ich mich dann nicht mehr so fühlen, als wäre ich alleine auf diesem verschissenen Planeten.«

»Hasst du Jenny denn so sehr?«

Sie überlegt. Schüttelt langsam den Kopf.

»Ich hasse sie überhaupt nicht. Aber sie mich. Alle hassen mich.«

»Ja, aber dafür sorgst du ja auch.«

Sie reicht mir den Joint. Ich ziehe daran und gebe ihn ihr zurück.

»Genau. Ich entscheide eben selbst, was andere über mich denken.«

Wir schweigen einen Moment.

»Ich überlasse es nicht ihnen.« Sie grinst. »Raffiniert, was?«

»Irgendwie schon«, sage ich. »Aber wenn du dich so benimmst, bist du doch noch mehr alleine.«

Sie zieht noch einmal.

»Hat ja auch niemand behauptet, dass das Ganze logisch ist, Daniel.«

»Kannst mich Johnny nennen«, sage ich.

»Hat ja auch niemand behauptet, dass das Ganze logisch ist, Johnny«, sagt sie. Ich schließe die Augen.

Irgendwann nimmt sie meine Hand und streicht langsam über meine Handfläche, mein Handgelenk und dann über meinen Arm, und ich sehe vor mir, wie ihre Finger auf meiner Haut eine glühende Spur hinterlassen. Durch meinen Körper rauscht das Adrenalin. Und dann mache ich die Augen auf und wir drehen uns zueinander und küssen uns, und das Gefühl, als sich unsere Lippen berühren und dann unsere Zungen, das ist so ähnlich wie das Gefühl, kurz bevor es losgeht mit meinen »Anfällen«. Es ist, als würde in meinem Kopf wieder dieser Funke zünden, alles wird ganz hell und ganz leicht, ich sehe mir von oben zu, nur dass es diesmal nicht wehtut, sondern sich so anfühlt, als würde ich aus nichts anderem bestehen als aus kühler, klarer Luft.

Später dann, als der Kamin nur noch glüht und wir schon fast weggedöst sind, benebelt und berauscht vom Gras und dem Wein und den Küssen, als ich gerade das Gefühl habe, in den Schlaf zu fallen wie in einen dunkelblauen Sommerhimmel, sagt Alina in die Dunkelheit: »Ich will nicht wieder zurück«, und der Satz hängt im Raum, schwebt über mir, und mit einer imaginären Bewegung nehme ich ihn aus der Luft, als würde ich nach einem Stern greifen, und schlafe ein.

HELLWACH

Als ich aufwache, ist es noch nicht ganz hell. Alina schläft, sie liegt auf der Seite, das Gesicht mir zugewandt. Ihr Mund steht offen, ein dünner Spuckefaden ist an ihrer Wange getrocknet. Sie runzelt die Stirn im Schlaf und murmelt leise, es klingt wütend. Ich sehe sie eine Weile an und denke, dass ich beide Seiten in ihrem Gesicht sehen kann. Das Brutale, Genervte. Das, was ich aus der Schule von ihr kenne. Ihre Arschlochseite. Aber hinter ihren Lidern lassen ihre Träume ihre Augen wie gehetzt hin- und hergleiten, und darin sehe ich alles andere. Das, was keiner sehen soll. Es ist, als würden Princess Evil und Alina sich in ihrem Gesicht vereinen, wenn sie schläft. Die weibliche Reinkarnation von Jekyll und Hyde, denke ich.

Edgar würde dieser Gedanke gefallen.

Ich stehe auf, ziehe mein Sweatshirt über und gehe durch die Hintertür in den Garten. Langsam gehe ich über die Wiese, steige über den kniehohen Gartenzaun und laufe über das Feld, das dahinter ist und noch brachliegt. Ich laufe den Hügel hoch. Mein Körper fühlt sich an, als hätte ich zu lange in derselben unbequemen Position gelegen, steif, rostig. Es tut gut, zu laufen. Ich gehe immer weiter, bis ich ganz oben auf dem Hügel bin. Dort drehe ich mich im Kreis, ziehe die milde Luft in meine Lungen und sehe einmal um mich herum auf alles herunter, sehe ins Tal, rüber zum Wald. Drehe meinen Oberkörper, bewege meine Arme, mache Hampelmänner, als würde ich an einem bescheuerten Gymnastikkurs teilnehmen.

Zeternd fliegt eine Gruppe Raben über mich hinweg. Ich sehe ihnen nach, und ich weiß nicht, warum, aber hier oben auf diesem Hügel kommen mir die Dinge viel einfacher vor als sonst. Ich mache die Augen zu und spüre den Wind auf meinem Gesicht, und ich habe das Gefühl, als wäre auch ich viel leichter als sonst, als würde die Luft durch mich durchfließen. Ich öffne die Augen wieder. Plötzlich fällt mir auf, dass ich ganz ruhig bin. Die Hitze in meiner Brust – sie ist verschwunden. Ich fühle in mich hinein, horche auf mein Herz – es schlägt ruhig und gleichmäßig wie ein Metronom. Irgendwas ist anders als gestern.

Die Gedanken flattern nicht mehr wild in meinem Kopf herum. Ich fühle mich, als hätte jemand da drin aufgeräumt, während ich geschlafen habe.

Ich weiß, dass ich Entscheidungen treffen muss. Und dass das bedeuten könnte, dass ich Alina nie wieder küssen werde. Seit Ewigkeiten weiß ich zum ersten Mal wieder, was ich zu tun habe.

Ich weiß, dass sie wiederkommen werden. Die Hitze. Das Chaos. Ich muss mich beeilen. Ich gehe zum Haus zurück.

Leise öffne ich die Hintertür und schlüpfe hinein. Ich horche in die Räume – es ist alles still, offenbar schläft Alina immer noch. Ich schleiche mich durch die Küche wie ein Einbrecher, gehe mit vorsichtigen Schritten über den knarrenden Holzfußboden. Sehe um die Ecke ins Wohnzimmer. Alina liegt mit dem Rücken zu mir und atmet in tiefen Zügen. Ich betrachte sie einen Moment. Kann nicht glauben, dass sie hier bei mir ist. Ausgerechnet sie.

Auf dem Sessel neben unserem Schlafplatz liegt ihr Kapuzensweatshirt. Ich bleibe im Raum stehen und warte, ob sie sich rührt. Dann gehe ich langsam zum Sessel und nehme das Sweatshirt in die Hand, suche mit meiner Hand nach der Tasche, greife hinein, finde nichts, greife in die andere Tasche. Kriege die Tüte mit dem Plastikteil von der Unfallstelle zu fassen. Alina seufzt. Bewegt sich. Das Plastik knistert. Blitzschnell nehme ich die Tüte und stopfe sie in meine Hosentasche. Mein Herz überschlägt sich beinahe. Alina dreht sich um. Ich lasse das Sweatshirt fallen und trete einen Schritt vom Sessel weg. Sie schlägt die Augen auf. Sieht mich an. Ich schlucke.

»Wir müssen los«, sage ich.

ZWISCHEN ZWEI TEILEN

Wir fahren langsam. Auch wenn ich ein Ziel habe, genau weiß, was ich als Nächstes tun muss, will ich nicht, dass die Fahrt zu schnell endet. Wie ein Film ziehen die Bäume an uns vorbei. Der Lotus röhrt vor sich hin, der Motor vibriert in meinem ganzen Körper und versetzt mich in eine Art Trance. Es kommt mir ganz normal vor, dass ich dieses Auto fahre. Dass Alina neben mir sitzt, allerdings nicht. Sie dreht am Radio herum und sucht nach guter Musik, findet keine und macht es aus. Wenn sie sich bewegt, weht ihr Geruch zu mir rüber und lässt meinen Magen Fahrstuhl fahren.

Sie zündet sich eine Zigarette an, raucht aus dem Fenster.

»Ich glaube, ich werde wieder in die Schule gehen«, sagt sie irgendwann. »Zu Hause werde ich sonst irre.«

»Gute Idee.« Ich nicke.

»Vielleicht versuche ich es mal mit Nettsein«, sagt sie nach einer Weile, und ich lache, aber dann sehe ich, dass sie es ernst meint. »Vielleicht fängst du erst mal an mit Nicht-fies-Sein.«

»Ja, vielleicht«, sagt sie und sieht mich von der Seite an. »Dich werde ich wohl erst mal nicht in der Schule treffen.« Ich zucke die Achseln. »Wahrscheinlich nicht.«

Ich weiß nicht genau, was jetzt passiert. Ob ich tatsächlich von der Schule fliege. Ob ich in den Jugendknast gehe. Was weiß ich. Es ist seltsam: Es ist mir egal. Vielleicht ist es gut, wenn die Dinge nicht einfach so weitergehen wie bisher.

Ich fühle die kleine Plastiktüte mit dem Kunststoffteil in meiner Hosentasche. Ich muss endlich wissen, was los ist.

Wir schweigen den größten Teil der Fahrt. Es ist kein peinliches Schweigen und auch keins, das Menschen miteinander haben, wenn sie sich ewig kennen. Es ist eher eine kurze Unterbrechung zwischen zwei Teilen.

Als wir fast am Schloss sind, nimmt sie meine Hand.

»Halt hier an, ich gehe den Rest zu Fuß.«

Ich fahre rechts ran. Über uns liegt der Park. Ich habe das Gefühl, ich wäre ewig nicht hier gewesen. Alina sieht mich an, dann küsst sie mich. Ihre Lippen sind warm. Ich versuche mir ihr Gesicht zu merken, so, wie es jetzt aussieht. Ich weiß nicht, ob es noch so weich ist, wenn ich sie wiedersehe.

Sie steigt aus und schließt die Tür. Ich lasse das Fenster runter, und sie beugt sich noch einmal ins Auto.

»Ich hoffe, du tust das Richtige«, sagt sie und geht.

Da ist sie wieder, die Hitze in meiner Brust.

PUZZLE

Ich parke den Lotus am Ende der Straße. Mache den Motor aus und schalte zögernd mein Handy ein. Bestimmt eine Minute lang vibriert es ununterbrochen. Jede Menge Mailbox-Benachrichtigungen und Nachrichten. Ich bin erleichtert. Ich habe zwar Angst vor der Wut meiner Mutter, aber für einen Moment hatte ich noch größere Angst davor, dass sie mein Verschwinden gar nicht bemerkt hat. Ich lese ihre Nachrichten nicht und ich höre die Mailbox nicht ab. Ich weiß eh, was sie gesagt hat. Ich höre ihre Stimme in meinem Kopf. Ihre vibrierende Wut. Die Enttäuschung darüber, was *ich* getan habe und wie *sie* deshalb leidet.

Edgar hat versucht, mich anzurufen und mir eine Nachricht geschickt. Eine Zeichnung. Ich tippe auf das Bild.

Es sind wir beide, Edgar und ich. Man sieht uns nur von hinten, aber es ist klar, dass wir das sind. Wir stehen auf einem Hügel in einer Winterlandschaft und sehen in die Ferne. Es ist ein ungewöhnlich harmonisches Bild für Edgar, denke ich zuerst, aber dann fällt mir auf, dass der Himmel auf dem Bild dunkelgrau ist, fast schwarz, es sieht aus, als würde es gleich heftig anfangen zu schneien, und irgendwie wirkt es so, als wäre das, was da gleich aus dem Himmel herunterkommt, kein schöner, weißer Schnee, sondern etwas anderes. Nichts Gutes jedenfalls. Und ich denke, dass ich vielleicht gar nicht wissen will, was. Ich mache mein Handy aus. Ich muss mit Edgar reden.

Aber erst mal muss ich was anderes klären.

Ich steige aus, schließe die Autotür und strecke mich. Mir tut alles weh.

Ich taste nach der Plastiktüte und ziehe sie heraus. Das Plastik ist etwas milchig, das Teil ist nicht gut zu erkennen. Ich stelle mir vor, wie ich es an den Scheinwerfer setze wie ein Puzzleteil. Wie das Puzzleteil für alles. Für mein ganzes Leben. Wenn es passt, ist es vorbei. Wenn es passt, kann ich nicht mehr hoffen, dass die Dinge anders sind, als ich befürchte.

Meine Finger schwitzen an dem Plastik. Ich muss das Teil nur aus der Tüte ziehen und an den kaputten Scheinwerfer halten.

Ich will es wissen. Ich *muss* es wissen.

Ich stehe da und atme schwer, mein Herz pulsiert in meiner Brust. Ich stecke die Tüte wieder zurück in die Hosentasche. Später.

Als würde ich auf rauer See über ein Schiff laufen, gehe ich zum Haus.

GREEN MILE

Ich überlege kurz, zu klingeln, als hätte ich durch mein Verschwinden das Recht verwirkt, meinen Schlüssel zu benutzen. Aber dann schließe ich doch die Tür auf und gehe ins Haus. Lege den Lotusschlüssel auf die Kommode, als wäre es völlig normal, dass ich mir den Wagen des Docs ausgeliehen habe, und horche ins Haus. Es ist still. Langsam gehe ich durch den Flur ins Wohnzimmer.

Meine Mutter ist im Garten. Sie steht auf der Wiese vor Ozzys Grab und betrachtet seinen Grabstein. In der linken Hand hält sie eine Zigarette, aber sie zieht nicht daran.

Ich warte einen Moment, dann schiebe ich langsam die Terrassentür auf. Meine Mutter dreht sich um und sieht mich an. Sie hat ihre gelbe Jogginghose an und ihre Strickjacke, darunter ihr T-Shirt mit der Aufschrift *Wer schön sein will, muss lieben*. Ich hasse dieses T-Shirt. Die Liebe macht meine Mutter doch meistens hässlich. Diesmal hätte es anders sein können. Kann es vielleicht anders sein. Was weiß ich.

Ihre Füße stecken in ihren viel zu großen Fellpantoffeln, mit denen sie normalerweise nicht nach draußen geht.

Ich bleibe auf der Terrasse stehen. Ein paar Sekunden lang sehen wir uns in die Augen. Plötzlich merke ich wieder, wie müde ich bin. So müde, als hätte ich wochenlang nicht mehr geschlafen. Jahrelang. Meine Augen brennen, und meine Muskeln tun weh, als hätte ich in einem verdammten Bergwerk geschuftet oder so was. In meinen Ohren rauscht es vor Erschöpfung. Am liebsten würde ich einfach zurück ins Haus gehen, mich in mein Bett legen und frühestens nach Ostern wieder aufstehen.

Stattdessen mache ich mich bereit für den Shitstorm, den meine Mutter mir gleich bereiten wird. Dass das unnötig ist, weiß sie nicht. Dass mir vollkommen bewusst ist, was ich für ein Loser bin. Was für ein Verräter. Was für ein Freak. Ich bin mein eigener Shitstorm.

Ich sehe meine Mutter an und warte darauf, dass sich ihr Gesicht verändert, so wie immer. Ich berechne ihr Verhalten wie eine Gleichung, die ich schon hunderttausend Mal berechnet habe. Zähle innerlich die Sekunden, bis sich ihre Augenbrauen zusammenziehen. Bis an ihrem Hals die hektischen Flecken auftauchen. Bis ihre Augen kalt werden. Aber es passiert nicht. In ihrem Gesicht passiert etwas anderes. Es wird weich. Ich kann sehen, dass sie es nicht zugeben will, aber sie ist nicht sauer. Sie ist froh, mich zu sehen. Ich habe mich verrechnet.

Ich warte trotzdem darauf, dass sie gleich so was sagt wie »Was hast du dir dabei gedacht, einfach so abzuhauen?«, oder »So geht das nicht weiter, Daniel!«, oder »Willst du eigentlich, dass ich nicht mal vierzig werde?« Aber plötzlich füllen sich ihre Augen mit Tränen. Sie sieht wieder zu Ozzys Grab und dann zu mir. Zuckt die Achseln.

»Es tut mir leid, dass ich ihn nicht lieben konnte, Danny«, sagt sie. Ihr fällt offenbar ein, dass sie eine Zigarette in den Fingern hält. Sie betrachtet sie wie etwas Unbekanntes. Dann zieht sie einmal ausgiebig daran. Stößt den Rauch in die Luft. Sieht zu Boden.

»Hätte ich ihn geliebt, hätte ich auch deinen Vater weiter geliebt«, sagt sie leise. »Und das ging nicht. Es hätte mich kaputtgemacht.« Sie betrachtet wieder den Grabstein. »Ich hätte ihn zu sehr vermisst.«

In meinem Hals sitzt ein Kloß. Ich werde nicht heulen.

Meine Mutter mustert mich. Mustert mich von oben bis unten, ihr Gesicht ein einziger gespannter Muskel. Plötzlich breitet sich darauf ein Lächeln aus und huscht wieder davon.

»Du siehst aus wie er«, sagt sie, und zum ersten Mal klingt es nicht wie einen Vorwurf. »Manchmal ist es fast unheimlich. Wenn du traurig bist. Oder wenn du recht haben willst.«

Sie zieht noch einmal an ihrer Zigarette.

»Und wie du gehst, Danny … Dein Gang ist wie seiner. Dieser leicht gebeugte Rücken, diese Schritte wie Fragezeichen … Ihr geht beide so, als würdet ihr jede Sekunde damit rechnen, in eine Falle zu tappen.«

Sie sieht irgendwohin und dann wieder mich an.

»Manchmal kann ich es nicht ertragen, dass du aussiehst wie er. Ich muss an dir vorbeisehen, um es auszuhalten, verstehst du?«, fragt sie. Ich nicke, und irgendwo in mir finden sich zwei lose Enden.

»Dieser Hund«, sagt meine Mutter mit Blick auf Ozzys Grab. »Dieses stinkende, tapsige Viech …« Ich höre, dass sie es nicht böse meint. »Ich weiß, dass es dich davor bewahrt hat, die Wahrheit über deinen Vater zu sehen.«

Ich betrachte Ozzys Grabstein. Mein Herz zieht sich zusammen, und auf einmal vermisse ich ihn so sehr, dass mir schwindelig wird.

»Er hat uns verlassen, Danny. Es ist einfach so.«

Sie zuckt wieder die Achseln. Ich sehe mich um, ob mein Vater hier irgendwo ist. Auf dem Rasen steht oder auf einem Baum sitzt. Vielleicht will er was dazu sagen. Aber er ist nicht da. »Ich weiß, dass die Dinge seitdem nicht immer einfach sind.«

Wir stehen eine Weile so da. Ich bemerke erst jetzt, dass die Luft voller Vogelgezwitscher ist und die Sonne warm auf meinem Gesicht liegt. Meine Mutter sieht mich prüfend an.

»Manchmal wache ich nachts auf«, sagt sie dann, »und denke darüber nach. Als würde ich ein Rätsel lösen. Immer wieder frage ich mich, warum du diese Dinge machst. Diese … Ausraster. Es ist schwer für mich, weißt du? Ich würde es so gerne verstehen, Danny. Ich würde *so* gerne wissen, was du …«

»Dann *frag* mich doch.«

Der Satz kommt spontan aus mir raus, ich wundere mich selbst, dass ich ihn gesagt habe, aber ich sage ihn gleich noch mal.

»Frag mich doch einfach!«

Meine Mutter sieht mich erstaunt an. Sie weint nicht mehr. Ich muss an Frau Stenzer denken. »Frag die Wut, was sie von dir will.« Meine Arme kribbeln.

»Frag mich doch verdammt noch mal, warum ich *diese Dinge* mache.«

Auf einmal werde ich wütend. Nicht wie sonst, nicht auf diese rauschartige Weise. Es ist eine harte, scharfkantige, kühle, gute Wut.

»Frag mich doch, was mit mir los ist, statt immer nur zu sagen, dass es so wahnsinnig schwer für dich ist, dass ich so bin, wie ich bin! Statt mich anzusehen, als hätte ich dir etwas angetan!«

Das Gesicht meiner Mutter kann sich nicht entscheiden, ob es sich wieder verhärten oder offen bleiben soll.

»Frag mich doch mal ir-gend-was!«

Sie wischt ihre Tränen weg, ohne dabei ihren Blick von mir zu lösen.

»Frag mich doch zum Beispiel, wie das eigentlich alles für *mich* war, seit er weg ist«, sage ich. »Wie *ich* das finde, dass ein bescheuerter Idiot nach dem anderen zu uns nach Hause kommt und dir dein verdammtes Herz bricht! Wie es sich anfühlt, dich da sitzen zu sehen, mit deinen Depressionen und deiner beschissenen Verlassenheit. Und frag mich doch mal, wie ich es finde, wenn irgendein fremder Typ morgens in unserer Küche sitzt und mir das Leben erklärt. Weißt du eigentlich, wie egal es mir ist, ob Dortmund Meister wird oder Bayern? Es ist mir so was von scheißegal. Aber ich rede mit diesen Blödmännern darüber, obwohl ich weiß, dass sie dich am Ende behandeln werden wie Dreck. Und dass du zulassen wirst, dass sie es tun! Und dass du dabei vergisst, dass es mich überhaupt gibt. Dass ich immer noch da bin. Dass ich bleibe.«

Mein Herz rast, in meinen Schläfen pulsiert das Blut.

»Und jetzt ist der Doc da, und alles könnte gut sein!«, sage ich, aber ich weiß nicht weiter. Was soll ich ihr sagen? Ich kann ihr nichts von meinem Verdacht erzählen. Ich kann ihr nicht sagen, dass er vielleicht ein fahrerflüchtiger Mörder ist. Dass ihr Doktor zwar ein super Typ ist, aber einer mit einem Haken, und zwar einem ziemlich großen. Ich muss es erst sicher wissen.

Mein ganzer Körper ist voller Adrenalin, aber es ist das gute Adrenalin, nicht das giftige. Es ist ein sauberer Stoff. Er verteilt sich in meinem Blut wie ein Zaubertrank. Er macht, dass ich fliegen könnte, wenn ich wollte.

In meinem Kopf zündet ein Funke, hell und still. Für einen winzigen Moment sehe ich mich selbst, wie ich auf meine Mutter zugehe. Sie packe. Ihr wehtue. Aber ich mache etwas anderes. Ich schreie. Ich schreie so laut, wie ich es noch nie getan habe.

»*Frag* mich doch verdammte Scheiße endlich mal, warum ich diesen ganzen Mist mache!«

Der Satz klingt hallend in meinen Ohren nach. Ich muss an diesen Film denken, *The Green Mile*, in dem dieser riesige Typ das Böse aus jemandem rauszieht und es dann herausatmet. So ähnlich fühle ich mich. Als wäre ein Gift aus mir heraus, das viel zu lange in mir festsaß.

Meine Mutter betrachtet mich, die Augen weit geöffnet, ihre Unterlippe zittert.

Für einen Moment sehen wir uns an wie zwei, die sich Ewigkeiten nicht gesehen und gerade wiedergetroffen haben.

Ich fühle mich so klar wie seit tausend Jahren nicht mehr. Sekundenlang stehen wir einfach so da.

»Okay – warum machst du es?«, fragt meine Mutter irgendwann leise, dann lauter: »Dann verrat es mir doch, Danny! Warum machst du diese Sachen? Warum musst du Dinge kaputt machen? Warum schlägst du Menschen? Warum bist du so unglaublich wütend?«

Sie kommt einen Schritt auf mich zu.

»Was zur Hölle noch mal ist denn mit dir los, Danny? Was in dir tut so verdammt weh, dass du anderen weh tun musst?

Hab ich dir das angetan? Dein Vater? Ich verstehe es einfach nicht. Erklär es mir!«

Schwer atmend stehe ich ihr gegenüber. Lasse die Fragen auf mich wirken.

Und auf einmal muss ich grinsen.

Meine Mutter sieht irritiert aus.

»Ich habe keine Ahnung«, sage ich. Das Grinsen breitet sich in meinem Gesicht aus, erfasst meine Mundwinkel, meine Wangen, mein Kinn, meine Augen. Ich kann nichts dagegen tun.

»Ich weiß es nicht.«

Fast muss ich lachen. Ich wollte, dass sie mich fragt. Ich wollte so gerne, dass sie mich fragt. Dass sie nicht immer alles schon weiß. Das heißt aber noch lange nicht, dass ich eine Antwort habe.

»Ich weiß es wirklich nicht«, sage ich noch mal ernster. »Es sind so viele Dinge. Ich habe eine Ahnung. Aber es ist so ein verdammtes Chaos. Ich verstehe es nicht. Jedenfalls nicht wirklich. Ich fühle es nur.«

Meine Mutter starrt mich an.

»Ich weiß nicht, warum es so … krass ist«, sage ich noch.

Ihr Gesicht steht unter Spannung. Irgendwann nickt sie langsam.

»Ja«, sagt sie nur. »Okay. Okay, Danny.« Und ich denke, dass es jetzt nicht wichtig ist, dass ich diese Fragen beantworten kann. Es ist nur wichtig, dass sie sie gestellt hat.

VERSCHWINDEN

Drei Tage lang tue ich so, als ob es mich nicht gibt. Denke nicht daran, was war. Was sein wird. Denke nicht an Felix, nicht an den toten Bruder. Versuche nicht an Alina zu denken. Nicht an Edgar. Vergesse beinahe, dass da draußen auf der Straße ein Lotus mit einem kaputten Scheinwerfer steht. Ich schlafe. Lasse die Vorhänge zu und mein Handy aus. Sage meiner Mutter, dass ich krank bin. Ab und zu sieht sie zu mir herein und betrachtet mich. Ich mache die Augen zu, aber ich kann fühlen, dass sie sich Sorgen macht. Ich weiß nicht, was jetzt mit mir passieren wird. Ob das Jugendamt kommt oder die Polizei. Ab und zu klingelt unser Festnetztelefon. Ich höre meine Mutter reden. Ich verstehe nur einzelne Worte. Es geht um mich. Wahrscheinlich Felix' Eltern. Meine Mutter macht mir keine Vorwürfe. Sie lässt mich in Ruhe. Stellt mir ab und zu was zu essen ans Bett. Und auch wenn ich jedes Mal so tue, als würde ich schlafen, bin ich irgendwie froh, wenn sie reinkommt und ich kurz ihren Blick auf mir fühle.

Vom Doc kriege ich fast nichts mit. Manchmal höre ich das Vibrieren seiner Stimme oder seine Schritte auf der Treppe. Dass ich sein Auto genommen habe – wir haben bis jetzt nicht darüber geredet. Nur einmal begegnen wir uns direkt, als ich aus dem Bad komme. Ich drücke mich schweigend an ihm vorbei. Ich warte darauf, dass er mich zur Sau macht. Oder irgendwas dazu sagt. Aber nichts.

Ich träume wirr und bin beim Aufwachen nassgeschwitzt.

Ich versuche zu verschwinden. Versuche mich aufzulösen. Es klappt nicht.

WARTEN

Ich habe es nicht geplant, aber irgendwie stehe ich plötzlich in Pollys Kioskladen. Edgar holt sich nach der Schule immer eine Mate bei ihr. Jeden Tag. Die trinkt er auf dem Nachhauseweg aus – sein Ritual. Ich sehe auf die Uhr. Die letzte Stunde endet um zwanzig nach zwei.

Ich kaufe mir einen Kaffee und stelle mich an den Stehtisch am Fenster. Ich hoffe, dass mich keiner aus meiner Klasse sieht, weil ich absolut keine Lust habe, dass mir jemand blöde Fragen über Felix stellt und darüber, dass ich gerade nicht in der Schule bin. Dass ich suspendiert bin und warum, hat sich ganz sicher bis zum letzten ahnungslosen Fünftklässler rumgesprochen.

Es ist ein Scheißgefühl, rüber zum Schulhof zu gucken, dahin, wo es passiert ist. Ich denke daran, dass Alina findet, dass die Dinge nicht *passieren*.

Seit Tagen ist mein Handy aus. Ein paar Mal war ich kurz davor, es anzumachen. Edgar zu texten. Alina anzurufen. Aber was soll ich ihr sagen?

Um kurz vor halb drei sehe ich, wie Venner, Enzo, Jaro, Esma und Jenny vom Schulhof kommen und sich in alle Richtungen zerstreuen. Als sie weg sind, kommt Archer in aller Seelenruhe mit seinen Riesenschritten über den Hof. An der

Straße bleibt er stehen. Er sieht in meine Richtung. Einen Moment lang bilde ich mir ein, dass er mich ansieht. Ich halte die Luft an. Eigentlich dürfte er mich durch die schmutzige Scheibe nicht erkennen können. Schließlich geht er weiter. Ich atme auf.

Edgar kommt nicht. Um zwanzig vor drei stelle ich die leere Tasse auf den Tresen und gehe zum Ausgang. In meinen Rücken hinein sagt Polly: »Er war heute Morgen nicht da.«

Ich drehe mich zu ihr um und sehe sie dämlich an. Seit wann spricht Polly mit mir?

»Dein dünner Freund«, sagt sie.

»Okay«, sage ich.

»Gestern war er auch nicht da.«

Sie nimmt eine Mate aus der Kühlung und stellt sie mir hin. »Geht aufs Haus.«

Ich gehe zurück zum Tresen und nehme die Flasche.

»Und nun hau ab, wenn du nichts mehr kaufen willst«, sagt Polly.

Ich stecke die Mate in meinen Rucksack und steige aufs Rad. Mir ist schlecht. Pollys Kaffee frisst mir ein Loch in die Magenwand.

EDGARS ABGRUND

Ich lasse meinen Finger ewig auf der Klingel liegen, bevor ich sie drücke. Sie fühlt sich plötzlich fremd an. Nach einer weiteren Ewigkeit macht Edgars Mutter mir auf.

»Daniel«, sagt sie mit ihrer weichen Freundlichkeit, die mir plötzlich irgendwie unecht vorkommt, und deutet mit der Hand Richtung Treppe. »Er ist oben.« Ich gehe an ihr vorbei. »Wahrscheinlich malt er wieder irgendetwas«, sagt sie noch und lächelt ein Lächeln, als säße da oben im Zimmer ein Fünfjähriger, der seine Wachsmalstifte ausprobiert, und kein – Künstler.

Langsam gehe ich die Treppe hoch, als würde ich auf einen verdammten Berg steigen.

»Hey, Edgar«, sage ich durch die verschlossene Tür. Nichts. »Edgar? Ich bin's. Daniel.« Ach was.

Ich hole tief Luft und drücke die Klinke runter.

Das Zimmer stinkt nach Muff und Schweiß und Acrylfarbe. Edgar sitzt mit dem Rücken zur Tür verkehrtherum auf seinem Drehstuhl und betrachtet seine Staffelei, auf der ein Bild steht, das mit einem Tuch verhängt ist. Er sieht sich nicht um, als ich reinkomme.

Ich schließe die Tür.

»Hey«, sage ich.

Langsam dreht Edgar den Kopf zu mir. Er sieht beschissen aus, rote Augen, graue Haut, Farbe in den Haaren und im Gesicht, die Haare überhaupt, da könnte mal wieder Shampoo dran. Sein Blick ist abwesend. Zombiemodus.

»Ach nee«, sagt er mit ausdruckslosem Gesicht, mustert mich kurz und sieht wieder zu seiner Staffelei. Mehr hat er mir offenbar nicht zu sagen. Ich bleibe ratlos an der Tür stehen. In meinem Kopf schwirren zu viele Sachen rum. Evil. Alina. Bennos Hütte. Der Hügel und das Kaminfeuer. Das Stück Plastik in meiner Tasche. Edgar weiß so vieles nicht. Ich weiß nicht, was er macht, wenn er alles weiß. Eigentlich weiß ich nicht mal, ob er dann noch mein Freund ist.

»Ich hab versucht, dich zu erreichen«, sagt er, ohne den Blick von dem Bild abzuwenden.

»Ja«, sage ich, »ich weiß.«

In meinem Magen ist Pollys Kaffee inzwischen zu einer ätzenden Soße mutiert, die mir brennend die Speiseröhre hochkriecht.

»Ich war …«, sage ich lahm, »ich wollte …«

Ich weiß nicht, wie ich anfangen soll. Schließe die Augen, um mich zu sammeln. Ich muss es ihm erzählen. Alles.

»Ich kriege es nicht fertig«, sagt Edgar.

Ich mache die Augen wieder auf.

»Was kriegst du nicht fertig?«

Edgar sieht wieder auf seine Staffelei mit dem verhängten Bild.

»Es wird einfach nicht fertig.«

»Das Bild?« Edgar antwortet nicht. »Darf ich es mal sehen?«

Ich habe natürlich so eine Ahnung, was da unter dem Tuch ist. Es ist ziemlich sicher irgendwas Heftiges. Wenn Edgar so eingenommen ist von einem Bild, ist es meistens irgendwas ziemlich Krasses. Was Extremes.

»Du?«, fragt er, als wäre das eine zwar irgendwie interessante, aber auch seltsame Idee. Es versetzt mir einen ziemlich miesen Stich ins Herz.

»Warum nicht ich?«

Edgar sieht mich an, aber nicht wirklich. Unter seinen Augen liegen dunkle Schatten. Dann sieht er wieder zur Staffelei.

»Es ist nicht fertig«, sagt er nur. Seine Stimme ist kühl.

»Na und?« Es ist ja nicht so, dass Edgar sonst seine unfertigen Bilder vor mir versteckt.

Ich trete an die Staffelei. Meinen Blick auf Edgar gerichtet, greife ich vorsichtig nach dem Tuch. Seine Augen werden größer, aber er protestiert nicht. Ganz langsam ziehe ich das Tuch von dem Bild. Edgar sieht zu Boden. Ich sehe auf das Bild und zucke innerlich zurück, als hätte ich mich verbrannt. Ich habe Blut und Chaos erwartet. Das hier ist was anderes, aber nicht weniger krass.

Das auf dem Bild ist Princess Evil. Es ist Alina.

Es ist eine Art Porträt, allerdings ist da nur ihr Kopf, er schwebt im Raum, einen dazugehörigen Hals oder Rumpf scheint es nicht zu geben.

Edgar malt keine schönen Dinge. Alles, was er malt, ist irgendwie schräg, zerstört, aus den Fugen.

Das hier auch – aber auf eine spezielle Art. Ihr Gesicht – Edgar hat ihr irgendwie etwas überirdisch Schönes gegeben, ich weiß nicht, wie er das gemacht hat. Ich betrachte ihren Mund, ihre Nase, ihre Augen … Wie paralysiert starre ich dieses Gesicht an. Die Farbe – sie leuchtet irgendwie. Ich kann gar nicht wegsehen. Eine Gänsehaut breitet sich erst in meinem Nacken und dann auf meinem ganzen Körper aus. Mein Herz tut mir plötzlich weh. Meine Fresse. Fehlt noch, dass irgendeine heilige Musik einsetzt.

»Ihr Blick«, sagt Edgar, »ihren Blick kriege ich irgendwie nicht richtig hin. Ich habe alles versucht. Aber ich schaffe es nicht.«

Ich gehe noch etwas näher an die Staffelei heran. Je länger ich das Bild betrachte, desto mehr kriecht etwas Seltsames daraus hervor. Etwas Dunkles, irgendwas ... Beunruhigendes. Ich kann nicht sagen, was es ist.

Ich muss daran denken, was die Navarro immer über Edgar sagt, über sein Talent und so. Ich muss das Bild ansehen und ich möchte wegsehen. Das ist Alina. Und dann wieder nicht. Es ist Alina, die mich geküsst hat. Und es ist Evil. Wie sie leibt und lebt. Da ist ihre Makellosigkeit, ihre Weichheit – und da ist ihre Kälte, ihre unfassbare Kälte. Ich halte es kaum aus, hinzusehen. Ich weiß nicht, wie Edgar das gemacht hat. Da ist kein Blut, kein Tropfen. Aber das auf dem Bild ist eine Gestalt, die einem Erlösung bringt und zugleich Albträume beschert. Mein ganzer Körper ist jetzt mit einer kribbelnden Gänsehaut überzogen, und es ist keine der guten Sorte.

Das Bild ist wunderschön und absolut grauenhaft. Edgar ist ein verdammtes Genie.

»Wow«, sage ich. Was anderes fällt mir nicht ein.

Ich greife das Tuch und will es wieder über das Bild legen. Ich will es nicht weiter angucken.

»Wie lange willst du eigentlich noch so tun, als wären die Dinge nicht da?«, fragt Edgar. Ich lasse das Tuch wieder sinken. Die Luft im Zimmer wird immer stickiger.

»Darf ich mal das Fenster aufmachen?«, frage ich. »Es ist … warm hier.«

Edgar antwortet nicht. »Ich habe gedacht, wir machen das wirklich«, sagt er und deutet auf das Bild. Ich zwinge mich, es noch einmal zu betrachten.

»Ich dachte, wir labern nicht einfach nur«, sagt Edgar. »Ich dachte, wir ziehen das durch. Wir zeigen ihr, dass das so alles nicht geht. Dass sie nicht machen kann, was sie will. Ich dachte, wir *machen* wirklich was.«

»Ach ja, und was soll das denn bitte sein, Edgar?«, frage ich. Ich bin auf einmal gereizt. Dieses Zimmer ist mir zu eng. Dieses Bild, das alles hier – das wird mir jetzt einfach zu blöde.

»Was *machen* wir denn, Edgar? Sie bestrafen? Sie beschimpfen, bespucken? Sie foltern? Sie *umbringen*?«

»Warum eigentlich nicht?«, sagt Edgar und starrt mich an.

»Edgar, das ist ein bisschen krass, oder?«

»Ach ja, Daniel, das ist ein bisschen krass? Warum ist das krass? Warum findest du *das* jetzt auf einmal krass?«

Mir ist zu heiß. Ich sehe auf das geschlossene Fenster. Sehe mich im Zimmer um, als gäbe es irgendwo einen Ausweg. Edgars Regale und Wände sind immer voll mit Fotos, Zeichnungen, Gemälden und irgendwelchen Postkarten, manchmal Dingen, die er irgendwo gefunden hat, Äste, Müllfundstücke. Es sind jedes Mal andere Sachen, wenn ich da bin. Mit den Augen scanne ich die Wände ab. Ganz links hängen Schwarz-Weiß-Fotos, die er im Park gemacht hat, als wir das Schloss beobachtet haben. Sie sehen paparazzimäßig aus, man sieht, dass wir uns zwischen den Bäumen versteckt haben. Plötzlich schäme ich mich dafür. Daneben hängen Zeichnungen aus dem Unterricht und vom Schulhof. Alina, wie sie etwas in ein Heft schreibt. Alina, wie sie auf dem Schulhof eine Zigarette raucht.

Und dann ist da noch eine andere Fotoserie. Eine, die ich nicht kenne. Die Bilder zeigen Alina außerhalb der Schule. Auf einem Bild kommt sie mit dem Rad durchs Schlosstor gefahren, auf einem anderen läuft sie eine Straße entlang. Ein weiteres Bild zeigt sie mit ihrer Mutter. Die beiden steigen in einen SUV. Und auf einem steht sie an einer Kasse und bezahlt was. Ich kann mich an diese Situationen nicht erinnern. Edgar hat sie offensichtlich alleine beobachtet. Zeichnungen sind da auch. Nahaufnahmen sozusagen. Alinas Gesicht. Ihre Augen. Ihre Hände.

»Was sind denn das für Bilder?«, frage ich ihn.

Widerwillig dreht Edgar den Kopf und betrachtet sie, als würde er sie auch zum ersten Mal sehen.

Sekundenlang sehen wir uns an. Und da weiß ich es.

Edgar weiß Bescheid.

Ich hatte mir in meinem Kopf genau zurechtgelegt, wie ich ihm das alles erzähle, das mit Alina. Aber er weiß es längst. Mein Magen dreht sich einmal um sich selbst.

»Weißt du, was zum Beispiel krass ist?« Sein Blick ist voller kalter Wut. So hat er mich noch nie angesehen.

»Krass ist, wenn man denkt, man ist zu zweit unterwegs. Wenn man denkt, man ist ein verdammtes Team – und wenn man dann auf einmal feststellt, dass man nur ein einzelner blöder Idiot ist.«

Ich mache den Mund auf, um etwas zu sagen, aber erstens weiß ich nicht, was das sein sollte, und zweitens redet Edgar weiter.

»Ich versteh das nicht, weißt du?«, sagt er. »Ich kriege das nicht in meinen Kopf!«

Ich habe das Gefühl, mich ducken zu müssen unter seiner Wut.

»Das ist *Princess Fucking Evil*, Mann«, sagt er. »*Wir* haben die so genannt, du und ich, erinnerst du dich? Weil sie diese fiesen, abgefuckten Sachen mit anderen macht! Weil sie andere behandelt wie Scheiße! Und weil niemand ihr was dafür kann!« Er steht auf. Geht durch den Raum. Steht vor mir. »*Wir* haben sie so genannt, weil sie eine sadistische, überhebliche, eitle, blöde, …«

»Das ist sie nicht!«, sage ich, und ich sage es so laut und so scharf, dass Edgar schlagartig still ist.

»Ist sie nicht«, sage ich noch mal, diesmal leiser. »Jedenfalls eigentlich nicht.« Mein Herz zuckt in meiner Brust rum wie ein halbtoter Fisch. »Und überhaupt, Edgar. *Princess Evil*? Sind wir zehn oder was? Das klingt, als würden wir in einem beschissenen Comic leben.«

»Nur weil sie mit dir rummacht, ist sie kein besserer Mensch«, sagt Edgar. »Nur weil sie irgendwas von dir will. Weil sie dich für irgendwas braucht. Weil du ihr gerade in den Kram passt.« Edgar wird immer lauter, während er spricht. »Die benutzt dich doch nur, Daniel. Keine Ahnung, was genau sie mit dir vorhat, aber du glaubst doch nicht ernsthaft, dass sie dich wirklich mag, oder?« Er lacht.

»Und warum sollte sie das nicht tun, Edgar?«, frage ich ihn. Mir ist immer noch übel von Pollys Kaffee. »Warum sollte sie mich nicht mögen?«

»Weil sie solche Typen wie uns nicht mag!«, ruft Edgar, er schreit es fast. »Weil sie auf uns heruntersieht wie auf irgendwelche niederen Lebensformen. Wir sind für die doch nicht mehr als der Dreck an ihren scheißteuren Schuhen!«

»Ach ja? Was sind denn das für Typen, Typen wie wir?«

Ich weiß natürlich genau, was er meint. Sowohl Edgar als auch ich sind einfach nicht die Typen, die von Mädchen wie Alina gemocht werden. Wir sind keine richtigen Außenseiter, nicht mal das. Sogar dafür sind wir nicht interessant genug. Wir sind niemand. Ist einfach so. Plötzlich denke ich, dass Edgar vielleicht recht hat. Dass Alina mich vielleicht nur benutzt. Aber dann denke ich daran, wie sie letzte Nacht neben mir lag. Daran, wie sie mich angesehen hat. Wie sie mich geküsst hat.

»Vielleicht bist ja auch nur du einer dieser Typen, Edgar!«, sage ich. »Vielleicht bin ich aber nicht wie du!« Sobald ich es gesagt habe, wünschte ich, ich könnte diese Worte wieder zurückholen, aber sie haben Edgar längst erwischt, das sehe ich in seinem Blick. Und auf einmal verstehe ich was. Etwas, das ich die ganze Zeit nicht gesehen habe. Edgar hasst Alina anders, als ich es tue. Getan habe. Ich habe sie dafür gehasst, dass sie andere demütigt. Dafür, dass sie damit durchkommt. Aber vielleicht vor allem, weil es cool war, es mit Edgar zusammen zu tun. Weil wir einen Plan hatten. Wir waren Robin Hood. Rächer der Loser und Leisen. Sie zu hassen, war unser Ding. Unsere Mission. Aber Edgar hasst sie aus anderen Gründen.

Ich muss an die Party denken. Daran, dass Edgar danach noch viel mehr im Aggro-Modus war als vorher.

»Was ist eigentlich auf der Party noch passiert?«, frage ich ihn, und sein Kopf fährt zu mir herum. Wir starren uns an. Dann sieht er weg.

»Ach, diese beschissene Party, Daniel«, sagt er leise.

»Was war auf der Party?«, frage ich genauso leise und bin gar nicht sicher, ob ich es wissen will.

Edgar sieht wieder auf das Bild. Das Zimmer ist ein luftdichter Ort ohne Geräusche. Ich habe das Gefühl, dass mir hier wirklich langsam der Sauerstoff ausgeht.

Edgar öffnet den Mund, um etwas zu sagen, leckt sich über die Lippen. Fährt sich mit der Hand durch die Haare. Rückt seine Brille zurecht.

»Ich habe sie geküsst«, sagt er dann. Der Boden unter mir schwankt, als hätte jemand das Haus angehoben.

»Du hast *was*?«, frage ich, während jemand das Haus wieder zurück in seine Ausgangsposition stellt.

»Ich ... also eigentlich habe ich sie nicht geküsst. Aber fast. Ich wollte ... Ach Scheiße, Daniel. Du verstehst das nicht.«

»Nee, Edgar, da hast du völlig recht. Das versteh ich nicht.«

»Ich wollte sie gar nicht küssen.«

»Aha, und was wolltest du dann?«

Ich fühle nichts. Absolut gar nichts.

»Ich wollte ihr sagen, was ich von ihr halte.«

»Was du von ihr hältst.«

»Ja. Ich ... du warst schon weg, und ich wollte irgendwann aufs Klo, also bin ich nach unten in den Keller, aber da drin haben Venner und eine aus der Zehnten gerade 'ne Nase genommen oder so, jedenfalls stand Evil da schon und hat gewartet. Stand da und war natürlich sauer, dass nicht alle sofort Platz machen, wenn sie pinkeln muss. Und ich weiß nicht, warum, aber als wir da so rumstanden und kein anderer in der Nähe war, da dachte ich plötzlich, dass ich ihr sagen muss, was ich von ihr halte. Ich hatte gerade noch 'nen

Joint geraucht und hatte so 'nen Moment, wo ich die Dinge irgendwie so von oben sehe, das große Ganze betrachte, weißt du, ich wollte sie gar nicht so richtig fertigmachen. Ich war ganz peacig drauf. Also einigermaßen. Ich war ziemlich breit und … keine Ahnung, was das war. Ich habe ihr jedenfalls erklärt, dass das nicht geht, wie sie so ist. Dass sie so nicht sein kann. Dass …«

»Das hat ihr sicher gefallen.« Ich kann nicht fassen, dass Edgar mir das nicht erzählt hat. Dass er ihr einfach gesagt hat, was wir über sie denken. Er ist genau so ein Verräter wie ich.

»Ja, bescheuerte Idee … ich dachte, dass sie sauer wird. Dass wir uns zoffen, dass sie mich anschreit, mir ihren Drink ins Gesicht kippt – was weiß ich.«

»Hat sie nicht?«

»Hat sie nicht.«

»Was hat sie denn gemacht?«

Edgar fährt sich wieder durch die Haare. Seufzt.

»*Nichts* hat sie gemacht«, sagt er dann und sieht mich sekundenlang an. »Gar nichts. Nada. Sie hat mich behandelt, als wäre ich gar nicht da.« Er nimmt seine Brille ab und setzt sie wieder auf. »Ich habe geredet und geredet, und sie stand da, als würde ich gar nicht existieren. Und dann habe ich immer lauter geredet, weil sie einfach so gar nicht reagiert hat. Und irgendwann habe ich dann doch angefangen, sie zu beschimpfen. Bin irgendwie immer krasser geworden in dem, was ich ihr gesagt habe. Und als immer noch nichts kam, habe ich irgendwann ihren Arm gegriffen, und sie ist zurückgezuckt … ich weiß nicht, Danny. Dann habe ich sie geküsst. Oder es versucht.« Er sieht auf das Bild, als könnte er darin irgendwelche Erinnerungen zu dem Abend finden. Oder eine

Erklärung. »Weil ich nicht wusste, was ich sonst noch machen soll«, sagt er. »Damit sie …« Er zuckt die Achseln.

»Damit sie dich endlich ansieht«, sage ich.

Edgar guckt mich an. Nickt langsam.

Ich betrachte das Porträt noch einmal. Und plötzlich hab ich es. Man kann nicht sagen, wo sie hinsieht. Auf diesem Bild sehe ich in ihre Augen, aber ich kriege ihren Blick nicht zu fassen. Sie sieht zwar geradeaus, sozusagen in die Kamera, aber sie sieht an mir vorbei. Ich gehe noch ein Stück näher. Ich suche ihren Blick. Immer wenn ich denke, ich habe ihn, rutscht er mir wieder weg. Sie guckt einfach durch mich durch. Ich sehe Edgar an. Auch er betrachtet das Bild. Er sieht erschöpft aus. Völlig k. o. Und jetzt verstehe ich's. Das Problem ist nicht, dass er ihren Blick nicht wiedergeben kann. Das Problem ist, dass er ihn nicht einfangen kann. Denn sie guckt ihn verdammt noch mal nicht an. Und ich denke daran, wie sie sich in der Klasse umsieht und uns ignoriert – und ich denke, dass sie ihn wahrscheinlich noch niemals richtig angesehen hat. Ich sehe in seine roten Augen, in sein farbverschmiertes Gesicht. Plötzlich sieht er aus wie ein kleiner Junge, der zu lange auf den Beinen war. Am liebsten würde ich ihm das Gesicht waschen und ihn ins Bett stecken.

»Na ja, ich schätze mal, dann *hat* sie dich beachtet«, sage ich leise.

»Kann man so sagen«, sagt er. »Ich hab die Engel singen hören, sag ich mal.«

»Autsch.«

»War verdient.«

Eine Weile sehen wir beide auf das Bild.

»Ich weiß nicht, Danny … ich weiß nicht, was mit mir los

ist. Danach ... ich habe sie so gehasst danach. Ich habe gedacht, ich muss sie ... ich weiß es nicht.«

Ich will gar nicht wissen, wie der Satz weitergeht. Aber ich habe das Gefühl, dass Edgar langsam wieder Edgar ist. Ich stehe auf und hänge nun doch das Tuch über das Bild. Nehme die Staffelei und stelle sie in die Zimmerecke.

»Ich glaube, das Bild ist längst fertig, Edgar«, sage ich. Er sieht immer noch dahin, wo gerade noch die Staffelei stand.

»Woher weißt du es?«, frage ich nach einer gefühlten Ewigkeit.

Edgar sieht aus dem Fenster. »Du bist mein Freund, Mann. Ich merke so was.« Mein *Freund*. Mein Herz macht einen winzigen albernen Hüpfer.

»Ach ja, und woran?«

Er lässt sich Zeit mit seiner Antwort.

»Ich kenne dich eben«, sagt er nach einer Weile. »Ich merke, wenn du dich komisch benimmst. Du denkst vielleicht, man merkt dir nichts an, aber du bist kein besonders guter Schauspieler. Sogar ein ziemlich armseliger Schauspieler bist du. Kandidat für die goldene Himbeere, sag ich mal.« Er fährt sich mit den Händen durchs Gesicht. »Und außerdem habe ich euch zusammen gesehen.«

Typisch Edgar. Dramatisch tun und dann mit der banalen Erklärung rausrücken. Fast muss ich lachen.

»Wo?«, frage ich stattdessen.

»Im Lotus«, sagt Edgar. »Ihr saht aus wie zwei Kinder, die Ehepaar spielen.« Seine Stimme ist wieder kalt und leise. »Ihr saht glücklich aus.«

In meinem Hals sitzt ein Kloß. Ich denke an Bennos Hütte. Ich muss es ihm sagen.

»Ja, der Lotus«, sage ich, »wir … wir sind …«

»Ich will nicht wissen, wo ihr hingefahren seid, okay?«

Wir gucken uns an. »Ich will's nicht wissen.«

»Okay«, sage ich. »Alles klar.«

Plötzlich fällt mir die Mate ein, die Polly mir für Edgar mitgegeben hat. Ich hole sie aus meinem Rucksack und halte sie Edgar hin.

»Von Polly«, sage ich. »Sie hat mit mir gesprochen.« Ich versuche ein Grinsen, aber es fühlt sich an wie eine Grimasse.

Edgar sieht auf die Flasche. »Mir ist heute nicht nach dem Zeug«, sagt er. Ich stelle die Flasche auf seinen Schreibtisch. Wir schweigen wieder.

»Es tut mir leid«, sage ich irgendwann. Mehr als diese vier armseligen Worte habe ich gerade nicht parat. Edgar antwortet nicht.

Plötzlich denke ich, dass ich ihm den Rest auch noch erzählen muss. Dass der Doc vielleicht derjenige ist, der den Bruder umgefahren hat. Dass er der ist, der diese unfassbare Sache gemacht hat. Dass meine Mutter vielleicht mit einem verdammten Mörder zusammen ist. Die Idee, es Edgar endlich sagen zu können, es endlich laut auszusprechen, bringt meinen Herzschlag auf hundertachtzig, aber es fühlt sich auch unglaublich gut an. Ich werde immer aufgeregter. Ich fühle mich wie ein Mönch, der gleich ein heiliges Bad nehmen wird, das ihn von allem Bösen reinigen wird.

Ich hole tief Luft. Setze mich ganz gerade hin. Ich will es endlich erzählen. Ich will, dass Edgar es endlich weiß. Ich will seine Meinung dazu hören. Will wissen, was ich tun soll.

»Es gibt noch was«, sage ich beinahe feierlich. »Etwas, das ich dir unbedingt erzählen muss.«

Edgar reagiert erst nicht. Nach einer Weile steht er auf, geht zum Schreibtisch und sieht auf die Mate-Flasche. Zieht ein Feuerzeug aus seiner Hosentasche und öffnet sie. Nimmt einen langen Schluck. Setzt sich auf sein Sofa.

Ohne mich anzusehen, sagt er: »Ich weiß. Du denkst, der Doc hat den Bruder kaltgemacht.«

REPARATUREN

»Die Gebrauchten stehen hier hinten.«

Die Fahrradladenfrau trägt einen Blaumann mit abgeschnittenen Ärmeln und hat jede Menge Schmiere im Gesicht und an den Armen. Ich folge ihr in den hinteren Teil des Ladens. Ich kenne den Laden von früher. Meine Mutter hat mir hier mein erstes Rad gekauft – stahlblau mit silbernen Blitzen auf der Stange.

»Ich hab aber nicht viel Geld«, sage ich. In meiner Hosentasche stecken sechzig Euro. Ich hatte sie für einen Trip mit Edgar gespart. Wir wollten in den Ferien nach Amsterdam.

»Wer hat das schon?«, sagt die Fahrradfrau ungerührt. »Was soll's denn für ein Rad sein?«

»Wäre schön, wenn's zumindest ein bisschen gut aussieht.«

»Das denke ich bei meinen Typen auch immer«, sagt sie und kaut lässig auf ihrem Kaugummi. »Klappt aber selten.«

»Und grün muss es sein«, sage ich.

Zusammen stehen wir vor der Reihe gebrauchter Räder oder besser gesagt, vor der Reihe von Schrotthaufen. Die Räder sehen alle nicht so aus, als wären sie überhaupt fahrtüchtig.

»Hast du auch eins, das fährt?«, frage ich.

Sie stemmt die Hände in die Hüften und scannt die Räder ab.

»Die fahren alle«, sagt sie. »Wenn man ein bisschen was dran macht.«

»Okay.«

»Ist es für dich?«

»Nee. Für … eine Freundin.«

Sie mustert mich von oben bis unten, als würde sie Maß nehmen, dann zieht sie eines der Räder aus der Reihe heraus und stellt es vor mich hin. Es sieht nicht gerade aus, als würde man damit die Tour de France gewinnen, aber es ist zumindest giftgrün.

»Was kostet das?«

»Wie viel hast du?«

»Vierzig Euro«, lüge ich.

»Für fünfzig ist es deins.«

»Aber es sieht nicht wirklich gut aus.«

Sie nimmt eine Kiste von einem Regal und stellt sie vor mich auf den Boden.

»Gib ihm zwei Stunden.«

In der Kiste sind Werkzeuge, Schläuche, Bremszüge, Putzzeug und aller möglicher anderer Kram. Die Fahrradfrau geht zurück an ihren Verkaufstresen und schlägt eine Computerzeitschrift auf. Ich betrachte das Rad noch einmal genauer. Der Vorderreifen ist platt, die rechte Handbremse hängt herunter und die Kette hat verdächtig viel Spiel. Die Schutzbleche sind lose. Ich denke kurz darüber nach, einfach wieder zu gehen, aber dann mache ich mich etwas schwerfällig an die Arbeit. Ich stelle das Rad auf den Kopf und baue den Vorderreifen aus, wobei ich an den verdammten Schrauben mit dem blöden Knochen immer wieder abrutsche. Ich bin schon kurz davor, die Ladenfrau um Hilfe zu bitten, aber irgendwie packt mich ein seltsamer Ehrgeiz. Schließlich ist das Rad ab und ich ziehe einen neuen Schlauch auf und baue den Reifen wieder ein. Dann lockere ich die Schrauben an der Hinterachse und versuche die Kette zu spannen, damit sie nicht mehr durchhängt. Es funktioniert nicht so richtig, und ich fühle, wie ich unruhig und gereizt werde. Die Fahrradfrau sieht hinter ihrer Zeitschrift hervor und betrachtet mich.

»Du machst so was nicht oft, was?« Ach nee.

»Sieht so aus«, sage ich.

»Hat dir mal jemand gezeigt, wie so was geht?«

Ich nicke. Mein Vater.

»Dann schließ die Augen und erinnere dich. Das ist alles da drin«, sagt sie und tippt sich auf den Brustkorb.

Und irgendwie hat sie recht. Ich brauche eine Weile, aber nach und nach fallen mir die Sachen wieder ein, die mein Vater mir beigebracht hat, und nach einer Weile klappt es besser. Irgendwann habe ich die Kette gespannt, einen neuen Bremszug eingebaut, das Licht geprüft und die Schrauben der Schutzbleche nachgezogen. Am Schluss säubere ich das Rad von oben bis unten. Die Felgen putze ich, bis sie glänzen wie neu. Als das Rad fertig ist, gehe ich drei Schritte zurück und sehe es mir an. Ich muss grinsen. Es gibt also doch noch Dinge, die ich selbst wieder in Ordnung bringen kann.

»Ich brauche noch eine Klingel«, sage ich zur Fahrradfrau. »Und ein Schloss.«

Sie greift hinter sich und legt mir ein einfaches Schloss und eine Biene-Maja-Klingel hin.

»Eine pinke«, sage ich.

Sie legt die Klingel zurück und legt mir eine rote hin.

»Mehr Pink ist nicht«, sagt sie. »Geht aufs Haus.«

Ich montiere die Klingel an das Rad und lege fünfzig Euro auf den Tresen. Dann schiebe ich das Rad aus dem Laden und sehe auf die Uhr. Es ist nach vier, kein Unterricht mehr. Ich setze mich auf das Rad und fahre zur Schule. Es fährt sich besser, als ich gedacht hätte. Auf dem Parkplatz schließe ich es genau da an, wo Jennys Rad stand, bevor ich es kaputt gemacht habe. Dann laufe ich zu ihr nach Hause. Jenny wohnt mit ihrer Mutter ein paar Straßen vom Schulgelände entfernt. Ich wickle den Fahrradschlüssel in ein Stück Papier, schreibe *Schulparkplatz* drauf und klingle bei irgendeinem Namen. Als die Tür aufgeht, gehe ich schnell in den Hausflur, stecke das Ganze in den Briefkasten, auf dem *Bluhm* steht und schlüpfe wieder raus.

Mein Herz klopft wie verrückt.

Als ich nach Hause laufe, sehe ich Felix von Weitem vom Sportplatz kommen. Er geht langsam, als würde er aufpassen müssen, wo er hintritt. Ich sehe ihm nach. Denke, dass sich leider nicht alles so leicht reparieren lässt wie ein Fahrrad.

DUELL

Irgendwann mache ich mein Handy dann doch wieder an. Seit ich von dem Ausflug mit Alina zurückgekommen bin, ist es aus. Es bleibt für Sekunden still, dann piept es einmal. Ich habe nur eine einzige Nachricht. Meine Finger schwitzen, als ich sie öffne.

Die Polizei war heute bei uns. Meine Mutter weint den ganzen Tag. Ich fühle gar nichts.

Ich denke daran, mit dem Fahrrad den Berg runterzurollen und nicht zu wissen, ob die Bremse funktioniert. Beim Einschlafen mache ich die Augen zu und sehe in unser Kaminfeuer.

A.

Ich weiß nicht, was sie weiß. Oder ahnt. Ich mache das Handy wieder aus. Sitze ungefähr ewig auf meinem Bett und glotze ins Nichts. Irgendwann mache ich die Augen zu. Alinas Gesicht taucht auf. In meinem Magen zieht die Sehnsucht wie ein Hund an der Leine. Ich öffne die Augen, stehe auf und ziehe mich an.

Durch einen feinen Nieselregen fahre ich wie im Traum zur Praxis. Der Lotus steht ein bisschen abseits des Eingangs, genau wie damals, etwas schief eingeparkt, nur glänzt er diesmal vom Regen und nicht von der Sonne. Ich stelle mein Rad auf den Ständer und trete an den Wagen heran. Aus dem Augenwinkel sehe ich den Scheinwerfer vorne rechts. Mit den Fingern taste ich nach dem Plastikteil in meiner Jackentasche. Es glüht. Ich betaste die Bruchkante, erst vorsichtig, dann drücke ich meine Finger immer fester auf das scharfkantige Plastik. Drücke so fest, dass es weh tut, und dann noch fester. Der Schmerz fühlt sich irgendwie gut an.

Irgendwann nehme ich das Teil aus der Tasche. Halte es in der Hand und betrachte es. Ich blute.

Ich sage meinen Beinen, dass sie sich bewegen sollen. Ich muss es endlich wissen. Diesmal wirklich. Ich muss das verdammte Teil nehmen und es an den Scheinwerfer halten. In meinem Kopf höre ich schon das leise Klicken, das mein Leben aus den Angeln hebt.

Meine Beine bewegen sich immer noch nicht.

Plötzlich stehe ich im Eingang und drücke die schwere Tür auf. Ich bin merkwürdig ruhig, als ich die Praxis betrete, obwohl mir dieser Geruch hier natürlich sofort wieder das Ozzy-Gefühl in jede Zelle spült. Ich stelle mich an den Tresen. Die Sprechstundenhilfe mustert mich mürrisch. Sie hat riesige Eulenaugen. Ich kenne sie nicht. Schlecht gelaunt guckt sie träge durch zwei große Brillengläser.

»Ich muss zum Doc«, sage ich.

»Wo ist denn der Patient?«, fragt sie pampig. »Das ist eine Tierarztpraxis.«

Auf dem Schild an ihrem Kittel steht *Manuela Scherz.* Sehr witzig.

»Der bin ich«, sage ich.

»Ach ja?« Sie verzieht keine Miene. »Was soll ich denn eintragen? Hamster? Katze?« Sie lässt den Blick an meinen schlaksigen Armen herunter- und wieder hochgleiten. »Krake?«

Guck mal an, Frau Scherz hat tatsächlich Humor. Sie lässt ihren Bleistift über einer leeren Karteikarte schweben.

Ich denke an Edgar, wie er zeichnet, und daran, was für ein Verräter ich bin. Oder war. Was weiß ich.

»Ratte«, sage ich.

»Beschwerden?«

»Hoffnungsloser Fall.«

Sie kritzelt was auf ihre Karte und legt sie weg, dann mustert sie mich noch mal genauer.

»Hoffnungslos, hm?«, fragt sie, als wäre das das Codewort. Dann deutet sie kaum sichtbar mit ihrem Eulenkopf in Richtung Sprechzimmer. Ich frage mich, ob sie ihn auch um hundertachtzig Grad drehen kann. »Er ist hinten«, sagt sie. »Aber das hast du nicht von mir.« Ich nicke ein winziges Nicken zurück und gehe langsam in Richtung Sprechzimmer. Also, richtig langsam. Schnecke.

Ich klopfe nicht, ich gehe einfach rein und laufe in ein Déjà-vu. Auf dem Metalltisch, dem Ozzy-Todestisch, sitzt ein Hund. Er ist nicht so tiefschwarz, wie Ozzy war, er hat braunes Fell und größere Ohren, aber er sitzt genau so da wie Ozzy damals, und er hechelt genauso verängstigt, wie Ozzy es getan hat. Vor ihm steht der Doc. Er hat eine Spritze in der Hand. Mal wieder.

Er bemerkt mich gar nicht. Konzentriert zieht er die Spritze auf, hält sie in die Höhe und klopft dagegen. Dann setzt er sie dem Hund mit aller Ruhe in die Flanke. Er muss ihn nicht mal festhalten, der rührt sich nicht.

Keine Ahnung, wem der Hund gehört. Es ist niemand außer uns beiden hier, und ich frage mich langsam, ob es die »kranke« Assistentin überhaupt gibt. Wahrscheinlich ist alles noch ganz anders. Wahrscheinlich betreibt der Doc hier ein Labor des Todes und kassiert viel Geld für jedes tote Tier, weil die Eingeweide für die Pharmaindustrie zu Viagra verarbeitet werden.

»Was ist das eigentlich für ein Gefühl?«, frage ich.

Der Doc dreht sich zu mir um. Er sieht überrascht aus.

»Daniel«, sagt er und lächelt, aber das Lächeln verschwindet, als er mein Gesicht sieht. »Was meinst du?«

Der Hund hechelt stärker und legt sich hin. Na klar, er wird jetzt langsam einschlafen. Ich will das eigentlich nicht miterleben. In meiner Brust lodert das alte Feuer auf.

»Na, was es für ein Gefühl ist. Zu töten«, sage ich. Meine Stimme ist zittrig, das ärgert mich.

Die Hand des Docs bleibt mit der Spritze darin in der Luft hängen.

»Was soll das heißen?«

Ich deute auf den Hund. »Zum einen das da.«

Er sieht den Hund an und dann wieder mich.

»Ich habe dem Hund ein Schmerzmittel gespritzt.«

»Ein Schmerzmittel, klar.«

»Ja, Daniel. Ein Schmerzmittel. Er hat Arthrose.« Er runzelt die Stirn. »Was ist eigentlich los?«

Ich betrachte den Hund, der jetzt müde hechelnd auf dem Tisch liegt. Mir ist wahnsinnig heiß, und diese bescheuerte nicht vorhandene Beule pulsiert an meiner Stirn wie irre.

Dem Doc fällt offensichtlich die Spritze in seiner Hand wieder ein. Er entsorgt sie im Mülleimer und zieht sich die Handschuhe aus.

Dann wäscht er sich die Hände. Ich lasse ihn nicht aus den Augen.

Er steht jetzt auf der anderen Seite des Tisches, zwischen uns der Hund.

»Also?«, sagt er und sieht mich erwartungsvoll an. Neben dem Hund liegt ein roter Ball, wahrscheinlich sein Spielzeug, und ich muss an Frau Köpke denken und die roten und blauen Kugeln und diese betrügerische Wahrscheinlichkeitsrechnung, und ich frage mich, wie wahrscheinlich es ist, dass ich mit meinem Verdacht falschliege.

Ich will endlich wissen, was passiert ist. Ich will es von ihm hören. Dieser Tisch mit diesem Hund darauf lenkt mich ab, ich habe plötzlich das Gefühl, dass Ozzy immer noch in diesem Raum ist, in dem es mit ihm zu Ende ging und der ganze Rest anfing.

»Wollen wir uns setzen?«, fragt der Doc und deutet auf seinen Schreibtisch.

Ich schüttle den Kopf. Vielleicht ist es gar nicht schlecht, den Tisch im Blick zu behalten, auf dem er meinen Hund getötet hat. So falle ich vielleicht nicht so leicht auf seine Lügen rein, die er mir bestimmt gleich auftischen wird.

»Okay, dann schieß mal los«, sagt er und verschränkt die Arme vor der Brust, und plötzlich kriege ich eine Scheißangst. Ich habe das Gefühl, ich stehe an einem verdammten Abgrund. Wenn ich jetzt springe, muss ich darauf hoffen, dass der Doc die Reißleine zieht. Tut er es nicht, ist es vorbei. Dann ist das neue Glück meiner Mutter zu Ende, bevor es richtig angefangen hat, weil der Doc ein Mörder ist – oder so was Ähnliches.

Davon wird meine Mutter sich nicht erholen.

Wie flüssige Lava flutet die Hitze meinen Körper. Meine Stirn pulsiert wie ein Alarm.

Schwankend stehe ich auf der Klippe.

Sag es einfach, verdammt.

Ich schließe die Augen.

Meine Füße betasten die Kante.

Ich springe.

»Ich weiß, dass du es warst«, sage ich.

Ich falle.

Ich mache die Augen wieder auf. Obwohl wir so weit auseinander stehen, sehe ich, wie sich die Pupillen des Docs einmal zusammenziehen und sich dann wieder weiten.

»Ich weiß, dass du ihn umgefahren hast.«

Ich stürze in die Tiefe.

Der Doc sieht mich weiter an. Rührt sich nicht. Sein Gesicht ist wie versteinert.

Thomas König, Prinzessinnenbrudermörder.

In meinem Kopf klingt es auf einmal wie die pure, glatte Wahrheit. Auch wenn Edgar sagt, dass ich auf dem völlig falschen Dampfer bin. Viel hat er vorgestern nicht mehr dazu gesagt. Nur dass er nicht glaubt, dass ich richtigliege. Dass ich mich da in was reingesteigert habe. Ich wünschte, ich hätte früher mit ihm darüber gesprochen. Dann hätte ich ihm vielleicht noch glauben können.

»Wie bitte?«, fragt der Doc.

Natürlich gibt er es nicht zu.

»Ich habe mich wieder erinnert«, sage ich. »Ich hatte es vergessen, weil ich betrunken war in der Nacht. Aber es ist mir wieder eingefallen.«

In seinem Gesicht bewegt sich nichts.

Ich deute auf meine Stirn. »Da war diese Beule«, sage ich. »Ich wusste erst gar nicht, woher sie kommt.«

Ich kann den Blick des Docs nicht deuten.

»Aber jetzt weiß ich es«, sage ich. »Ich erinnere mich wieder.«

»Woran erinnerst du dich?«

»Daran, wie mein Kopf irgendwo gegen geknallt ist. Und an das Quietschen der Bremse.«

»Das ist alles?«

»Fürs Erste. Ja.«

Der Doc löst seine Arme und stützt sich mit den Händen auf den Metalltisch. Schließt die Augen. Öffnet sie wieder.

»Und jetzt denkst du, ich hätte den Jungen überfahren.«

Er sagt die Worte langsam, so, als würde er sie beim Sprechen noch einmal überprüfen. Ich schlucke.

»Der Lotus«, sage ich und komme nicht weiter.

»Was ist damit?«

»Der Scheinwerfer ist kaputt.«

Er wartet.

»Und ... der Alki, der hat gesagt ...«

»Der Alki?«

»Ja. Der Typ im Park. Den ich ... Er hat gesagt, du fährst am Schloss vorbei ... dass da ein Sportwagen ...«

Er runzelt die Stirn, und ich fange an zu stammeln, was mich ziemlich ärgert, ich will mich von ihm nicht aus dem Konzept bringen lassen. Darf mich nicht einlullen lassen von seiner gespielten Ungläubigkeit.

»Warum sollte er sich das ausdenken?«, frage ich.

»Du denkst, ich hätte den Jungen überfahren«, sagt der Doc noch einmal.

»Und wer ist eigentlich Mike?«, frage ich.

»Mike?«

»Ja. Der, von dem dieser Typ geredet hat. Er hat dich da gesehen.«

»Welcher Typ?«

»Na, der mit dem winzigen Hund, hier war das«, ich deute in den Raum hinein. »Er hatte Durchfall.«

»Durchfall?«

»Friedolin hieß der. Nee, Friedrich!«

»*Was*?«

»Und in deiner Jackentasche«, fällt mir ein, »diese Karte! Diese Visitenkarte von der Polizei!«

Ich atme schwer. Diese Hitze in meiner Brust. Ich habe das Gefühl, zu verglühen. Die Augen des Docs flackern, und seine Kiefer mahlen wie irre.

Hab ich dich.

Sekundenlang starrt er mich an. Dann fängt er langsam an zu sprechen.

»Nur dass ich das richtig verstehe, Daniel. Du denkst, ich hätte diesen Jungen überfahren. Du denkst, dass ich ein Kind überfahren habe. Und danach weggefahren bin. Dass ich diesen Jungen habe sterben lassen. Du denkst, ich bin mit dir im Auto weggefahren, habe dieses Kind da liegen und sterben lassen. Und so getan, als wäre nichts geschehen. Einfach so.«

Aus seinem Mund klingt das alles so absurd, als hätte ich behauptet, er wäre auf seinem Fahrrad zum Mond geflogen.

»Ja«, sage ich trotzdem, meine Stimme ein jämmerliches Kratzen.

Wir sehen uns an. Dieser Schmerz an meiner Stirn … ich denke, dass ich mich vielleicht übergeben muss. Ich warte, dass der Doc gleich ausklinkt. Mich anbrüllt, mich rausschmeißt. Dass er empört ist. Mir eine reinhaut. Was auch immer.

Meine Mutter wird mir das nicht verzeihen.

Er öffnet das Fenster, ohne den Blick von mir abzuwenden. Fummelt eine Zigarette aus der Packung in seiner Kitteltasche und steckt sie sich an. Nimmt einen tiefen Zug und stößt den Rauch statt nach draußen in den Raum. Eine dunstige Wolke hängt über dem Untersuchungstisch. Er sieht mich an.

»Wie ist das eigentlich, wenn man immer denkt, dass die Welt böse ist?«, fragt er dann. »Wenn man denkt, dass die Menschen um einen herum böse sind?«

Sein Gesicht sieht nicht aus wie das von jemandem, der gerade überführt wurde. Eher wie von jemandem, der gerade eine schlimme Nachricht erhalten hat. Aber ich kann ihm nicht einfach glauben. Ich kann nicht einfach … klein beigeben. Woher soll ich wissen, ob er die Wahrheit sagt? Woher soll ich verdammt noch mal wissen, was stimmt?

Ich weiß nicht, was ich dazu sagen soll. Ich habe mit was anderem gerechnet. Aber irgendwie rechnet man beim Doc ja immer mit was anderem als mit dem, was kommt.

»Traust du mir das wirklich zu, Daniel?«, fragt er jetzt. »Glaubst du wirklich, dass ich so was mache?« Er zieht an seiner Zigarette. »Dass ich einen Jungen sterben lasse?« Sein Gesicht ist fahl. Seine Augen suchen meine, aber ich weiche seinem Blick aus.

Er zieht noch einmal, dann wirft er seine Zigarette aus dem Fenster. Der restliche Rauch mischt sich verstohlen in die desinfizierte Sauberkeit des Raums. Er kommt um den Tisch herum. Je näher er kommt, desto stärker pulsiert die Phantombeule an meiner Stirn. Mir ist so verdammt heiß. Er ist nur noch Zentimeter von meinem Gesicht entfernt.

»Daniel«, sagt er. »Sieh mich an. Ich bin's. Ich weiß nicht, wie du auf all das kommst, ich …« Er kommt nicht weiter. Aus Versehen sehe ich ihm doch in die Augen. Er sieht verletzt aus. Aber ich weiß, was ich weiß. Oder glaube. Oder was weiß ich. Ich denke an Alina. Ich denke an Edgars Blick. An Edgar in seinem muffigen Zimmer. An meine Mutter, wie sie dem Doc durch die Haare fährt.

Hinter dem Doc stößt der Hund ein langes erschöpftes Seufzen aus.

»Daniel«, sagt der Doc, seine Augen weit, die Stimme eindringlich. »Ich sage dir jetzt mal, wie es wirklich war.«

Er kommt näher an mich ran, immer näher, er greift mit seiner Hand nach mir, er berührt mich beinahe, und in dem Moment explodiert die Lava in meine Muskeln hinein, in meine Zellen, verbrennt mir von innen die Haut.

»Du bist ein verdammter Mörder!«

Ich wollte das nicht sagen, schon gar nicht schreien, aber es ist aus mir herausexplodiert. Die Worte hängen im Raum, hallen von den Wänden zurück, werden von dem kalten Metall des Behandlungstisches reflektiert.

»Du hast ihn umgebracht!«, schreie ich weiter. Meine Muskeln krampfen sich zusammen, machen sich bereit. »Du hast ihn *gekillt*, du hast …«

»Daniel!«, sagt der Doc, aber ich höre nicht hin, ich schreie weiter. »Du hast alles kaputt gemacht«, schreie ich, und dann nenne ich ihn einen Mörder und Totschläger und Verräter und Verbrecher und Fahrerflüchtigen und was weiß ich noch alles, ich habe achttausend Worte für das, was er ist, ich schreie sie alle, als wären sie schon ewig in mir gestapelt gewesen wie ein wackliger Turm, eines nach dem anderen fallen sie aus mir heraus, ich bombardiere ihn mit den Worten, als ob jedes davon wahrer ist als das davor, und als mir die Worte dann doch irgendwann ausgehen, übernimmt mein Körper, ich trete gegen die Wand, reiße einen Stapel Medikamente von einer Ablage, schlage mit der Faust auf einen Schrank ein, reiße ein Bild von der Wand. »Du brichst ihr das verdammte Herz«, schreie ich, die Wände des Raums kommen auf mich zu, »warum bist du überhaupt in unser Leben gekommen, wenn du doch nur alles kaputt machst?«, und dann sehe ich wieder diesen Hund, wie er daliegt und mich mit seinen müden Augen verfolgt, als würden meine Schreie nicht zu ihm durchdringen. »Wenn du Ozzy nicht umgebracht hättest, wäre das alles nicht passiert! Wenn du …«

»Hör auf!«

Jetzt ist es der Doc, der schreit, unfassbar laut, es ist, als wäre ich gegen eine Wand gerannt, und ich erschrecke mich so sehr, dass ich schlagartig still bin. Er steht jetzt direkt vor mir, riesig groß, sein Gesicht ist nicht so, wie ich es kenne, in seinen Augen hängen Tränen, seine Haut ist rot, seine Stimme ist zerkratzt. »Ich habe ihn nicht überfahren«, schreit er, noch lauter als eben, »hör auf!«

Ein paar Sekunden ist es totenstill im Raum. Von ganz weit her höre ich unser schweres Atmen.

»Aber ich weiß es«, setze ich schließlich wieder an, und plötzlich strengt es mich unfassbar an, zu sprechen. »Der Scheinwerfer«, sage ich, meine Worte Klumpen in einer klebrigen Masse, »ich habe …« Fahrig fummle ich das Plastikteil in der Tüte aus meiner Tasche und halte es ihm entgegen. »Ich habe den Beweis hier! Ich kann es beweisen.« Ich schwenke das Plastikstück wie eine Handgranate. »Ich muss das hier nur an den …«

»*Du* hast den Scheinwerfer kaputt gemacht«, schreit der Doc. »*Du* warst das!« Seine Stimme donnert durch den Raum, die Worte treffen mich wie eine Ohrfeige. Ich starre ihn an.

»*Was*?«

Wir stehen jetzt keine fünfzig Zentimeter voneinander entfernt, beide keuchend wie erschöpfte Läufer.

Die Tür geht auf und Frau Scherz guckt herein. Jetzt wo sie steht, sieht man erst, dass sie riesig ist. Ihr Eulengesicht passt überhaupt nicht zu ihrem lang gezogenen Körper. »Herr Maurer möchte Chewbacca abholen«, sagt sie vorwurfsvoll. Sie deutet auf den Behandlungstisch. *Chewbacca?* Sie erwähnt mit keinem Wort unser Geschrei. Der Doc macht eine Geste mit der Hand. Sie seufzt und schließt die Tür wieder.

Als er weiterspricht, ist seine Stimme ruhig, aber geladen mit einer Kraft, gegen die ich, das kann ich fühlen, keine Chance habe. »Hör jetzt auf, Daniel«, sagt er. Seine Augen halten mich fest. »Es war anders. Ganz anders.«

»Aber ich …«

»Hör. Auf.«

Ich sehe in seine Augen, und plötzlich fühle ich wieder diese Müdigkeit. Meine Augen sind schwer. Mein Hals tut mir vom Schreien weh. Ich komme gegen seinen eindringlichen Blick nicht mehr an. Die Flammen in meinem Körper beruhigen sich und verlöschen langsam. Die übrig gebliebene Glut glimmt leise in meinen Zellen.

»Ich weiß nicht, wer den Jungen überfahren hat, Daniel«, sagt der Doc, jetzt etwas ruhiger. »Ich war es jedenfalls nicht.«

»Und die Vollbremsung? Meine Beule?«

»Es gab eine Vollbremsung. Du hast dir den Kopf gestoßen. Das ist richtig. Aber ich habe nicht gebremst, weil ich jemanden überfahren habe, Herrgott noch mal. Ich habe gebremst, … weil du vollkommen ausgeklinkt bist. Genau so wie jetzt.«

Was zur Hölle?

Ich will was sagen, aber der Doc bedeutet mir still zu sein und redet weiter.

»Du hast mich angerufen. Ich habe dich an diesem Spielplatz aufgelesen. Ich habe dich zuerst überhaupt nicht gefunden. Du hattest dich auf eine Bank gelegt und warst eingeschlafen. Ich habe dich kaum wach gekriegt. Aber als du dann wach warst, warst du sofort auf hundertachtzig. Hast angefangen, zu randalieren. Bist auf diesem Spielplatz rumgerannt wie ein Irrer.« Er nimmt eine weitere Zigarette aus der Schachtel und zündet sie an. »Hast dir einen Ast aus dem Gebüsch gegriffen und auf alles eingeschlagen, was du finden konntest. Auf die Schaukeln, die Rutsche. Und dann hast du angefangen, mich anzubrüllen. Du wolltest mein Auto kaputt machen. Ich habe versucht, dich festzuhalten, da bist du noch mehr ausgeflippt. *Du* hast meinen Scheinwerfer eingetreten. Du warst überhaupt nicht mehr ansprechbar, Daniel.«

Er bläst den Rauch einfach in den Raum. Er hüllt uns beide ein wie eine Nebelwand. Der Hund schnüffelt in die Luft.

»Irgendwann hat es mir gereicht. Ich habe dich gepackt und ins Auto gesteckt. Dich auf den Beifahrersitz geschubst. Ich wusste einfach nicht, was ich sonst mit dir machen soll.« Er zieht und bläst den Rauch langsam aus. »Du hast mit irgendwem gesprochen. Als würdest du Gespenster sehen.

Ich dachte erst, ich muss dich ins Krankenhaus fahren. Ich dachte … du bist verrückt geworden.«

Mein Vater. War er da in der Nacht? Habe ich mit ihm gesprochen? Ich erinnere mich nicht. Aber ich erinnere mich ja auch nicht daran, dass ich auf irgendwelchen Spielplätzen randaliert habe.

Der Doc schweigt ein paar Sekunden. Dann spricht er weiter.

»Du bist erst wie ins Koma gefallen. Ich bin losgefahren. Aber dann bist du plötzlich wieder aufgewacht und hast weitergewütet.«

Ein winziges Stück Erinnerung leuchtet in meinem Kopf auf. Ich wache auf. Setze mich auf.

»Du wolltest, dass ich anhalte und dich rauslasse. Hast an der Tür gerüttelt wie ein Verrückter. Ich habe natürlich die Zentralverriegelung zugemacht. Aber du hast immer weiter rumkrakeelt. Irgendwann hast du versucht, mir ins Lenkrad zu greifen. Ich habe dich weggeschubst und eine Vollbremsung hingelegt. Und dabei bist du mit dem Kopf gegen den Rückspiegel geknallt.«

Was für eine gequirlte Scheiße, denke ich. Versuche ich zu denken. Eigentlich wirkt es ziemlich echt, was er sagt. Vielleicht ist er einfach ein richtig guter Lügner.

»Und warum hast du mir das alles dann nicht erzählt?«, frage ich.

Er zuckt die Achseln. »Du hast nicht gefragt«, sagt er. »Ich hatte doch keine Ahnung, dass du auf die Idee kommst, dass *ich* derjenige bin, der den Jungen getötet hat. Ich dachte mir schon, dass du dich vielleicht gar nicht an das alles erinnerst. Oder dass es dir unangenehm ist. Ich meine, ich habe dich ins

Bett bringen müssen. Du hast mir auf die Schuhe gekotzt.« Es waren also wirklich seine Schuhe. Na, egal.

»Ich dachte auch, dass du kein Interesse daran hast, dass es ein großes Thema wird. Dass deine Mutter es weiß.« Er geht zum Fenster, wirft die Kippe raus. Dreht sich wieder zu mir.

»Ich bin manchmal ein Arschloch, Daniel«, sagt er leise, den Kopf gesenkt. »Ich bin nicht immer das, was ich … was man … ich mache viel falsch.« Er sieht mich an. »Aber ich fahre doch niemanden um und lasse ihn sterben.«

Die Hitze ist vollständig aus meinem Körper gewichen, während der Doc geredet hat. Jetzt ist mir kalt, und das Chaos in meinem Kopf fühlt sich seltsam träge an. Ich sehe den Hund an, der verschlafen blinzelt. Genau so fühle ich mich. Meine Klarheit von vorhin ist verschwunden. Ich möchte dem Doc gern glauben. Auch wenn diese Variante dieser Geschichte für mich selbst wenig glamourös ist. Aber lieber bin ich der Psycho-Freak, als dass meine Mutter mit einem Mörder zusammen ist.

Frau Scherz steht wieder in der Tür. »Herr König, das Wartezimmer ist voll«, sagt sie wie zu einem ungezogenen Kind, »und Herr Maurer möchte jetzt wirklich seinen Hund abholen. Er sagt, dass Chewbacca noch nie länger als zwei Stunden von ihm getrennt war und dass …«

»Gleich, Frau Scherz!«, sagt der Doc. Diesmal knallt sie die Tür zu.

Eine Weile stehen wir einfach so da, immer noch schwer atmend. Ich habe plötzlich das Bedürfnis, mich zu dem Hund auf den Tisch zu legen, mich an ihn zu drücken und einzuschlafen, auch wenn er Chewbacca heißt. Auch der Doc sieht müde aus, geschafft. Er reibt sich mit den Händen durchs Gesicht, dann dreht er sich zu dem Hund, legt eine Hand auf seinen Kopf und streichelt ihn gedankenverloren.

»Die Visitenkarte der Polizei«, sagt er, »in meiner Tasche.« Der Hund sieht auf, als wäre er überrascht. Der Doc seufzt. »Sie waren hier.« Also doch. »Sie haben mich kontaktiert, weil es Zeugenaussagen gibt, dass ein Sportwagen gesehen wurde.« Schlagartig wird mir wieder heiß. »Hier in der Gegend gibt es ja nur ein paar davon. Sie haben mein Auto untersucht. Aber es war ziemlich schnell klar, dass ich nicht der bin, den sie suchen.«

Ich nicke. Ich habe keine Kraft mehr. Ich möchte einfach, dass es vorbei ist.

»Und wer ist Mike?«, frage ich dünn.

»Ich kenne keinen Mike, Daniel. Ich kann mich kaum daran erinnern, dass der Typ danach gefragt hat. Aber wenn es der Zuhältertyp war – du hast ihn doch gesehen. Der denkt immer, dass er alle kennt. Macht sich gerne wichtig.«

Der Doc steht wieder vor mir. Er kommt mir auf einmal viel älter vor als sonst.

»Und der Mann im Park …« Er fährt sich wieder mit der Hand durchs Gesicht. »Ich weiß nicht, was ich dazu sagen soll, Daniel. Du hast dir so viele Dinge überlegt. Warum hast du nicht mit mir geredet? Warum … Der tote Junge … er hat da am Park gewohnt, richtig? Vielleicht fährt derjenige, der das getan hat, dort vorbei. Vielleicht hat er ein schlechtes Gewissen.«

Wir sehen uns in die Augen. Ich fühle mich, als wäre ich einen Marathon gelaufen.

»Wir können jetzt zusammen zu meinem Auto gehen«, sagt der Doc. Seine Stimme ist fest. »Wir können dieses Plastikteil, das du da hast, an den Scheinwerfer halten. Dann weißt du, dass es nicht zu meinem Auto gehört.« Wir schweigen wieder. »Und wenn dir das nicht reicht«, sagt er dann, »dann musst du einfach entscheiden, ob du mir glaubst, Daniel.«

Der Hund war die ganze Zeit still, jetzt hebt er den Kopf, sieht mich an und fiept leise. Zaghaft wedelt er mit dem Schwanz. Ich sehe ihm in die Augen, und aus meiner Brust steigt ein Schluchzen auf, arbeitet sich durch meinen Hals und endet in einem hässlichen, unkontrollierten, lauten Geräusch. Ich kann nichts dagegen tun. Ich heule, und zwar richtig. Ich habe seit achttausend Jahren nicht mehr so geheult.

»Du hast Ozzy umgebracht«, sage ich zum Doc.

Die Tränen laufen mir aus den brennenden Augen, einfach so. Der Doc sieht mich überrascht an, dann tritt ein Schmerz auf sein Gesicht.

»Ja«, sagt er leise. »Dein Hund war sehr, sehr krank, Daniel.« Seine Stimme ist sanft. Ich muss noch mehr heulen. Mein ganzer Körper zittert.

»Er war voll mit Schmerz, weißt du? Er war müde, Daniel.« Er legt dem Hund eine Hand auf den Rücken. »Manchmal muss man die Dinge so nehmen, wie sie sind. So hart es auch ist.«

Der Hund beginnt wieder zögerlich mit dem Schwanz zu wedeln. Dann stößt er einen Seufzer aus und legt seinen Kopf wieder auf dem Tisch ab.

Ich heule einfach weiter und mache nichts dagegen.

»Ich hoffe«, sagt der Doc nach einer Weile, »ich *glaube*, dass du eigentlich genau fühlst, was stimmt, Daniel.« Er kommt um den Tisch herum. »Dass du es eigentlich weißt.«

Wir schweigen einen Moment. Ich wische mir mit dem Ärmel den Rotz von der Nase. Ich bin so wahnsinnig müde.

Der Doc kommt einen Schritt auf mich zu, steht vor mir. Sieht mich an. Ich sehe auf den Boden. Für einen Moment denke ich, dass er mich berührt. Dann schnalzt er mit der Zunge, und sofort springt der Hund vom Tisch und folgt ihm nach draußen. »Wir sehen uns zu Hause, Daniel.«

Ich wische mir das Gesicht ab, fummle ein Taschentuch aus meiner Hosentasche und putze mir die Nase. Dann schließe ich die Augen und befühle noch einmal die Kante des Plastikstücks.

Thomas König, Die-Wahrheit-Sager, denke ich und betaste die Worte. Ob sie wirklich stimmen, weiß ich nicht. Aber sie fühlen sich glatter an als die scharfe Kante in meiner Hand.

LET IT BE

»Da bist du ja endlich«, sagt Polly zu mir, als ich in ihren Kioskladen komme. Keine Ahnung, was mit der los ist. Eine Woche war ich nicht hier. Wenn ich mir morgens in der Schule meine Aufgaben hole, verziehe ich mich immer schnell wieder. Aber ich vermisse Edgar wie Hölle. Wir haben nicht mehr miteinander gesprochen seit neulich.

Wenn ich es nicht besser wüsste, würde ich denken, dass Polly mich gerade angelächelt hat. Jetzt deutet sie mit dem Kopf in unsere Ecke. Edgar sitzt da, trinkt Kaffee und zeichnet was auf seinen Skizzenblock. Ich lasse mir von Polly einen Kaffee geben und setze mich zu ihm. Normalerweise würden wir uns jetzt über neue Erkenntnisse im Fall Princess Evil austauschen.

Edgar sieht nicht auf, aber er schiebt mir den Zuckerstreuer rüber. Ich nehme immer mindestens drei Löffel Zucker.

Polly dreht ihre Anlage lauter, das macht sie selten, aber sie ist ja offenbar in einer speziellen Stimmung. Ein Beatlessong läuft – *Let It Be.*

Ich sitze neben Edgar und verhalte mich ruhig. Trinke meinen Kaffee und sehe ihm beim Zeichnen zu. Bin einfach froh, ihn zu sehen. Froh, dass er nicht abhaut.

Nach einer Weile deutet er in die Luft. »Mochte er eigentlich gar keinen ihrer Songs?« Ich muss beinahe grinsen. So sehr mein Vater Musik geliebt hat, die Beatles hat er gehasst. Ich hätte aber nicht gedacht, dass Edgar jetzt daran denkt.

»Keinen einzigen«, sage ich.

»Nicht mal *Let It Be*?«

»Schon gar nicht *Let It Be*.«

Wir hören ein paar Takte zu. Polly beobachtet uns.

»Nehmen wir mal an, er lebt noch«, sagt Edgar plötzlich.

Ich starre ihn an.

»Nehmen wir mal an, du willst ihn wiedersehen.«

Er nimmt einen Schluck Kaffee. »Mal angenommen, du willst wissen, was aus ihm geworden ist.«

Ich schlucke. Polly singt den Refrain von *Let It Be* mit. Es klingt grauenhaft.

»Nur weil deine Mutter ihn für tot erklärt, muss er das doch für dich nicht sein, oder?«

Ich weiß nicht, was ich dazu sagen soll.

»Er könnte ausgewandert sein«, sagt Edgar. »Oder aber, er ist gar nicht so weit weg.« Er sieht mich das erste Mal heute richtig an. »Ich meine … wir haben ja jetzt … Kapazitäten.«

Als ich endlich richtig verstehe, was Edgar vorhat, nicke ich langsam.

»Ja, stimmt«, sage ich sachlich.

»Er macht ja vielleicht weiter Musik«, sagt Edgar. »Und vielleicht tritt er irgendwo auf.«

Ich nicke.

»Er hat vielleicht eine Platte gemacht«, sagt Edgar.

»Er arbeitet wahrscheinlich als unterbezahlter Musiklehrer«, sage ich.

»Er ist bestimmt längst ein Star in Amerika«, sagt Edgar.

»Er ist wahrscheinlich ein arbeitsloser Straßenmusiker, der den ganzen Tag *Satisfaction* in der Fußgängerzone spielt«, sage ich.

»Er hat längst einen Stern auf dem Walk of Fame.«

»Er spielt auf Hochzeiten Tanzmusik und wird dafür ausgebuht und mit Eiern beworfen.«

Ich muss grinsen, und ich sehe, dass auch Edgar grinsen muss. Aber er verkneift es sich genau wie ich.

»Wir müssen das Ganze gezielt angehen«, sagt er und kritzelt weiter auf seinem Block. »Wir brauchen einen Plan.«

»Ja«, sage ich, »ein Plan klingt gut.«

»Ich muss los«, sagt Edgar schließlich. »Mathe, du weißt schon.«

»Ich erinnere mich dunkel.«

Er steht auf. »Was Neues vom Doc?« Ich zucke die Achseln. »Bin noch nicht ganz sicher.«

Edgar nickt langsam, dann geht er zur Tür. Dreht sich um. Kommt noch mal zurück.

»Es ist nicht so, dass du sie nicht wiedersehen kannst oder so«, sagt er, ohne mich anzusehen. »Ich meine, vielleicht ist sie … wenn du sie magst, kann sie nicht total verkehrt sein.« Er zögert.

Dann geht er. Ich bleibe noch sitzen und blättere in einer Zeitung, die auf dem Tisch liegt. Trinke einen Schluck von Pollys Höllenkaffee. Er schmeckt großartig.

FREAK

Am nächsten Sonntag wird der Doc bei uns einziehen. Neulich Abend haben er und meine Mutter mich beim Abendessen gefragt, ob ich eventuell Lust auf eine Dreier-WG habe. Der Doc hatte Spaghetti Paradiso gekocht und es gab einen Schluck Wein für mich – versuchte Einflussnahme, völlig klar –, aber ich hätte sowieso Ja gesagt. Sie waren beide ziemlich aufgeregt, und ich habe sie erst mal 'ne Weile zappeln lassen, bevor ich gesagt habe, dass ich einverstanden bin, einfach, weil es mir so gut gefallen hat, dazusitzen, als wär ich die Ein-Mann-Jury einer Castingshow und würde über Weiterkommen oder Rausfliegen entscheiden.

Jetzt läuft meine Mutter seit Tagen völlig aufgekratzt herum und bereitet alles vor. Das ganze Haus vibriert von ihrem nervösen Glück. Wenn ich ihr begegne und nicht schnell genug bin, drückt sie mich an sich und küsst mich. Ich warte, bis sie wegguckt, bevor ich mir die nasse Wange abwische.

Damit der Doc mit seinen Sachen auch in unser Haus passt, mistet sie den Keller aus. Immer wieder stellt sie Kisten mit alten Klamotten vor die Tür, die zum Sperrmüll sollen.

Eine Kiste steht jetzt auf meinem Bett, als ich in mein Zimmer komme. Ein Pappkarton. Er sieht ziemlich mitgenommen aus. Keine Aufschrift oder so. Zögernd mache ich ihn auf, ganz langsam, und mein Herz ist sofort auf hundertachtzig, als ich sehe, was drin ist.

Sie hat immer behauptet, dass sie sie alle weggeworfen hat. Dass sie alles gelöscht hat, was es von ihm gab. Alle Bilder. Aber sie hat gelogen. In der Kiste sind mehrere Fotoalben. Ich nehme sie nacheinander heraus und lege sie auf mein Bett. Zehn rote Bücher sind es. Jedes hat eine Jahreszahl auf dem Rücken. Es fängt bei 2004 an und hört bei 2013 auf. Ich starre ewig auf die Zahlen. Irgendwann nehme ich eins der Alben in die Hand und streiche über seinen Einband. Seit mein Vater weg ist, habe ich kein einziges Bild von ihm gesehen. Dabei hat sie sie alle aufgehoben. Ich könnte ihr das übel nehmen. Aber ich bin viel zu perplex.

Ich will das Album aufschlagen. Aber irgendwie gibt mein Kopf meiner Hand nicht den passenden Befehl. Schließlich lege ich es zur Seite und mache das Fenster auf. Steige raus und setze mich aufs Garagendach. Es ist noch mild, obwohl es schon dunkel wird. Ich sehe in den Abendhimmel, rüber Richtung Park, und versuche, an was anderes zu denken als die Kiste und die Fotoalben.

An nächste Woche zum Beispiel, da gehe ich wieder in die Schule. Am Montag habe ich aber erst mal einen Termin bei Frau Stenzer. Meine Mutter kommt mit und Felix und seine Eltern werden auch da sein. »Mediation« nennen sie das. Ich habe keine große Lust dazu. Lieber würde ich mir beim Zahnarzt alle vier Weisheitszähne auf einmal ziehen lassen. Ich weiß ja nicht, ob Felix' Eltern vorhaben, mich fertigzumachen oder so. Aber Frau Stenzer sagt, dass sie das nicht zulassen würde. Neulich habe ich sie gefragt, ob es okay wäre, wenn ich mich nicht mit meiner Wut unterhalten würde. Ob es vielleicht reichen würde, wenn ich *über* sie rede. Sie hat gelacht und gesagt, dass das okay wäre. Seitdem kommen wir ganz gut miteinander klar.

In der Schule wird auch Alina sein.

Ich habe ihr einen Brief geschrieben, ungefähr achttausend Seiten lang. Habe ihr alles erzählt. Von Edgar und mir. Davon, wie wir sie beobachtet haben. Davon, dass ich geglaubt habe, dass der Doc das war mit ihrem Bruder. Dass ich es nicht geschafft habe, ihr das zu sagen, und dass ich beschlossen habe, es nicht mehr zu glauben. Dass ich lieber glaube, dass manche Dinge wirklich so sind wie Zahlen. Dass sie sind, was sie behaupten zu sein. Dass sie morgen noch so sind wie heute.

Ich habe ihr geschrieben, dass ich verstanden habe, was sie meint. Dass die Dinge nicht nur so passieren.

Vielleicht will sie mich nicht wiedertreffen. Aber ich musste ihr das alles schreiben. Ich kann so besser atmen.

Venner hat sich inzwischen richtig reingehängt in die Unfallsache, sagt Edgar. Jeden Tag hat er neue Informationen. Manchmal denkt er, dass jemand ein illegales Autorennen auf der Landstraße gemacht hat. An anderen Tagen meint er, dass irgendwelche Drogendealer Pascal auf den Fersen waren und ihn auf dieser Landstraße erwischt haben. Dann hat er wieder Archer im Visier. Aber eigentlich weiß er gar nichts.

Das Plastikteil liegt in meinem Zimmer. Ich habe es in eine Kiste gepackt und sie ganz hinten in meinem Schrank verstaut. Manchmal fühle ich, dass es da ist. Der Doc hat den Scheinwerfer immer noch nicht reparieren lassen. Ich könnte jederzeit hingehen und nachsehen. Vielleicht mache ich das irgendwann. Vielleicht auch nicht.

Mir wird kalt. Ich steige wieder in mein Zimmer und mache das Fenster zu. Sitze eine Weile auf meinem Bett und sehe ganz unauffällig zu den Fotoalben rüber, so aus dem Augenwinkel. Klappe die Kiste wieder auf und sehe hinein. Ein altmodischer Fotoapparat liegt noch darin, eine uralte Super-8-Kamera – und eine Digitalkamera. Ein Camcorder. Meine Mutter hat damit eine Zeit lang ständig gefilmt. Ich nehme sie in die Hand und drücke auf ein paar Knöpfe. Es ist noch eine Speicherkarte drin, aber der Akku ist natürlich leer. Ich krame das passende Kabel aus der Kiste und schließe die Kamera an den Strom an. Klappe das Display auf und schalte sie ein. Sie macht ein vertrautes surrendes Geräusch.

Ich drücke auf *Play*.

Die ersten Sekunden wackelt die Kamera ziellos herum. Das Video wurde offensichtlich im Winter gedreht, es schneit. Ganz hinten am Horizont ist ein dunkler Punkt, der immer näherkommt. Die Kamera wird ruhiger. Mit einem Affenzahn kommt der Punkt auf sie zugerast. Das schwarze Fell zottelt wild um ihn rum. Ozzy auf Speed. Plötzlich fängt er an, Haken zu schlagen, rast aus dem Bild und erscheint wieder. Bleibt stehen. Reckt den Kopf und bellt wie blöde, obwohl da gar nichts ist. Springt in die Luft, schnappt nach den Schneeflocken und dreht sich dabei wie irre um sich selbst. Wälzt sich ekstatisch im Schnee. Springt auf, rennt wieder los. Bleibt direkt vor der Kamera stehen. Dreht sich plötzlich um und rast davon, als hätte er Dynamit unterm Arsch.

Ich sehe ihm zu, wie er immer kleiner und kleiner wird auf dem Display, bis er schließlich wieder nur noch ein schwarzer Punkt ist.

Meine Fresse, denke ich, während mir die Tränen übers grinsende Gesicht laufen. Was für ein Freak.

Achttausend Dank.

Carla. Für den unfassbar klugen Blick und die unbequemen Fragen. Für den besten Witz gegen den größten Wahnsinn. Für das bedingungslose emotionale Grundeinkommen und für das Zuhause.
Sofie. Für das furchtlose Dranbleiben vom ersten Wort bis zum letzten Satz. Für den sanft-rigorosen Rotstift, den Humor und das offene Herz.
Sven Amtsberg. Dafür, das Ganze einfach so für möglich zu halten. Fürs Zeigen, wie man's macht. Für die großzügigen Einblicke. Den Autorendocker*innen. Für Immer-wieder-dienstags. Fürs Teilen, für den kritischen Blick und die guten Ideen.
Meinem Vater. Für die Bücher. Für die Sprache. Für die Musik. Meiner Mutter, meinem Bruder Stefan und Bernd. Für Wurzeln und Familie. Für das liebevolle Anteilnehmen und die freigiebige Unterstützung.
Jessi. Für die intensive Begleitung auf den letzten rauen Seemeilen und das gelegentliche Wellenbrechen. Für die 6-Uhr-Toleranz.
Niki. Anne. Anneke. Mandani. Fürs Immer-schon-dran-Glauben und das Komme-was-Wolle. Für den Heimathafen. Birgit und Sabrina. Für den Sessel am Fenster

und die fabelhafte Verpflegung. Fürs Reindenken und Mitfühlen und die Großzügigkeit auf allen Ebenen.
Wiebke. Nicole. Shirley. Hadi. Usch. Anke. Hans. Gila. Maya. Für Freundschaft und Fiebern. Für den langen Atem. Für die großherzige Anerkennung.
Kordula. Für das entschlossene Wissen um die Bedeutung von Jugendbüchern.
Kerstin. Für alles.
Elmar. Für die Probefahrt.
Sebastian Stuertz. Für die gute Empfehlung an der richtigen Stelle und den wertvollen Austausch.
Meiner Agentin Gerlinde Moorkamp. Für die motivierende und warmherzige Begleitung und das Einleiten des Geburtsvorgangs im richtigen Moment. Meinem Verlag und meiner Lektorin Andrea Baron. Für das Vertrauen und das Engagement, den letzten Schliff und die Geduld.
Der Jury des Peter-Härtling-Preises, der Kulturbehörde Hamburg und der Jury des Hamburger Förderpreises 2018. Für die großzügige Förderung und die entscheidende Starthilfe.